S c a r l e t
스칼렛

www.bbulmedia.com

무슨
사이

무슨
사이

유아나 장편 소설

SCARLET ROMANCE STORY

Contents

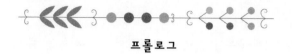

프롤로그

암막 커튼 사이로 간신히 비집고 들어온 조각 빛의 향연이 이 제 그만 침대에서 몸을 일으켜야 한다고 말하고 있었다. 윤희는 어깨 위로 흘러내리려는 슬립 끈을 슬쩍 올리며 몸을 일으켰다.

"음. 좀 더 자지."

자신의 허리를 감아 오는 강인한 느낌에 윤희는 슬쩍 미소를 지었다.

"일어나야 해요. 당신 나가기 전에 아침은 해 줘야죠. 준이도 주말은 귀신같이 알아서 일찍 깬다니까요."

윤희는 상체를 숙여 그의 이마에 경쾌한 마찰음이 나도록 입을 맞춘 뒤, 침실을 나섰다.

반들반들 빛이 나는 부엌은 그녀의 깔끔하고 단정한 성격을 고 스란히 보여 주고 있었다. 무엇 하나 흐트러짐 없는 모양새가 살 림을 하는 부엌이라고는 믿기지 않을 만큼 깨끗했다. 하얀색 대리석 상판으로 된 조리대 앞에 선 윤희는 기지개를 한번 켜고는 싱크대 문을 열었다.

그라인더에 원두를 갈고, 드립 포트에 뜨거운 물을 채우는 사이 익숙하고 매혹적인 향기에 가슴이 두근거렸다. 예가체프만 고집하던 남자가 언젠가 강릉으로 출장을 다녀오는 길에 산 원두라며, 매혹적인 향을 품은 블렌딩 원두를 집에 들고 왔다. 윤희도 그 향에 이끌려 그가 강릉으로 향할 때면 잊지 말고 이번에도 꼭 사 오라는 말을 하곤 했다.

드립 서버에 담긴 커피를 나비가 날아들 듯 화려한 장미 문양이 그려진 잔 안에 보기 좋게 담아낼 무렵, 침실 문이 열리는 소리가 들렸다. 나비가 꽃을 탐하듯 남자는 윤희의 허리에 두 팔을 휘감으며 목 언저리에 얼굴을 묻었다.

"아, 나가기 싫다."

"중요한 거래처랑 한 약속이라면서요."

윤희는 뜨거운 커피를 내밀며 생긋 미소 지었다. 남자는 커피 잔을 받아 들고는 그녀를 마주하며 슬쩍 미소 지었다.

부부의 평화로운 아침 식사가 끝나 갈 무렵, 대리석 바닥을 빠르게 치고 달리는 작은 발걸음 소리가 들려왔다.

"엄마! 이모콘! 이모콘!"

"준아, 엄마 아빠한테 인사부터 해야죠?"

남자의 말에 4살 난 준이 허리를 숙이며 우렁찬 목소리로 인사했다.

"안녕히 주무혀떠요?"

"어, 우리 준이도 잘 잤어?"

윤희의 물음에 준은 어느새 그녀의 곁으로 다가와 허벅지를 꼭 끌어안고 있었다.

"이놈이 세상에서 제일 부럽다니까?"

"뭐가요?"

"온종일 당신이랑 붙어서 이러고 있을 거 아냐."

남편의 말에 윤희는 피식 웃음 지으며 준을 안아 올렸다.

"준아. 아침 먹고, 티비 보는 거야. 딱 30분만."

"네에!"

평소엔 티브이 앞에 앉을 시간도 없는 준에게 토요일 아침 식사 후 30분은 어린이 프로그램을 마음껏 볼 수 있는 황금 같은 시간이었다.

"티비 좀 보게 해. 놀이학교 가서 말도 안 통하는 거 아냐? 유행하는 만화 하나도 몰라서?"

"놀이학교에 있는 애들도 다 몰라요. 거기 다니는 애들 다 티브이 볼 시간 없는 아이들인 거 알면서?"

윤희의 말에 남편이 피식 웃으며 대꾸했다.

"그래, 아이 교육을 위한 필수 요소가 남편의 무관심이랬지?"

"그런 것만 잘 기억하죠?"

"아니, 다음 달이 우리 결혼 5주년이라는 것도 기억하고 있지."

그는 윤희의 볼에 입을 쪽 맞추며 보기 좋게 웃음 지었다.

현관을 나서는 남편의 뒤에 윤희가 준의 손을 잡고 서 있었다.

"늦어요?"

"아니. 오늘은 나인 홀만 돌고, 점심 먹고 올 거야."

"들어오기 전에 전화 줘요. 오늘 준이 오케스트라 오리엔테이션 있는 날이라, 오전에 집에 없을 거예요."

"그래, 그럼 시간 맞으면 내가 거기로 갈게."

"그래요. 이따 봐요."

남편은 윤희의 볼에 다시금 입을 맞추고는 허리를 숙여 아들 준과 눈을 맞췄다.

"아들, 오늘 잘해. 파이팅!"

"빠이띵!"

큰 주먹과 작은 주먹을 맞부딪히며 키득거리는 부자의 모습을 보고 윤희가 성긋이 웃음 지었다. 두 볼이 치솟으며 만들어 내는 은근한 압력이 눈가에 가해지고, 슬쩍 눈물이 나려는 것 같기도 했다. 눈물이 날 만큼 행복하다는 말은 이럴 때 쓰는 걸까 하는 생각이 들었다.

헬리콥터 맘이니, 알파 맘이니, 윤희와 같은 엄마를 지칭하는 말은 시대에 따라 달라졌다. 그 시작은 맹자의 어머니였을까?

윤희는 차를 몰며 준에게 클래식 악보를 보고 계이름을 읊게 했다. 음악 나라의 말이라는 마법 때문인지 아이는 길고 어려운 악보도 곧잘 읽었다.

남편이나 자신이나 음악에 큰 재주가 있는 것은 아닌데, 준이 이렇게 음악에 관심을 보이는 것을 보면, 이건 필시 교육의 효과라 믿는 윤희였다.

4세에서 6세 아이들로 구성된 오케스트라단 오리엔테이션에는 누군가의 추천을 받아서 들어온 아이, 오케스트라단 기부를 통해서 들어온 아이, 그리고 준이처럼 어리지만, 실력이 뛰어난 아이까지 다채로운 배경과 능력을 갖춘 아이들이 모여 있었다.

윤희는 객석에서 흐뭇하게 아들의 모습을 바라봤다. 사랑만 받고 자란 아이라는 것을 여실히 보여 주듯 준이는 어린 나이임에도 불구하고 무대 위에서 자신감에 찬 모습이었다.

윤희는 아들이 그려 낼 장밋빛 미래를 내다보는 듯 꿈꾸는 표정으로 무대 위에 시선을 고정했다. 지휘자를 향해 말간 얼굴을 빛내고 있는 아이를 바라보고 있는데, 누군가 말을 걸어왔다.

"준이 엄마?"

"어머, 윤지 엄마. 잘 지냈어요?"

"응, 나야 잘 지냈지. 준이 여기 왔나 봐요?"

"네."

"준이 아빠는?"

"오늘 거래처랑 필드 나갔어요."

"아, 그렇구나."

고개를 끄덕이며 미묘한 표정을 짓는 윤지 엄마, 정연의 표정에 윤희는 고개를 슬쩍 기울였다.

"준이 엄마는 골프 안 쳐요?"

"제가 그런 운동에는 소질이 없어서요."

"그래도 연습장 가서 남편한테 배워서 필드 한번 나가 봐요. 재미있어."

"남편도 저한테 운동 가르치는 건 못 하겠대요. 워낙 그런 거 배우는 게 느리다고."

슬쩍 미소를 짓는 윤희에게 정연은 묘한 시선을 보내왔다. 운동을 배우는 속도가 느린 게 그렇게나 기묘한 시선을 받을 만한 사안일까? 아니면 준이도 운동에는 소질이 없겠다는 뜻인가? 윤희는 이내 예의를 차린 미소를 머금으며 정연에게 눈인사를 건네고는 준이가 향하고 있는 무대 뒤로 발걸음을 옮겼다.

준이가 좋아하는 부티크 레스토랑에서 점심을 먹은 뒤, 집으로 향하는 차 안에서 윤희는 차창을 슬쩍 내려 보았다. 성큼 다가온 가을의 향기를 머금은 대기가 무척이나 맑았다.

"준아, 가을인가 봐."

준이는 어느새 카시트에 앉은 채 잠이 들어 있었다. 윤희는 차창을 닫고, 준이를 위해 틀어 놓았던 음악을 줄인 뒤, 아이가 깨지 않도록 고요히 차를 몰았다.

어린것이 긴장했었는지 곤하게 곯아떨어진 모습이 한편으론 안쓰럽기도 했다.

집에 도착할 때까지 깨지 않은 준이를 침대에 눕히고 나오며 윤희는 후, 하고 한숨을 내쉬었다.

베란다 유리창으로 마주한 쨍하게 맑은 하늘에 어쩐지 없던 빨래도 만들어서 하고 싶은 마음이 들었다. 윤희는 침대 시트를 걸어 내어 세탁기에 집어넣고는 거실로 향했다. 가사도우미를 쓰라는 남편의 말에도 윤희는 아랑곳하지 않고 혼자 살림을 했다.

가끔 시댁에서 행사가 있을 때 불려 가는 일을 빼고는 거창한 일이 없기에 집안일은 어려울 것이 없었다. 그저 말끔하게 청소하고, 요리하고, 놀이학교에 다녀온 준이와 오후를 보내는 것이 윤희에게는 삶의 소소한 행복이었다.

또 준이가 놀이학교에 가 있는 시간에 근처에 사는 친구나 준이 놀이학교 친구 엄마들과 만나는 일, 매월 한 번씩 있는 미술관 모임, 북클럽, 자원봉사 활동 등이 생활 반경의 전부였기에 살림을 놓아 버리면 가정을 등한시한다는 인상을 줄까 슬쩍 두렵기도 했다.

자신에게 주어진 상황을 슬기롭게 풀어 가며 소소한 행복을 즐기는 것이 그녀의 삶의 방식이었다.

침대 시트를 새것으로 갈고, 새 이불을 꺼내 놓을 때까지 남편에게서 연락이 없었다. 밖에 있는 사람 신경 쓰일까 봐 전화조차도 조심하는 그녀였기에 으레 연락이 오겠거니 생각했다.

드럼 세탁기가 멈춰 갈 무렵 낮잠에서 깬 준이가 방문을 열고 거실로 나왔다. 잠에서 깨어나 옆에 아무도 없는데도, 칭얼거리지 않고 씩씩한 네 살 준이였다.

"엄마."

"준아, 우리 쿠키 구워서 먹을까?"

"네!"

쿠키를 다 굽고, 준이가 배시시 웃으며 그 쿠키들을 다 해치울 때까지도 남편은 연락이 없었다.

"엄마, 아빠는?"

"응, 좀 늦으시나 봐. 준이, 저녁은 뭐 먹고 싶어?"

준이가 먹고 싶다는 소고기뭇국과 굴비구이로 저녁 식사를 마칠 때까지도 그에게선 아무 소식도 없었다.

결국 목욕을 마치고, 아빠를 기다리며 졸린 눈을 비비던 준이는 동화책 3권을 다 읽어 갈 무렵 잠이 들었다.

일 때문에 늦는 일이 많은 그였지만, 미리 연락을 주지 않는 경우는 없었다. 윤희는 괜히 초조한 마음으로 남편에게 전화를 걸었다.

한참을 가던 신호가 뚝 끊기고, 전화를 받을 수 없다는 음성으로 넘어갔다. 윤희가 다시 한 번 통화 쪽으로 손가락을 미끄러뜨리는데, 무언가 불길한 기운에 미간이 슬쩍 좁아졌다.

— 네, 휴대전화 주인 대신 받았습니다.

이번에는 몇 번의 신호 끝에 전화가 연결되었고, 낯선 이의 목소리가 들려왔다.

"안녕하세요? 휴대전화 주인 되시는 분 집인데, 무슨 일 있나요?"

불안한 예감은 항상 비껴 나가는 법이 없었다.

윤희는 차가운 영안실에서 파리하게 굳은 남편의 얼굴을 확인해야만 했다.

"네, 맞아요."

미국에 있는 친정엄마에게 제일 먼저 전화를 했다. 부들부들 떨리는 손과 달리 목소리에서는 아무런 감정도 느껴지지 않았다. 소식을 듣고 달려온 남동생 윤수는 준이를 데리고 집에 있겠다고 했다.

홀로 텅 빈 장례식장에 허허로이 자리를 잡았다. 소식을 듣자마자 달려온 시어머니는 아직 영정 사진도 마련되지 않은 빈소에서 쓰러지다시피 하셨다.

남편의 형제들이 악다구니를 써 대며 눈물을 흘리는데도 윤희는 꿈쩍도 할 수 없었다. 가장 잘 나온 사진이라며, 남편의 큰매형이 결혼 사진 속 그의 모습을 영정 사진으로 만든 액자를 들고 빈소로 들어섰다.

핏방울이 맺힐 듯 입술을 지그시 깨물고 있는 윤희는 아무 말도 없이 발끝만 내려다보고 있었다.

'차 안에 동승하셨던 분이 계십니다.'

'네?'

윤희의 되물음에 검시관은 안쓰러운 표정을 지어 보였다. 동승(同乘)이라는 말이 그리도 안쓰러운 단어인가? 그런 단어였나 보다. 어찌나 급했는지, 갓길에 차를 세워 놓고 두 남녀가 몸을 결합한 상태에서 사고(事故)를 당했다는 말에 윤희는 심장이 멈춘 듯 사고(思考)도 멈춰 버렸다.

그저 헛웃음이 흘러나왔다. 그리도 자신만을 바라봐 주고 사랑해 줄 것같이 다정다감했던 그의 부재(不在)와 부정(不淨)에.

공허하게 빈소에 앉아 있는데, 누군가 대리석 위로 올라와 향을 피우고 절을 올렸다. 윤희는 자리에서 일어나 맞절할 준비를 하고 있었다.

"절은 됐습니다. 미안하게 됐습니다."

머리가 희끗희끗한 남자는 불안한 듯 고개를 숙이며, 대뜸 사과를 해 왔다. 미안하게 되었다는 중년 남성의 말에 윤희는 고개를 기울이며 그를 바라봤다.

"같이 타고 있던 이가 제 딸아입니다."

"허."

탕연한 반응이 빈소를 울렸다.

"딸아이를 잘못 키운 제 잘못이지요. 만나고 있다는 건 알았습니다. 만나지 말라고도 말렸습니다. 남의 눈에 눈물 나게 하면 네 눈에선 피눈물 날 거라 일렀는데."

같이 타고 있던 여자는 유명하지는 않지만, 프로 골퍼라고 했다. 이십 대 초반의 나이고, 일어나면 다시 필드로 나설 거라고 했다. 죽은 남편이 그녀의 몸을 칭칭 감싸고 있었던 덕에 목숨을 구할 수 있었다는 말에 윤희는 심장이 짓이겨지는 기분이었다.

함구해 줄 수는 없느냐는 남자의 물음에 말은 나오지 않고, 한 맺힌 눈물만 흐를 것 같아 고개를 떨어뜨렸다.

좋은 일이 있으면 나쁜 일도 있는 법인데, 결혼 생활 내내 그와 얼굴 붉힐 일 한 번 없었다. 행복했던 결혼 생활의 반증이라도 되는 양 엄청난 일들이 한꺼번에 몰려들고 있는 것 같았다.

그 아버지라는 사람이 가고 난 후, 윤희는 혼이 빠져나간 듯 그저 멍하니 빈소에 서 있었다. 사진 속에서 웃고 있는 남편의 모습이 원망스러웠다.

❋✳❋

장례식을 마치고 돌아온 윤희에게 준이가 쪼르르 달려와 폭 안겼다. 사흘 동안 제대로 먹지도, 자지도, 씻지도 못한 어미가 세상 가장 고운 사람인 듯 보듬어 대는 준이의 손길에 그동안 참고 있던 눈물이 왈칵 솟아났다.

아이 앞에서 절대 울지 않겠다고 다짐했는데, 자신에게 진정 위로가 되는 사람은 이 작은 아이 하나뿐이었나 하는 생각에 목이 메어 왔다.

"아들, 씩씩하게 잘 있었어?"

"어. 함촌이랑 티비 힐끗 봐떠여!"

삼촌이 틀어 주는 어린이 프로그램을 실컷 봤다는 준이의 말에 윤희는 빙긋이 웃으며 고개를 끄덕여 주었다.

"미안해, 누나. 옆에 못 있어 줘서."

"아니야. 준이 보느라 고생했다."

"매형 좋은 데 갔을 거야."

좋은 데 안 갔으면 좋겠다. 그 어떠한 것을 통해서도 구원받을 수 없는 곳으로, 사후 세상 중 가장 험하고, 가장 독하고, 가장 무서운 곳에 떨어졌으면 좋겠다. 윤희는 고개를 내저으며 준이를 끌어안고 침실로 향했다.

계속 잠을 설쳤다는 아이는 윤희가 또 어디 갈까 싶어 팔을 꼭 붙든 채로 잠이 들었다. 잠든 아이의 얼굴을 보듬는 윤희의 손길이 조심스러웠다.

나중에, 나중에라도, 아빠의 죽음에 대한 사연을 아이가 알게 된다면…… 윤희는 불거져 나오는 한숨을 집어삼키며, 눈을 질끈 감았다.

깊게 잠이 들었는지 자신의 팔을 잡은 아이의 손에서 스르륵 힘이 빠져나갈 무렵 윤희는 침대에서 몸을 일으켰다.

부엌에선 윤수가 저녁 준비를 하고 있는 것 같았다.

"오늘 엄마 도착하신대."

"그래."

"유품 정리는?"

"그냥 다 버릴 거야."

"아무것도 안 남기고?"

"응."

"왜? 그래도······."

"윤수야."

동생을 부르는 윤희의 목소리가 혼이 나간 듯 음산했다.

"매형, 그 차에 혼자 있었던 거 아니래."

"그럼 누구랑 있었는데?"

"어떤 여자."

"뭐?"

"더는 묻지 마. 난 그 사람 좋은 데 가는 것도 안 바라고, 그 사람 흔적이 남아 있는 것도 안 바라고······."

동생에게 설명을 덧붙이려는데 목구멍에 뜨거운 가시가 걸린 듯 따끔해져 왔다. 숨도 쉴 수 없이 몰아치는 격한 배신감에 온몸이 떨려 왔다.

사흘 내내 아무것도 먹지도 마시지도 못했는데 화장실로 달려가 속을 비워 냈다. 위액이 그런 묘한 색을 띠고 있다는 걸 태어나서 처음 알았다.

"당분간 엄마한테는 말하지 마."

"알겠어."

죽은 남편이 남긴 재산은 생각보다 더 많았다. 신도시 노른자위 땅에 있는 43평형 아파트, 윤희가 몰던 외제차 한 대, 회사 단체 보험에서 나온 사망보험금, 회사에서 나온 위로금, 개인 생명보험에서 나온 사망보험금, 운전자보험을 통한 교통사고 사망보험금 등.

윤희는 새근새근 고운 숨소리를 내며 잠들어 있는 준이를 바라보았다. 남의 속도 모르고 끊임없이 수군대는 소리와 안타까움을 가장한 가시 돋친 시선들. 시시각각 숨통을 조여 오는 숨 막히는 공간에서 이토록 고운 아이를 데리고 사는 것이 죄악처럼 느껴졌다.

그래서 떠나기로 했다.

1. 하늘을 품고 사는 아이

　새로 이사 온 아파트는 이상하게 높은 언덕 위에 자리하고 있었다. 이거, 눈 오면 큰일이겠는데? 수호는 아직 내리지도 않은 눈으로 얼어붙을 언덕길을 걱정하며 공동현관 앞으로 향했다.

　손이 닿질 않는지 낑낑거리며 손가락을 높이 뻗고 있는 남자아이가 눈에 들어왔다. 똘똘하게 생긴 모습을 보아하니 이제 여섯 살이나 되었을까 싶었다.

　"뭐 하니?"

　"손이 안 닿아서요."

　"아저씨가 열어 줄게."

　"감사합니다."

　엘리베이터에 오르자 아이의 작은 손이 수호가 살게 될 16층 버튼을 꾹 눌렀다.

　"16층 사니?"

"네."

낯선 이는 경계하라고 배웠는지, 아이는 엘리베이터 구석에 등을 대고 서서는 이리저리 눈을 굴렸다.

"아저씨 이름은 이수호. 옆집으로 이사 올 거야. 몇 살이야? 여섯 살?"

"일곱 살이에요!"

아이의 목소리가 높이 치솟아 올랐다. 또래보다 작아 보이는 덩치가 녀석에게는 꽤 아픈 구석이었나 보다.

"그랬구나. 미안. 앞으로 잘 지내보자."

"네."

악수를 하자며, 손을 내밀어 보이자, 아이는 꽤 귀여운 미소를 만들며 수호의 손을 덥석 잡고는 흔들어 댔다.

"제 이름은 준. 한 글자예요. 엄마가 처음 보는 사람한테 알려주지 말랬는데, 문 열어 주셔서 말해 주는 거예요. 절대 비밀이에요."

"그래. 비밀로 할게."

"그럼, 안녕히 가세요."

"그래, 잘 가라."

머리가 바닥에 닿을 듯 숙여 보인 아이는 어느새 현관문을 열고 집 안으로 들어가 버렸다. 후다닥 사라지는 모습에 수호는 피식 웃음이 났다.

수호는 현관 앞에 서서 한참 동안 실랑이를 벌이고 나서야 문을 열 수 있었다. 요즘 도어록은 뭐가 이렇게 복잡한지, 차라리 열쇠 들고 다니던 시절이 좋았다며 수호는 혀를 끌끌 찼다.

아직 이삿짐이 들어오지 않아서 텅 빈 33평 아파트는 참으로 고요했다. 수호는 천천히 집을 둘러보며, 여기는 침실, 여기는 서재, 거실엔 촬영 기구를 좀 놓고, 하며 혼잣말을 읊어 댔다.

아파트 관리실에서 차량용 RF카드를 받기 위해 집을 나서자마자, 엘리베이터 문이 열렸다. 20대 후반쯤 되었을까? 깡마른 여자 한 명이 엘리베이터에서 내려 도어록에 지문을 찍고 있었다. 잘 안 되는지 검지에 호오, 하고 입김을 불었다가, 청바지에 슥 문질러 닦았다가, 계속해서 손가락을 갖다 대는데도 오류 알림음이 울려 댔다.

"그거 참 어렵더라고요."

수호의 목소리에 화들짝 놀란 여자가 벽에 등을 붙이고 수호를 바라봤다.

"아, 안녕하세요? 옆집에 이사 올 거예요."

"……안녕하세요?"

여자와 눈이 마주친 수호의 고개가 저절로 기울어졌다. 새하얀 피부에 얼굴선이 분명하고, 물기를 머금은 듯 맑은 눈동자는 까맣게 빛났다. 흑백 사진으로 표현해 내면 정말 아름다울 것 같다는 느낌이 들었다.

"내일모레쯤 이사 올 거예요."

"네. 그럼."

드디어 문이 열렸는지 예의를 차린 미소를 지어 보이며 슬쩍 고개를 숙여 보인 뒤, 여자는 후다닥 집 안으로 들어갔다. 참, 사라지는 데는 일가견이 있는 모자인 듯했다.

＊＊＊

"준아, 언어전달 뭐라고 했지?"

식탁 앞에 앉아서 아이의 유치원 언어전달 수첩을 펼쳐 놓고, 아이를 불렀으나 기척이 없었다. 윤희는 준이가 있는 작은 방으로 향했다.

책장과 벽 사이 작은 틈에 쭈그리고 앉아서 책을 보고 있는 아이의 앞에 똑같은 모양으로 쭈그리고 앉아서, 책으로 제 얼굴을 가리고 있는 아이를 살폈다.

〈비행기, 하늘을 품다〉

준이가 보고 있는 책은 각종 비행기의 사진이 담겨 있고, 설명이 곁들여진 책이었다. 준이가 가장 좋아하는 책. 닳고 닳아서 너덜거릴 지경이 되어도 손에서 놓지 않는 책. 아빠가 그리울 때마다 찾는 책.

"준아. 오늘의 언어전달은?"

안쓰러운 준이의 머리를 한번 쓰다듬으며 윤희는 밝은 목소리로 물었다.

"……아빠, 힘내세요."

준이의 목소리가 오그라들었고, 작은 몸은 차가운 구석을 파고들었다. 유치원에서는 가끔 일하는 아빠의 책상 위에 올려놓으라며 아빠 얼굴을 그린 종이 액자를 만든다든지, 아빠의 발과 자신의 발을 겹쳐 그리는 숙제를 해 오라고 한다든지, 참여 수업에 아빠만 부른다든지…… 하는 한 부모 가정은 배제된 일들이 일어나곤 했다.

윤희는 애써 미소 지으며 준이를 바라봤다. 어린 나이에 아빠의 부재(不在)를 온몸으로 견뎌 내고 있는 아들과 부정(不貞)을 저지른 남편의 부정(父情)은 믿을 만했는가에 관한 고민은 언제나 윤희를 괴롭혔다. 아들에게게만은 그저 좋은 아버지여야만 할까?

"그래, 하늘나라에 계신 아빠한테도 힘내시라고 말할 수 있어. 그렇지?"

윤희가 겨우 힘겹게 내뱉은 말에 아이의 얼굴에도 슬며시 미소가 번졌다.

"저녁은 뭐 먹고 싶어?"

"스파게티!"

"그래, 그럼 엄마가 얼른 만들어 줄게. 잠시만 기다려."

"네!"

팬에 고기를 볶아 내고 있는데 현관 밖이 시끄러운 것 같았다. 옆집 현관문 앞에 서 있던 남자가 이사 오기로 한 날이 오늘이기도 한 것 같았다.

준이를 친손자처럼 아껴 주시던 노부부가 이사 가고 난 후, 옆집은 3개월이 넘게 비어 있었다. 지난여름 불어닥친 대형 태풍에 베란다 유리창이 날아갈지도 모른다며 테이프를 붙이고, 신문지를 붙여 대며, 차라리 옆집이 비어 있지 않았더라면 덜 무서웠을까 하는 생각도 했었다.

유독 언덕 높이 솟아 있는 탓에 그 밤 쌩쌩 휘몰아치던 바람이 몹시 두려웠다. 두려움을 떨쳐 내려, 어두운 방 안에 수면등을 약하게 켜 놓고 잠이 든 준이의 모습을 물끄러미 바라보았다. 새근새근 소리를 내는 작은 숨소리가 위안이 될 수 있다는 사실에 새

삼 눈물이 났다.

그 어떤 이야기도 함께 나눌 이가 없는 밤에 홀로 울게 되면 끝도 없는 슬픔과 절망감이 몰려오기 마련인데, 윤희는 어둠이 내뿜는 마력에 빨려 들어가듯 눈물이 흐르도록 내버려 두려고 했다.

그런데 그때 마침 방 안 조도에 예민한 준이가 뒤척였던 탓에 윤희는 겨우 손을 올려 눈물을 거둬 낼 수 있었다. 자면서도 엄마의 마음을 헤아리는 듯한 느낌이 들어서 윤희는 엷게 웃었다.

친정엄마보다도 연세가 훨씬 많으셨던 옆집 아주머니는 이곳을 떠나시며, 윤희의 손을 꼭 붙들고 말씀하셨다.

'준이 엄마. 그렇게 남편 보낸 거 흠 아니야. 좋은 사람 만나서 행복하게 살아.'

'어떻게 아셨어요?'

윤희는 애 데리고 혼자 사는 여자가 감당해야 할 위험 요소들이 버거워 그저 남편이 멀리 외국에 나가 있다는 말을 하곤 했었다.

'준이가 묻더라. 눈에 안 보이는 미국도 비행기 타고 갈 수 있는데, 왜 하늘은 눈에 보이는데, 하늘나라에는 비행기 타고 못 가느냐고.'

윤희는 고개를 푹 숙인 채로 눈물을 떨궜다.

'힘내. 이렇게 혼자 현명하게 사는데, 곧 좋은 인연 있겠지.'

'감사합니다. 연락하실 거죠?'

'그럼.'

무슨 일인지 이사를 한 후 노부부는 연락이 없었다. 어디 외국으로 나가신다고 했던 것 같은데, 다른 연락처를 알지 못했기에 윤희도 그저 좋은 분들이었다는 기억만 간직할 뿐이었다.

어떤 사람인지는 모르겠지만, 그저 비어 있던 옆집이 채워지는 것만으로도 윤희는 괜히 안심이 되는 것 같았다.

이튿날 아침, 아이를 유치원에 데려다주고 가게 문을 열기 위해 엘리베이터에 올랐는데, 남자의 목소리가 들려왔다.

"어, 잠시만요! 감사합니다."

윤희는 눈인사를 하며 남자와 자신 사이에 있는 아이를 엘리베이터 벽 쪽에 서게 했다.

"유치원 가니?"

"네!"

남자의 물음에 스스럼없이 대답하는 준이를 보고 윤희는 슬쩍 이맛살을 구겼다. 분기에 한 번 볼까 말까 한 외삼촌을 빼고는 어른 남자와의 소통이 없는 준이는 아빠 연배의 남자들이 보내오는 관심에 유독 반응이 좋았다.

"잘 다녀와."

"네. 아저씨는 어디 가요?"

"운동하러."

이 시간에 출근 안 하고 운동하러 가는 남자의 정체가 대체 뭘까? 윤희는 뭐라 말을 덧붙이려는 준이에게 일부러 말을 걸었다.

"오늘 유치원 차에서 내리면 바로 엄마 공방으로 들어와. 지난번처럼 집으로 들어오지 말고, 놀이터로 가지 말고, 알겠지?"

"네."

"무슨 공방 하세요?"

남자의 물음에 윤희는 흠칫 놀랐다. 그저 이웃이 말치레로 묻는 말인데, 윤희는 너무 경계하는 모습을 보인 것 같아 자세를 바로 했다.

"아파트 상가에서 퀼트 공방 해요."

"아. 그 천 이어서 꿰매고 하는 거요?"

"네."

엘리베이터 문이 열리자 옆집 남자는 준이와 윤희를 먼저 내리게 하고는 뒤를 따랐다. 의식하지 않으려 했지만, 윤희의 걸음이 점점 빨라졌다. 그 탓에 미끄럼방지 테이프에 운동화 바닥이 걸린 준이가 바닥에 꽈당 넘어졌다.

"아야. 엄마 천천히 가요. 우리 안 늦었어."

"미안, 준아. 엄마가 공방에 빨리 가 봐야 해서 서두르다가 그랬네. 미안."

윤희가 무릎을 꿇고 유치원 체육복에 묻은 작은 먼지를 털어내는 동안, 남자는 고개를 숙여 보이며 두 모자를 지나쳐 갔다. 윤희는 한숨을 한번 내쉬며, 준이에게 시선을 돌렸다. 세상 모든 사람들이 다 나쁜 이들은 아닐 텐데. 한번 움츠러든 어깨는 아주 조금씩 펴지는 듯하다가 이내 다시 오그라들어 버리는 것 같았다.

❋✖❋

아파트 상가 지하에 있다는 피트니스 센터에 등록을 마치고, 러닝머신 위를 달리는데 엘리베이터에서 마주친 옆집 여자의 얼굴이 자꾸만 떠올랐다.

강한 모성애가 만들어 낸 것인지 단단한 막으로 둘러싸여 있는 것 같은 여자의 모습은 한 폭의 수묵화처럼 보였다. 흑백 사진이 잘 어울릴 것 같은 얼굴. 언제 사진 한번 찍어 보겠느냐고 물으면 미친놈 취급받겠지?

수호는 고개를 재빨리 흔들어 잡생각을 털어 내며 빨라지는 러닝머신 속도에 맞추어 다리를 움직였다.

운동을 마치고 집에 돌아와 짐을 정리하고 있는데, 아무리 찾아도 암막이 보이질 않았다. 내일까지 정물 사진 두 점을 보내야 할 곳이 있는데, 수호는 끙 하는 신음을 삼키며, 어지러이 펼쳐진 상자들을 정리하고 집을 나섰다.

지금 당장 검은 천을 어디서 구하나? 하고 엘리베이터에 올랐는데, 퀼트 공방을 하고 있다는 옆집 여자의 말이 퍼뜩 떠올랐다. 아, 거기 가면 있겠구나!

엘리베이터에서 내리자마자 발걸음은 곧장 아파트 상가 방향으로 향했다. 아파트 상가 1층에 자리한 퀼트 공방 문을 열고 들어서자 맑은 풍경 소리가 들려왔다.

"어머, 벌써 오셨어요?"

어디에 있는지 몸을 숨기고 묻는 여자의 질문에 수호는 헛기침을 한번 했다. 커다란 테이블 아래에서 작은 자석 하나를 들고 일어난 여자는 조금 놀란 표정이었다.

"여긴 어떻게……."

"아, 안녕하세요? 급하게 검은 천이 필요한데…… 혹시 구할 수 있을까 해서요."

"검은 천이어도 다 무늬가 있어요. 이쪽에서 한번 보시겠어요?"

여자는 천이 죽 놓여 있는 곳 중 어두운 색의 천들이 모여 있는 곳을 가리키며 슬금슬금 뒤로 물러섰다. 왜 이래? 내가 뭐 치한도 아니고.

"검은 천은 어디에 쓰시게요?"

여자의 물음에서 뜻 모를 공포감마저 느껴졌다. 괜히 장난기가 발동한 수호는 그녀를 바라보며 무심한 목소리로 대답했다.

"시체 싸려고요."

"네?"

화들짝 놀란 여자는 손에 있는 자석을 바닥으로 뚝 떨어뜨렸다. 수호는 피식 웃어 보이며 물었다.

"어제 안 좋은 꿈이라도 꾸셨어요? 농담에 왜 그렇게 놀라세요? 사진작가예요. 급하게 보내야 할 사진이 있는데 이사하면서 검은 천을 어디다 뒀는지 도통 못 찾겠네요. 이걸로 주세요."

수호가 검은 천 하나를 손가락으로 가리키자, 그제야 여자의 얼굴에 설핏하게 미소가 떠올랐다. 마치 담백한 수묵화에서 매화 향이 느껴지는 듯했다.

"얼마나 필요하세요?"

"글쎄요. 한 2미터?"

"그 정도 되려나 모르겠네요. 일단 풀어 볼게요."

여자는 나무로 된 커다란 테이블 위에 천을 펼쳐 놓기 시작했다.

"이 책상 길이가 2미터 좀 넘을 거예요. 이 정도면 될까요?"

"네. 될 것 같아요. 근데 자석은 왜 들고 계셨어요?"

수호는 그녀가 떨어뜨린 자석을 주우며 물었다.

"가끔 수강생들이 바늘을 떨어뜨리고 가거든요. 청소기로도 잘 안 빨려 들어서, 그거 찾느라고요."

"아."

여자는 재단용 가위로 천을 잘라서는 작은 종이 가방에 넣어 수호에게 건넸다. 계산을 하고 공방을 나서려는데, 수강생으로 보이는 수다스러운 아줌마들이 들이닥쳤다. 수호는 고개를 슬쩍 숙여 보이고는 공방을 나섰다.

몇 시간을 카메라와 어두운 공간에서 씨름했더니 점심때가 한참 지나 있었다. 수호는 편의점에 가서 배를 채울 뭐라도 사 와야겠단 생각을 하며 기지개를 켰다.

아파트 상가에 있는 슈퍼형 편의점에서 우유, 달걀, 식빵, 라면 등을 사서 나오는데, 공방 안에서 열심히 수강생들을 가르치고 있는 그녀의 모습이 보였다. 사람들과 이야기를 나누며 환하게 미소 짓고 있는 여자의 모습에 수호는 자꾸만 눈길이 가는 것만 같았다. 그저 사진으로 남겨 두고 싶은 피사체에 대한 일종의 호기심이겠거니 생각하며, 수호는 걸음을 옮겼다.

모퉁이를 돌아 공동현관 쪽으로 걸어가고 있는데, 바로 앞 놀이터 그네에 심드렁한 표정으로 앉아 있는 준이의 모습이 들어왔다. 아무도 없는 텅 빈 놀이터에 홀로 앉아 있는 아이의 모습이 참으로 공허했다. 흑백 사진이 어울릴 것 같은 엄마와 그보다 더 큰 외로움을 품고 있는 것 같은 허허로운 모습의 아들.

수호는 무언가에 이끌리듯 놀이터로 향해, 아이의 옆 그네에 앉았다. 갑자기 나타난 인기척 때문인지 아이가 화들짝 놀라 수호를 바라봤다.

"안녕하세요?"

준이는 제법 씩씩하게 인사를 해 왔다.

"안녕? 여기서 뭐 해?"

"하늘 구경이요."

"하늘 구경?"

아이의 시선을 따라 수호는 고개를 들어 하늘을 바라봤다. 높고 푸른 가을 하늘에는 비행기가 만들어 낸 것 같은 모양의 긴 구름이 한 획 그어져 있었다. 요즘 애들은 빠르다더니, 일곱 살짜리 아이가 벌써 가을 하늘의 아름다움을 깨우쳤나?

"아빠랑 얘기했어요."

준이는 이내 고개를 숙이고 푹신푹신한 마감재가 깔린 놀이터 바닥을 발로 툭툭 쳐 댔다. 어린아이에게서 느껴지는 허망함에 수호는 숨이 턱 막혀 버리는 것 같았다.

"아빠가 뭐라고 하셨어?"

"몰라요."

"왜 몰라?"

"아무런 말도 안 하니까⋯⋯."

티끌 없이 솔직한 아이의 대답에 수호의 마음이 무겁게 가라앉았다.

"엄마가 가게로 바로 오라고 하시지 않았어?"

"아! 맞다! 아저씨 나 여기서 본 거 비밀이에요. 절대! 엘리베이터에서 우리 엄마 만나도 이야기하시면 안 돼요! 그리고 내가 아빠랑 얘기한 것도 비밀이에요!"

"응, 그래."

수호는 등을 한가득 차지하는 유치원 가방을 둘러멘 아이가 저만치 뛰어가는 모습을 물끄러미 바라봤다. 그 모습이 모퉁이를 돌아 사라질 때까지 수호는 가만히 그네에 앉아 있었다. 하늘을 품고 사는 외로운 아이의 모습에 심장이 깊게 가라앉았다.

그러다 문득 올려다본 하늘은 시리도록 맑았다. 저렇게 똘똘한 아이를 두고, 저렇게 어여쁜 부인을 두고 어떻게 눈을 감았을까? 수호는 대답해 줄 이 없는 질문을 해 대며, 한숨을 한번 내쉬고는 자리를 털고 일어났다.

2. A few good men

서울로 향하는 차 안, 준이는 뒷좌석 주니어 카시트에 앉아 연신 태블릿 PC를 두드려 댔다. 아이가 무언가에 집중하게 되면, 윤희도 운전에 집중할 수 있어서 좋았지만, 이제 그만하라고 해야 할 것 같았다.

"준아, 이제 그만하는 게 어떨까?"

윤희는 룸미러를 통해 아이를 바라보며 물었다.

"엄마, 그 아저씨 되게 유명한가 봐!"

"아저씨? 누구?"

엄마한테 보여 주려는 듯 태블릿 PC를 얼굴 높이까지 들어 보이며 화면을 흔들어 대는 아이의 모습이 룸미러를 통해 보였다. 그리고 화면 속 몽환적인 사진들도 얼핏 눈에 들어왔다.

"옆집 사는 아저씨. 이름이 이수호랬어. 인터넷에 찾아봤는데, 사진 찍는 사람 중에 유명하대."

"이름은 어떻게 알았어?"

이맛살을 구기며 냉랭한 목소리로 물어 오는 윤희에게 준이는 배시시 웃으며 말했다.

"아저씨 처음 봤을 때, 잘 지내자고 알려 줬어."

"그래……. 준이 이름도 말했어?"

워낙에 무서운 일이 많이 일어나는 세상, 윤희는 낯선 이에게 절대 이름을 알려 주지 말라고 일렀었다. 아이에게 모르는 이를 따라가지 말라고 하지만, 아이들의 경계심은 자신의 이름을 불러 주는 순간 풀어진다고 어디선가 본 적 있었다. 이름을 알면 생판 모르는 남남이어도 아이에게는 아는 사람이 되어 버리는 것이다.

"……."

대답이 없는 것을 보니 말했나 보다. 윤희는 한숨을 폭 내쉬며 말했다.

"준아."

윤희가 무언가 잔소리를 늘어놓으려는 찰나 준이 덧붙였다.

"낯선 사람한테 이름 말해 주면 안 된다. 아빠가 없는 것도 말하지 마라. 알아! 근데 내가 공동현관 열 수 있게 도와줬단 말이야. 아저씨가 먼저 이름도 말해 줬어. 옆집에 이사 온다고, 잘 지내자고 했단 말이야. 이웃하고는 사이좋게 지내는 거라고 유치원에서 그랬어! 옆집 사셨던 할머니, 할아버지랑은 친하게 지냈잖아!"

언젠가부터 엄마가 하는 말보다 유치원 선생님이 하는 말이 더 높은 곳에 있다 믿는 아이 같았다. 윤희는 자신을 가르치려 드는 일곱 살 아이의 말에 작게 한숨을 내쉬었다. 딱히 꼬집어 뭐가 틀렸다고 말하기도 어려운 상황이었다. 아이는 항상 예상했던 것보다 빠르게 자란다더니, 어느새 준이는 또 이만큼 성장한 모양이다.

윤희의 마음이 열리는 속도보다, 아이가 세상을 열어 가는 속도가 더 빨라지고 있었다. 기특하고, 대견한 일이 윤희에게는 버겁고, 두려운 일이기도 했다.

한남대교를 건너 20여 분을 더 달린 차는 어느 레스토랑 주차장에 멈춰 섰다. 쉴 새 없이 떠들어 대던 아이는 어느새 잠이 들어 있었다.

"준아, 다 왔어. 할머니 기다리셔. 어서 내리자."

"응. 엄마, 안아 줘."

"레스토랑 입구까지만이야."

"응."

준이는 눈도 뜨지 못하고 손을 뻗어 엄마의 목을 꼭 끌어안았다. 레스토랑 입구에 다다랐는데도 아이는 윤희에게서 떨어지지 않으려고 했다. 남편이 떠나고, 이사를 하고, 아이가 잠깐 퇴행장애를 겪었던 적이 있었다. 시간이 지나면서 차츰 나아지기는 했지만, 잠이 들거나, 잠에서 깨어날 때 엄마 살 냄새를 맡으려 하는 습관은 여전했다.

윤희가 친정엄마의 이름을 이야기하자, 레스토랑 지배인으로 보이는 남자가 윤희를 복도 끝에 있는 방 안으로 안내했다.

"왔니?"

"오셨어요? 비행 고되셨겠어요."

"아니. 네가 애 데리고 오느라 고생했지. 우리가 내려갔어야 했는데, 네 아버지가 워낙 바빠서."

"네. 괜찮아요. 이 김에 서울 구경도 하는 거죠, 뭐."

친정엄마는 윤희에게서 준이를 받아 안으며, 아이를 얼렀다.

"준아. 할머니 왔네?"

"어! 산타 할머니!"

오실 때마다 준이의 선물을 가득 사 오시는 외할머니가 준이에게는 비행기 타고 오시는 산타 할머니였다.

"어호, 녀석. 할미 그래서 빨간 원피스도 입었다. 어때? 예뻐?"

"네, 예뻐요! 무지무지 예뻐요. 우리 엄마도 이거 사 주세요."

할머니 옷에 달린 반짝이는 스와로브스키 장식을 매만지며 준이는 예쁘다는 말을 반복하고 있었다.

"아버지는요?"

"어, 뭐 오늘 어디 후원 행사 있다고. 거기 들렀다가 오신다고 했어. 우리 식사 먼저 하고 있으라고 하시더라."

"네."

준이가 얌전히 의자에 앉아 식사하는 모습을 보시며 산타 할머니 혜경은 안타까운 미소를 지어 보였다. 윤희는 그 모습을 그저 외면한 채 접시로 시선을 돌렸다.

식사가 끝나 갈 무렵, 아버지는 후원의 밤 행사가 거의 마무리되어 가고 있다고 전화를 해 오셨다. 이번 행사의 주인공이 아버지와 함께 와 있다고, 나란히 있는 그들 부녀의 모습에 당신도 윤희와 함께하고 싶다며 혜경과 윤희를 근처 호텔 로비 라운지로 부르셨다.

반짝이는 호텔 로비 샹들리에에 시선을 **빼앗긴** 준이는 이리저리 고개를 두리번거리며 윤희에게 속삭였다.

"엄마, 저런 거 우리 집에는 못 달겠지?"

"그럼. 아마 거실 천장에 달면 바닥까지 닿을걸?"

모자가 귓속말을 주고받는 사이, 어느새 아버지가 앉아 계시는 테이블 가까이에 도착했다.

"준아!"

자리에서 벌떡 일어나 두 팔을 벌려 보이시며 아이를 부르는 목소리에 준이는 바닥을 박차고 달려가 할아버지의 품에 안겼다.

"할아버지!"

"잘 지냈니?"

"네, 저 유치원에서 질서왕 상도 탔어요! 미끄럼틀 차례차례 탄다고."

"어이구. 기특해라. 할아버지가 선물 사 줘야겠네!"

준이를 의자에 앉히시고, 아버지는 윤희의 어깨를 두어 번 토닥거리며 환한 미소를 지으셨다.

"자, 이쪽은 우리 안사람, 이쪽은 내 딸, 여기는 하나밖에 없는 내 손줍니다. 그리고 이쪽은 이번에 우리 여행사 후원을 받게 될 선수고."

아버지의 소개에 윤희는 슬쩍 고개를 숙여 인사를 하였다. 그러다 선수라는 젊은 여자의 옆에 사색이 되어 서 있는 중년 남성의 얼굴이 눈에 들어왔다. 윤희는 숨이 멎은 듯 그 자리에 굳어버렸다.

"윤희야."

혜경은 파리하게 군은 딸의 얼굴과 중년 남자의 얼굴을 번갈아 보았다. 젊은 여자는 자기가 어떤 자리에 있는 것인지 모르는 듯 여전히 미소를 띤 채 고개를 갸웃할 뿐이었다.

윤희는 시선을 옮겨 여자의 모습을 살폈다. 짧은 머리에 그저 평범한 얼굴, 예쁜 구석은 없어 보이는 외모에 실소가 터져 나왔다. 꼭 부인보다 못한 여자랑 바람을 피운다더니. 윤희의 얼굴에 비소(誹笑)가 어렸다.

"아버지가 후원하시는 선수라고요?"

"응."

"반가워요. 강윤희예요. 저희 구면이죠? 이쪽은 제 아들 이준. 죽은 남편 이름이 이정수였죠."

그 여자를 찾아가서 왜 그랬느냐고 물어야 할까, 언제부터 그런 사이였느냐고 따져야 할까, 아니면 그냥 같이 죽어 버리지 왜 당신은 살아 있느냐고 해야 할까 끝도 없는 고민을 했었다.

찾아가면 뭐할까 싶었다. 얼굴을 마주하면 비참해지는 것은 자신일 거라고 여겼다. 그런데 남편의 죽음으로 상복을 입고 있는 여자에게 찾아와 뻔뻔한 말을 해 보였던 남자를 다시 마주한 순간 윤희는 무언가 큰 깨달음이라도 얻은 듯했다.

잘 살고 있어야 할 사람은 저 여자가 아니라 자신이어야 했다. 언제나 가정에 충실했고, 가족을 사랑했고, 남편을 믿었고, 아이를 잘 돌봤던 자신이 잘 살고 있어야 했다. 그런데 윤희는 숨으려고, 감추려고만 했었다.

윤희는 두 부녀를 담담한 눈빛으로 바라봤다.

"우린 구면이고, 그쪽은 나 처음 보죠?"

윤희의 말에 여자는 마주친 시선을 옮기지도 못하고, 굳어 있었다. 한 여자의 인생을 지옥 속으로 넣어 놓고 뻔뻔히도 잘 살고 있는 그 여자가 인간으로도 보이지 않았다. 또 자신을 안고 죽은 남자가 있는데도 저렇듯 아무렇지 않게 웃으며 살고 있는 것도 윤희는 납득이 되질 않았다.

자신만 바보같이 살았단 후회와 회한이 한꺼번에 밀려들었다.

"아, 오랜만입니다. 불미스러웠던 일은 잊고……."

"잊어?"

저 남자의 부정(父情)은 저런 방식인 걸까? 딸이 아닌 다른 이의 아픔과 상처는 아무것도 아닌? 연쇄살인을 저지른다는 사이코패스와 다를 게 뭘까?

윤희의 반응에 이상한 낌새를 눈치챘는지, 혜경이 호텔 지배인을 불렀다.

"지금 시터 서비스 이용할 수 있나요?"

"네, 가능하십니다."

"준아. 여기 놀이터가 엄청나게 좋다고 하네? 우리 질서왕이 가서 아이들 순서 잘 지켜서 놀고 있는지 보고 올래?"

"네! 그럴게요!"

준이는 질서왕이라는 말에 신이 나서는 여자 지배인의 손을 붙잡고 키즈 룸으로 향했다.

"아빠."

어릴 적 이후로 윤희가 아버지를 아빠라 부르는 일은 드물었다. 딸의 부름에 인석은 그녀의 옆에 다가서며 어깨를 감싸 주었다. 무언가 도움이 필요하다는 목소리라는 걸 그는 단번에 알 수 있었다.

"후원, 없었던 일로 할 수 있나요?"

윤희의 물음에 골퍼 아버지라는 괴인(怪人)의 얼굴이 더 기괴한 모양으로 일그러졌다.

"아니, 이미 계약서에 도장 다 찍었는데, 그렇게 파기하는 경우가 어디 있습니까?"

언성을 높이는 남자는 참으로 뻔뻔해 보였다.

"무슨 일인지, 딸애의 말부터 들어 봐야겠습니다."

윤희는 담담한 목소리로 말을 이었다.

"그이가 죽을 때, 차 안에 같이 타고 있던 여자가 있었다고 작년 가을쯤 윤수한테 들으셨죠?"

그때를 생각하면 자다가도 벌떡 몸이 일으켜지는 인석이었다. 굳이 이런 자리에서 죽은 남편의 이름까지 입에 올리는 것을 보면 앞에 있는 두 사람이 누군지 짐작이 갔다.

"후원은 없었던 일로 하겠습니다."

"그런 법이 어디 있습니까?"

여자의 아버지는 참으로 뻔뻔했다. 저런 부모 밑에서 자랐을 여자의 인생이 불쌍하게 느껴지기까지 했다.

"다른 이의 남편을 탐하고, 어린아이의 아버지를 빼앗는 법도 세상에는 없습니다."

인석의 말에 남자는 흠칫 놀라는 듯 보였다. 여자는 아까부터 고개를 푹 숙인 채로 공연히 입술을 깨물어 대고 있었다.

"더는 대면하고 싶지 않군요."

굳은 표정으로 자리를 뜨려 하시는 아버지를 윤희가 붙잡았다.

윤희는 숨을 한번 고르고는 차분한 음성으로 말했다.

"나중에 정말 사랑하는 사람이 생겨서 가정을 이루게 된다면, 한번 의심해 봐요. 그 남자가 정말 자신만 사랑하고 있는 게 맞는지. 난 이제 그런 더러운 남자와 당신같이 더러운 인생을 사는 여자는 잊고 보란 듯이 잘 살 거예요. 난 잘못한 게 없으니까. 근데 당신은 평생 자신의 옆에 있는 사람을 의심하며 살겠죠? 본인이 그렇게 살아왔으니, 그런 쪽으로밖에 생각 못 할 테니까. 나는 새로운 시작이라도 할 수 있겠지만, 당신은 평생 그렇게 살 것 같네요. 고마워요. 새로 시작할 수 있게 해 줘서."

윤희는 빙긋 미소를 지으며 부모님께 시선을 옮겼다.

"그만 가시죠. 피곤해요."

"그래, 준이 데리고 같이 집으로 가자꾸나."

딸의 어깨를 따사로이 감싸 안은 아버지는 부들부들 떨고 있는 남자를 향해 말했다.

"소송이든 뭐든 한번 해 봅시다. 내가 가진 모든 걸 다 동원해 볼 테니. 내 딸에게 접근하거나, 허튼짓을 하는 날에는 아마 수년 전에 세상을 떠난 그놈과 같은 처지가 될 겁니다."

남자는 비겁하게 무릎을 꿇어 보이며 매달렸다.

"죄송합니다, 사장님. 죄송합니다. 저희 딸애가 잘못이 큽니다. 저희 상대로 고소하시거나 하실 건 아니죠? 소송이라니요. 저희가 물러나겠습니다. 죄송합니다."

"다시는 보는 일 없었으면 좋겠군요."

괴인에게서 멀어지는 세 사람의 얼굴은 찬 서리가 내려앉은 듯 서늘했다.

집으로 향하는 길, 아버지의 차에 올라탔다.

"네 차는 기사 시켜서 가지고 오게 하마."

"네."

"괜찮니?"

혜경의 물음에 윤희는 한숨을 집어삼키며, 애써 웃음 지었다.

"괜찮아요."

어두운 밤이 내린 한강변, 여울진 빛무리에 시선을 고정한 윤희의 표정이 밤하늘만큼이나 어두웠다. 악한 자들에게 냉기 어린 말을 내뱉고 뒤돌아섰음에도, 윤희의 머릿속엔 그 현장이 반복 재생되고 있었다. 또 마음속에 자리 잡은 응어리는 후련함으로 대치되지 못하고 불편한 자리를 계속 차지하고 있었다.

언제쯤 후련해질까? 언제쯤 잊혀질까?

✻✻✻

부모님이 미국으로 돌아가시고, 얼마 되지 않아 골프 로비와 관련한 추잡한 사건이 매스컴에 오르내렸다. 그 사건의 중심에는 그 여자와 그 여자의 아버지가 있는 듯했다. 호송 줄을 맨 채로 어디론가 걸어가는 화면 속 모습을 보며 윤희는 헛웃음을 흘렸다.

미국에서 전화를 주신 아버지는 그때 후원을 파기하지 않았더라면, 큰일에 휘말릴 뻔했다며 한숨을 내쉬었다.

— 여기로 들어오는 게 어떻겠니?

"준이도 여기 좋아하고, 저도 여기가 좋아요."

― 그래도 엄마, 아빠 있는 곳에 있는 게 더 안전하지 않을까?

"아빠."

― 응.

"저 이제 좀 강해진 것 같아요."

― 그래. 무슨 일 있으면 바로 전화하고. 윤수가 조만간 들른다
더라.

"네, 들어가세요."

악한 자의 끝은 반드시 있어야 하는 법이다.

남편이 죽고 마치 단단한 달걀 껍데기가 사라져 버린 것 같았
다. 얇고 투명한 난막(卵膜)으로 흰자와 노른자를 위태롭게 감싸
고 있는 느낌에 윤희는 하루하루가 불안했다. 뾰족한 모서리에 찔
리면 확 터져 버릴 것만 같은 삶 속에서 그저 숨기고, 감추고, 피
하며 사는 게 가장 좋은 방법이라 생각했었다.

그러나 이제, 그 난막이 터져 버린다 할지라도, 윤희는 부딪쳐
보기로 했다. 윤희는 일 년에 한 번 연락을 주고받을까 말까 한
큰시누이에게 전화를 걸었다.

오랜만에 만난 그녀는 윤희에게 또 아쉬운 소리를 해 댔다. 아
무리 그래도 준이는 우리 집 자식인데, 남편이 죽었어도 시부모님
께 더 자주 보여 주면 안 되겠느냐는.

윤희는 그동안 하지 않았던 이야기를 털어놓았다. 그래도 시누
중에 가장 말이 잘 통하는 이였다. 고등학생과 대학생 딸아이를
둔 시누는 아무 말도 없이 눈시울을 붉혔다.

"다음 그 사람 기일부터 가지 않을 거예요. 마음 같아서는 준이

도 보내고 싶지 않아요."

"준이는 내가 데리러 올게. 그동안 고생 많았겠네……."

"안녕히 가세요."

"그래, 혹시나 연락처 바뀌면 알려 줘. 집에는…… 내가 알아서 할게."

"감사합니다."

"감사는 무슨. 몇 년 동안 우리 엄마나 나나…… 형제들 싫은 소리 어떻게 견뎠어……. 이런 말 우습지만, 못난 내 동생…… 그래도 가는 길 지켜 줘서 고마워."

큰시누는 휘청하며 자리에서 일어나서는 머리를 짚고, 한숨을 한번 내쉬었다.

"혹시, 무슨 도움 필요하면 꼭 연락하고."

"네."

그녀가 나가고, 윤희는 커피숍을 나와 공방으로 향했다. 청아한 시월의 하늘을 올려다보며, 윤희는 크게 숨을 들이마셨다.

부정(不正)을 저지르고도 뻔뻔하고 나쁜 사람들이 잘 사는 세상은 나쁜 세상일 것이다. 착한 사람이 잘 사는 선한 세상이 되어야 한다. 윤희는 앞으로 준이가 살아갈 세상은 선한 세상이길 바랐다. 그러기 위해서라도 윤희는 마음을 고쳐먹어야겠다고 생각했다. 이제야 모든 걸 내려놓은 듯 무언가 홀가분해진 것 같은 기분이었다.

언제나 깊은 잠에 들지 못하고, 이리저리 뒤척이던 윤희였는데 지난밤은 한 번도 깨지 않고 푹 잔 듯했다. 몇 년간 어깨 위를 짓

누르고 있던 통증도 누그러든 것 같았다.

어스름한 새벽, 윤희는 잠에 빠져 색색 숨소리를 내고 있는 아들의 얼굴을 바라보았다. 얼굴을 한번 쓸어내리는데, 기분 나쁜 열감이 손끝에서 느껴졌다.

윤희는 얼른 침대에서 일어나 체온계를 집어 들었다. 39.8도. 맙소사!

3. 구도構圖의 미학美學

새벽녘 물안개가 짙게 깔리는 저수지는 수호를 비롯한 여러 작가들이 좋아하는 촬영 장소였다. 작가들의 커뮤니티에는 그날그날 날씨와 촬영 여건들이 올라오기도 하고, 새로 발견한 촬영 포인트들이 올라오기도 했다.

수호는 누군가 올려놓은 아파트 근처 저수지의 촬영 포인트로 해가 뜨기 전 출사를 나섰다. 생각보다 안개가 너무 짙게 일었고, 구름의 움직임에 따른 빛 내림도 그리 마음에 들지 않았지만, 그래도 쓸 만한 사진 서너 장은 건질 수 있을 것 같았다.

해가 완전히 떠오르고 나자, 더 이상의 촬영이 무의미해졌다 생각한 수호는 카메라 장비를 챙기고는 집으로 향했다.

주차를 마치고 차에서 내리는데, 주차장에서 준이를 안고 차 앞을 서성이고 있는 옆집 여자의 모습이 보였다. 아이의 몸이 축 처져 있는 것으로 보아 어디가 아픈 모양이었다.

리모컨을 아무리 눌러도 차 문이 열리지 않는지, 그녀는 리모컨을 연신 눌러 대며 발을 동동 구르고 있었다.

"무슨 일 있으세요?"

수호의 물음에 그녀는 화들짝 놀라 고개를 돌렸다.

"차 문이 안 열려요. 리모컨이 안 먹히는 게…… 배터리 방전인지……."

깡마른 몸으로 힘겹게 아이를 안고 땀을 뻘뻘 흘리고 있는 모습이 안쓰러웠다.

"준이 어디 아파요?"

"열이 많이 나요. 눈도 못 뜨고……."

"일단 제 차로 가죠. 빨리."

그녀는 고맙다고 몇 번이나 고개를 숙여 보이며, 자신의 뒤를 따르고 있었다. 뒷좌석에 그녀가 오를 수 있도록 문을 열어 주었다.

"이 근처에 병원이 어디 있는지 몰라요. 길은 가르쳐 주세요."

"네, 그럴게요."

룸미러로 흘끔 보니, 아이를 안고 있는 그녀의 표정이 짙은 안개를 머금은 저수지를 떠오르게 했다. 그녀의 얼굴에 깃든 짙은 안개는 어떤 햇살로 밀어낼 수 있을까?

병원 응급실에 도착한 준이는 기본적인 검사들을 마치고, 침대에 눕혀졌다. 검사 결과 병명은 수족구였다. 입안에서부터 수포가 생기기 시작해 눈치를 못 챈 것 같다며, 그녀가 한숨을 내쉬었다. 자신을 탓하는 모양새가 안쓰럽게 느껴졌다.

"엄마 잘못 아니에요."

"네?"

"애가 아픈 게 엄마 잘못은 아니라고요. 크다 보면 아플 수도 있죠. 그렇게 자기 탓인 것처럼 말하지 마요."

자신의 말에 여자는 잠시 당황한 듯하다가 이내 흐린 미소를 지어 보였다. 수묵화에 슬쩍 한 가지 색이 더 입혀진 듯했다.

둘이 어색하게 아이의 침대를 사이에 두고 응급실 안에 서 있는데, 간호사 한 명이 다가왔다.

"저, 부모님 두 분 중에 한 분은 입원 절차 밟으시고요. 다른 한 분은 아이와 함께 안내되는 병실로 이동해 주세요."

"아, 저기!"

여자가 간호사를 붙들고 뭐라 말을 더 하려는데, 수호가 됐다 며 고개를 저었다.

"죄송해요."

"아니에요. 바쁜 일도 없고 괜찮아요. 뭐, 나중에 저도 신세 질 일이 있겠죠. 이웃인데……."

"감사합니다."

또다시 고개 숙이며 인사를 하는 여자의 모습에 수호는 웃음이 났다.

"지금까지 감사하다는 인사 백 번도 더 한 것 같아요. 알았으니 까, 입원 절차 밟고 오세요."

"네."

"아, 저!"

"네?"

"제 전화번호는 아셔야죠. 병실로 오시려면."

수호는 여자의 휴대전화에 자신의 휴대전화 번호를 입력해 주었다. 또다시 감사하다는 말과 함께 여자가 자리를 뜨고 난 후, 아까 그 간호사가 다가왔다.

"병실 잡혔다고 하네요. 올라갈게요. 아이 안으실 수 있으시죠?"

"네."

수호는 축 처져 있는 준이를 안아 들었다. 뜨끈한 기운이 느껴짐과 동시에 가슴 한구석이 무겁게 가라앉았다. 수호는 어두운 생각을 떨쳐 내려 한숨을 폭 내쉬었다.

"응? 엄마?"

생경한 느낌에 정신이 났는지 준이가 고개를 돌려 수호를 바라봤다.

"아저씨."

"어, 준이 깼니? 여기 병원이야."

"엄마는요?"

울먹이는 목소리가 아이의 불안함을 고스란히 내비치고 있었다.

"잠깐 어디 가셨어. 병실에 가 있으면 금방 오실 거야. 가서 엄마한테 전화해 볼까?"

"응."

제 엄마 없는 곳에서 눈물을 보이고 싶지는 않았는지, 턱 언저리를 실룩이며 울음을 참는 모양새가 안쓰러웠다. 수호는 오른팔로 아이의 엉덩이를 받쳐 끌어안고, 왼손으로 아이의 등을 토닥여 주었다.

"우리 준이 씩씩하네. 여기 간호사 누나들 되게 예쁘더라."

"치. 우리 엄마보다 예뻐요?"

"글쎄."

"난 우리 엄마가 세상에서 제일 예쁜데."

아, 간호사의 미모 수준으로 병원의 좋고 나쁨을 판단하는 것은 성인 남자의 기준인가? 수호는 민망함에 괜히 헛기침을 해 대며 간호사의 뒤를 따라 병실로 들어섰다.

"자, 이 자리 사용하시면 되고요. 여기 환자복으로 갈아입히시고, 불편한 거 있으시면 말씀하세요. 침대 시트 교체나 담요가 더 필요하시면 간호사실에 말씀해 주세요."

"네."

수호는 고개를 끄덕이며, 준이를 침대 위에 내려놓았다.

"준아, 우리 옷부터 갈아입을까?"

"저기……."

"응?"

준이가 손으로 가리키는 곳을 보니, 예쁘게 생긴 준이 또래의 여자아이가 침대 위에 앉아서 병실에 새로 들어온 준이를 바라보고 있었다.

"아! 그래. 잠시만."

수호는 침대 주변에 커튼을 치고는 준이에게 옷을 건넸다. 준이의 티셔츠를 벗겨 주려고 하자, 준이는 몸을 홱 돌리며 말했다.

"제가 할 수 있어요."

"그래. 여기 옷 들고 있을게."

준이가 환자복으로 갈아입고 난 후, 준이 담당 간호사가 병실로 들어섰다. 수액을 맞아야 한다는 간호사의 말에 준이는 눈을 질끈 감은 채로 앓는 소리 한 번 내지 않고 주삿바늘이 꽂히는 것을 참아 냈다.

"와! 너 멋지다! 나 어제 주사 맞으면서 막 울었는데."

대각선 너머에 있는 여자애의 말에 준이의 얼굴이 새빨갛게 달아올랐다. 수호는 목소리를 낮추고 준이에게 말했다.

"준아, 이럴 땐 고맙다고 해야지. 준이 멋지다고 하잖아."

수호의 말에 준이가 우물우물거리다가 입을 열었다.

"고마워."

"난 예솔이."

"난 준이. 근데 아저씨, 나 어디 아프대요?"

"어, 수족구라던데?"

"수족관?"

고개를 갸웃하는 준이의 물음에 수호는 웃음이 터지고 말았다.

"아니. 수족구. 밥 잘 먹고, 약도 잘 먹고, 씩씩하게 견디면 낫는대."

수호의 말에 예솔이라는 여자애가 거들었다.

"나도 수족구인데. 다 나을 때까지 유치원도 못 간대."

"난 유치원 안 가는 거 좋은데."

준이가 대꾸했지만 예솔이 엄마의 등장으로 여자애의 관심사는 엄마에게로 돌아갔다.

"왜 유치원 안 가는 게 좋아?"

수호의 물음에 준이의 낯빛이 어두워졌다.

"유치원에서 요즘 체육 시간에 달리기 연습해요."

"달리기? 준이 달리기에 자신 없어?"

"아니요! 저 달리기 잘해요!"

발끈하는 꼬마 녀석의 얼굴이 무척이나 귀여웠다.

"근데?"

"2주 후에 체육대회 하는데, 아빠랑 달리기 한대요. 아빠랑도 연습하라는데……."

아! 수호는 안타까운 마음에 준이의 머리를 한번 쓱 쓰다듬어 주었다.

"삼촌이나, 할아버지랑 해도 되는 거 아니야?"

"할머니, 할아버지는 미국에 사시고, 삼촌은 바빠요."

한숨을 폭 내쉬는 아이의 얼굴이 또다시 일그러졌다. 유치원에서 일어나는 일들이 세상에서 가장 중차대한 일이라 여길 나이일 텐데……. 수호는 그저 아이의 머리를 쓰다듬을 뿐 아무런 말도 해 줄 수가 없었다.

때마침 울린 휴대전화 벨 소리에 수호는 얼른 전화를 받았다.

"여보세요?"

— 여보세요? 저 준이 엄마예요. 어느 병실로 가셨어요?

"소아 병동 607호요."

— 감사합니다. 얼른 갈게요.

통화를 마침과 동시에 한껏 밝아진 아이의 목소리가 들려왔다.

"엄마 오신대요?"

"응, 금방 올라오신대."

그저 휴대전화 너머로 들려오는 엄마 목소리를 듣기만 했는데도 밝아진 아이의 표정에 수호는 괜히 가슴이 떨렸다.

얼마 지나지 않아, 병실에 온 준이 엄마는 계속 죄송하다고 했
다.

"아니에요. 별로 한 것도 없는데, 그러지 마세요. 근데 입원해
서 며칠 있으려면, 뭐 필요한 게 많으실 텐데……."

"이따 챙겨 오면 돼요."

"지금 다녀오세요."

"……그래도 될까요?"

머뭇거리다가, 조심스레 묻는 여자의 얼굴에 그제야 혈색이 도
는 듯했다. 새벽에 일어나서 세수도 제대로 못 했는지 얼굴이 말
이 아니었다. 그럼에도 그녀의 아름다움이 느껴지는 건 그녀가 엄
마여서일까? 수호가 슬쩍 고개를 끄덕이자, 그녀의 얼굴에 미소가
번졌다.

"준아, 엄마 집에 가서 준이 속옷이랑, 장난감 챙겨 올게. 아저
씨랑 같이 조금만 있어."

"응."

"저, 그럼 다녀올게요. 감사합니다."

"네."

수호는 감사하다는 인사를 너무 많이 받은 탓인지 그저 건성으
로 고개를 끄덕이며 준이에게 시선을 돌렸다. 준이는 엄마에게 무
슨 미니카 세트를 꼭 챙겨 오라며 소리쳤다.

밤에 잠을 못 잔 탓인지, 준이는 금세 잠이 들었다. 수호는 조
용해진 병실 안을 한번 둘러보았다.

침대 위에 누워서 힘겨운 싸움을 하고 있는 아이들, 그 옆을 지키고 있는 불안한 표정의 부모들. 안타까운 마음과 희망찬 기대감의 아득한 조화가 병실 안 공기를 가득 채우고 있었다.

그리고 그 아득함이 수호의 폐부 깊숙한 곳을 날카롭게 찌르는 것만 같았다.

다시는 발을 디디지 않을 공간이라 생각했다. 아이가 누워 있는 병원. 다시는 마주하지 않을 공간이라 여겼었는데, 축 늘어져 있는 준이의 모습을 마주한 순간 심장이 덜컹거리기 시작했다. 붙잡아 놓지 못한 것에 대한 안타까움을 다독이듯 수호는 힘겨운 한숨을 내쉬었다.

병원 앞 정류장에서 택시에 오른 윤희는 서둘러 공방으로 향했다.

벌써 휴대전화로 여러 차례 수강생들의 전화가 왔었다. 단체 채팅방에 당분간 공방 문을 열 수 없다는 공지를 남기기도 했고, 전화를 걸어오는 수강생들에게 사정을 설명하기는 했다. 하지만 아침 일찍부터 공방을 찾으시는 어르신들은 직접 가서 상황 설명을 해 드려야 할 것 같았다.

예상대로 가게 앞 벤치에는 어르신 서너 분이 앉아 계셨다. 돋보기안경을 쓰시고도, 자신보다 바느질 솜씨가 더 좋으시면서 날마다 마실 삼아 공방을 찾으시는 분들이었다.

"죄송해요. 준이가 아파서 병원에 있거든요. 당분간 공방 문을 닫아야 할 것 같아요."

"어이구, 어디가 아파? 병원에 있는데 엄마가 어찌 왔어?"

"잠깐 누가 도와주고 있어요. 죄송합니다."

"그래, 준이 엄마. 얼른 가 봐."

"감사합니다."

윤희는 어르신들께 재차 인사하며, 공방 문에 작은 메모지를 하나 붙여 놓고 발길을 돌렸다.

집에서 한 보따리 짐을 챙겨서 병원에 도착했을 땐 이미 오후 3시가 다 된 시각이었다.

병실에 들어서니 준이는 이미 곤하게 자고 있었고, 그도 의자에 앉은 채 침대에 엎드려 잠이 들어 있었다.

윤희는 두 사람이 깰까 싶어 조용히 짐을 정리하기 시작했다. 갑 티슈를 빼놓고, 아이의 장난감을 창틀에 올려놓고, 이불을 꺼내고, 세면도구를 꺼내 놓고, 태블릿 PC 충전기를 꽂으려 콘센트를 찾는 사이 수호의 목소리가 들려왔다.

"왔어요?"

"점심은 드셨어요? 죄송해요. 제가 너무 늦었죠?"

"아니에요. 보호자 식이 나오더라고요. 그거 먹었어요. 식사했어요?"

미안한 마음에 차마 아니라는 대답을 할 수 없었다.

"잠깐 있어 봐요."

수호는 기지개를 한번 켜더니 병실을 나섰다. 윤희는 수호가 나간 병실 문에 머물던 시선을 옮겨 준이를 바라봤다. 새벽녘을 힘겹게 보낸 탓인지, 아니면 약 기운 탓인지 곤하게 잠들어 있는 모습이 안쓰러웠다.

아이의 얼굴을 이리저리 쓰다듬으며 의자에 앉아 있는데, 잠시 화장실에라도 간 줄 알았던 수호가 윤희의 앞에 까만 비닐봉지를 하나 내밀었다.

"이게……?"

"김밥이에요. 병원 지하에 분식집 있네요."

"감사합니다."

"전 이만 가 볼게요."

윤희는 병실 문밖까지 수호를 배웅했다.

"정말 감사합니다."

"어휴, 괜찮아요. 제가 뭐 대단한 일 한 것도 아닌데."

웃음 짓는 수호의 얼굴이 어딘가 아파 보였다. 그의 자조 어린 웃음에 윤희는 어찌할 바를 몰랐다.

"들어가세요."

"네, 감사합니다."

멀어져 가는 수호의 어깨가 축 늘어진 것 같았다. 세상에 아픔이 없는 사람은 없다고 하지만, 그의 어깨 위에 놓인 아픔의 무게가 제 것만큼 무거울지도 모른다는 생각에 윤희는 한숨을 내쉬었다.

❄✱❄

준이가 병원에 입원한 지 삼 일째 되던 날, 수호의 휴대전화가 요란하게 울려 댔다. 화면을 들여다보니 옆집 여자의 휴대전화 번호가 찍혀 있다. 수호는 카메라를 정리하다 말고, 손을 뻗어 전화를 받았다.

"여보세요?"

— 아저씨!

"어, 준아. 아저씨 번호 어떻게 알았어?"

— 엄마 핸드폰에서 찾았어요!

"엄마는 뭐하셔?"

— 잠깐 간호사실 가셨어요. 저 오늘 퇴원한대요.

"그래? 다 나았대?"

— 집에 갈 정도는 된다고 그러더라고요. 병원에 있어 봤자 별다를 게 없나 봐요.

어른스럽게 자신의 안부를 전해 오는 준이의 말에 수호는 푸시시 웃음이 터져 나왔다.

— 아저씨, 그럼 집에 가서 봐요!

"그래, 조심해서 와."

— 네!

만난 지 얼마 되지 않은 아이인데, 무미건조했던 일상에 단비가 내리듯 준이는 수호의 웃음을 끌어내고 있었다.

차일피일 미루다 보니, 이삿짐 정리가 늦어졌고, 그 바람에 이곳 정리도 이제야 끝낼 수 있었다. 기자재들이 대부분 자리를 잡았고, 이 정도면 작업하는 데도 전혀 문제가 없을 것 같았다.

집 안에 암실을 만들 수는 없어서, 아파트 상가의 3평 남짓한 공간을 임대받아 암실을 만들었다.

호박색 전구를 달고 어두컴컴한 분위기를 만들자, 상가 주인은 미심쩍은 눈초리로 수호를 바라봤다.

"아, 여기 암실이에요. 사진 인화하는……."

"아. 아직도 그런 거 쓰나? 인쇄기 쓰면 될 텐데……."

"전 이게 좋아서요. 약품 처리는 안전하게 할 거예요. 걱정 마세요."

"그래요. 그럼 수고해요."

주인아주머니가 떠나고, 수호는 암실 문을 닫고 상가 1층으로 내려갔다. 퀼트 공방 문 앞에는 '내일부터 문 엽니다.' 라는 메시지가 적힌 노란색 접착식 메모지가 붙어 있었다. 고생 많았겠네. 수호는 또다시 한숨을 내쉬며 상가에 딸린 편의점으로 향했다.

간단히 저녁 끼니를 때울 인스턴트 식품을 봉지 가득 담아 엘리베이터에 오르는데, 준이의 목소리가 들려왔다.

"잠시만요!"

열림 버튼을 누른 채로 기다리니, 준이와 아이의 엄마가 감사하다는 인사를 하며 엘리베이터 안으로 들어섰다.

"어! 아저씨!"

"안녕하세요?"

"아, 예. 안녕하세요?"

"준이 퇴원했나 봐요?"

"네, 그날 정말 감사했어요."

"뭘요."

준이는 엄마의 손을 잡고 이리저리 흔들어 대며 콧노래를 부르고 있었다.

"엄마, 집이 최고 좋다. 그치?"

"응."

준이는 엄마를 한번 올려다보고는 다시 수호에게로 시선을 옮겼다.

"아저씨, 어디 갔다 오세요?"

"응, 편의점."

"편의점? 뭐 샀어요?"

준이는 봉지 속으로 고개를 빠끔히 들이밀며, 안에 담긴 물건들을 살폈다.

"라면, 라면, 라면. 이거 몸에 안 좋다고 엄마가 그랬는데?"

"가끔 먹어도 괜찮아."

그녀의 말에 준이는 심드렁한 표정을 지으며 엄마를 올려다봤다.

"치. 엄마는 가끔도 안 해 주면서. 아저씨, 이게 저녁이에요?"

"응."

"우린 오늘 맛있는 거 해 먹을 건데. 마트에서 벌써 배달도 왔대요."

"그래, 맛있게 먹어."

짧은 대화가 마무리되어 갈 무렵 엘리베이터는 어느새 16층에 다다랐다.

"그럼."

수호는 고개를 까딱하고는 현관문을 재빨리 열고 집으로 들어왔다. 이제껏 외로움을 즐기며 살아왔다고 생각했는데, 오늘따라 팔팔 끓는 냄비 안 물만큼이나 속이 부글부글 끓어오르는 것 같았다.

이제 퇴원해서 집에 온 일곱 살 아이의 저녁상을 질투하는 것도 아니고, 수호는 자신이 생각하기에도 한심하다며 쓴웃음을 머금었다.

신경질적으로 라면 봉지를 뜯어서 냄비 안에 면을 떨어뜨리려는 찰나, 초인종이 울렸다. 수호는 끓어오르는 짜증을 억누르며 인덕션 레인지의 불을 꺼 버리고는 인터폰이 있는 곳으로 향했다. 세대 간 통화 요청이었다. 누구야, 대체?

"네."

— 아저씨, 저 준인데요.

"응."

이상하게도 이 아이의 목소리가 들려오면 짜증이 누그러들어 버린다.

— 엄마가 괜찮으시면, 저녁 드시러 오시래요.

"저녁?"

— 네.

"아저씨가 가도 돼?"

— 네!

"그래, 고마워."

— 얼른 오세요.

인터폰이 끊어지는 소리를 듣고 수호의 얼굴에 공연히 웃음이 피어올랐다.

옆집 문을 두드리자, 누군가 다다닥 뛰어오는 소리가 들려오더니, 바로 문이 열렸다.

"아저씨, 왔어요?"

"응."

얼굴로 느껴지는 집 안 공기가 무척이나 따스했다. 준이의 뒤를 이어 직접 만든 것처럼 보이는 잔잔한 꽃무늬 패치 앞치마를 한 그녀의 모습이 보였다.

"들어오세요."

"네."

수호는 머뭇머뭇 발걸음을 옮겨 집 안으로 들어섰다. 그의 집과 대칭을 이루는 집 안 구조만 익숙할 뿐 전혀 다른 모습을 하고 있는 실내에 수호는 시선을 빼앗겼다.

벽 여기저기에 걸려 있는 그림에는 동일한 서명이 되어 있었다. 그중 가장 눈길을 끄는 그림 앞에 수호는 발걸음을 멈췄다. 가만히 그림을 들여다보고 있는데, 그녀가 옆으로 다가왔다.

"다 같은 작가 그림인가 봐요?"

"네."

"구도는 불안정한데, 색채는 밝고, 이건 색채는 어두운데, 구도는 안정적이네요. 뭔가 불안한 감정을 숨기려는 듯 내비치고 있어요. 솔직하면서 솔직하지 못한 작가네요."

"그림도 잘 보세요?"

"아니요. 내가 이런 사진을 찍었다면 어떤 감정이었을까, 생각해 봤어요."

이야기를 나누고 있는 둘 사이로 화장실에서 손을 씻고 나온 준이 자리 잡았다.

"아저씨, 그림 완전 멋지죠?"

"응."

"이거 울 엄마가 그린 거예요."

수호는 화들짝 놀라 아이 엄마에게 시선을 돌렸다. 아련한 시선으로 그림을 바라보고 있던 여자의 표정이 이내 밝아졌다.

"이제 바꿔야겠네요. 몇 년 동안 걸어 놨더니 싫증이 나서……. 식사 준비하는 데 10분 정도 더 걸릴 것 같은데, 잠시만 앉아 계시겠어요?"

"네, 그럴게요."

"아저씨, 내 방 구경 가요! 응? 빨리요."

부엌으로 향하는 여자의 모습을 바라보며, 수호는 준이의 손에 이끌려 아이의 방으로 향했다.

4. In the beginning

"우와! 이게 다 뭐야?"

아이가 안내한 방문을 열고 수호는 입을 쩍 벌렸다. 방 안 한쪽 책장을 가득 메운 미니카 때문이었다.

"멋지죠? 종류별로 다 있어요. 이거 청소도 다 내가 해요."

"멋지다, 정말."

준이는 마치 귀한 보물을 보여 주는 것마냥 작은 손을 조심조심 옮겨 가며 미니카 하나하나를 설명해 주었다. 수호는 준이의 설명을 들으며 고개를 끄덕이기도 하고, 그렇구나 하고 추임새를 넣어 주기도 했다.

"엄마는 여자라 그런지 차에 관심이 없어요."

남자 대 남자로 이야기를 나누고 있는 거라는 듯 어깨를 으쓱해 보이는 아이의 모습에 수호는 피식 웃음이 났다. 아이의 머리를 쓱쓱 쓰다듬어 주고 있는데, 똑똑똑, 노크 소리가 들려왔다.

"식사 준비 다 됐어요. 준아, 밥 먹자."

"네!"

씩씩하게 대답하는 준이의 뒤를 따라 식탁으로 향했다. 따스한 김이 모락모락 나는 저녁 밥상에 수호는 밥을 먹지 않았는데도 배가 부른 것 같았다.

"차린 게 별로 없어요. 맛있게 드세요."

"엄마, 우리 원래 먹는 반찬보다 훨씬 많은데?"

준이의 말에 그녀가 얼굴을 붉히며 아이에게 말했다.

"손님 오셨을 때 그냥 말치레로 하는 말이야. 준이도 맛있게 먹어."

"아, 아저씨! 차린 건 없지만, 많이 드세요."

"어, 그래. 잘 먹을게요."

예의를 차리고 밥을 먹고 싶었는데, 도대체 얼마 만에 받아 보는 집 밥상인지. 수호는 허겁지겁 밥 한 그릇을 뚝딱 비워 냈다.

"더 드릴까요?"

"네."

그녀는 성긋이 웃으며 국그릇과 밥그릇을 다시 가득 채워서 수호의 앞에 놓아 주었다.

"그날 정말 감사했어요. 저 혼자였다면 아마 준이도 그렇고, 저도 그렇고 많이 고생했을 거예요."

"아니에요. 준이 이제 괜찮대요?"

"네, 약은 며칠 더 먹여야 할 것 같아요."

"다행이네요. 병원에서 나와서."

어른들의 대화에 눈을 말똥하게 뜨고 둘을 번갈아 보던 준이는 씩 웃으며 다시 밥을 먹기 시작했다.

　그녀가 식탁 위를 치우는 동안 수호는 또다시 준이의 손에 이끌려 베란다로 향했다.

　"와! 이게 다 뭐야?"

　"이건 방울토마토, 이건 상추, 이건 쪽파. 엄마가 키우는 거예요."

　"멋지다."

　"사실 주말농장 하고 싶었는데, 그건 엄마가 혼자 하기엔 너무 힘들어서 안 된대요."

　베란다 텃밭을 보며 한숨을 내쉬던 준이는 어깨를 한번 크게 들썩이고는 엄마를 불렀다.

　"엄마, 상추 물 줘도 돼요?"

　"응, 너무 많이 주지 마."

　"네!"

　호스를 끌어다 물을 주는 솜씨가 어린아이치고는 꽤 노련해 보였다.

　"아저씨네도 이런 거 있어요?"

　"아니, 아저씨네 집은 거실에 베란다 없어."

　"아, 맞다. 옆집은 확장했다고 했지."

　"어떻게 알아?"

　"거기 예전에 할머니 사실 때 가 봤어요."

　수호는 그러냐며 고개를 끄덕였다.

　"과일 드세요."

어느새 둘의 곁으로 다가와 말을 건네는 그녀의 목소리에 수호는 고개를 돌려 그녀를 내려다보았다. 자신의 어깨쯤 오는 작은 키에 한 팔 안에 쏙 들어올 것 같은 아담한 모습에 수호는 괜히 심장이 두근거렸다.

"아, 예. 감사합니다."

"준아. 그만해. 흙 넘치잖아."

"알겠어. 이것만 주고."

"준. 그만."

그녀의 목소리가 더욱 단호해졌다. 준이는 입술을 삐죽 내밀어 보이고는 수도꼭지를 잠갔다.

준이와 함께 소파에 앉아서 그녀가 깎아 주는 과일을 먹는데, 준이 망고를 입안 가득 넣고는 말했다.

"있잖아요, 아저씨. 제가 대만에 갔을 때요. 마트에 가서 겉이 빨간 애플 망고를 이만큼 사 와서 호텔에서 아빠랑 엄마랑 먹으려고 했는데, 너무 맛있어서 제가 다 먹어 버렸어요. 삭가? 석가? 누구 머리 모양이랬는데, 아빠가……. 암튼 그것도 제가 다 먹어 버렸어요. 헤헤."

준이의 이야기에 그녀의 표정이 눈에 띌 정도로 굳어 버렸다.

"준아, 입에 음식 물고 이야기하는 거 아니야."

"치. 다 삼켰어, 지금은."

엄마를 향해 샐쭉한 표정을 지어 보인 준이 다시 떠들기 시작했다.

"근데 우리나라 망고는 그만큼 맛있지는 않은 것 같아요."

"그랬구나. 아저씨도 대만은 자주 갔었는데, 마트는 못 가 봤네. 다음에 갈 땐 마트도 가 봐야겠다."

"와! 아저씨 대만 자주 갔었어요? 왜 갔었어요? 우린 아빠 출장 따라간 거였는데."

미간이 슬쩍 구겨져 있던 그녀는 과일 접시를 치우는 척 자리를 피하는 듯 보였다.

"준아. 아저씨 이만 가 봐야겠다. 약 잘 먹고, 잘 자."

"네, 아저씨! 내일 봐요!"

당연하다는 듯이 내일 보자고 하는 아이의 말에 수호는 웃음이 터지고 말았다.

"잘 먹었어요. 이만 가 볼게요."

"네."

짧게 대답하는 그녀의 목소리에 물기가 어린 듯해서 수호는 집으로 돌아가는 발걸음이 괜히 무거웠다.

옆집 남자가 집에 가고, 윤희는 목욕하고 나온 준이에게 책을 읽어 주었다.

"이제 내가 읽을 수 있는데."

"맨날 네가 읽고 싶은 책만 읽잖아. 오늘은 엄마가 읽고 싶은 책 같이 읽는 거야."

"응."

윤희가 두꺼운 위인전 한 권을 채 다 읽기 전에 준이는 쿨쿨 소리를 내며 잠이 들었다. 퇴원해서 힘들었을 법도 한데, 수호에게 조잘거리며 이리저리 토끼처럼 깡충대는 준이의 모습에 윤희는 심장이 두근거렸다.

늘 어른스러운 척 노력하는 모습이 안쓰러웠는데, 이상하게 수호라는 남자 앞에서는 아이다운 행동을 하는 준이의 모습이 반갑기까지 했다.

기억하고 있었구나. 4살 때 갔다 왔는데……. 남편의 출장에 동행했던 적은 거의 없었지만, 대만은 비행시간도 길지 않고, 비교적 여유 시간이 많은 출장이니 함께 가자는 남편의 말에 윤희는 준이를 데리고 그곳으로 향했었다.

계단이 많은 지우펀에서 한쪽 팔로는 아이를 안고, 다른 한 손으로는 윤희 손을 꼭 잡고 좁은 골목길을 누비던 그의 모습이 떠올라 윤희는 쓴웃음을 머금었다. 좋았던 시절도 있었던 걸까? 윤희는 고요히 잠든 아이의 얼굴을 바라보다 잠이 들었다.

✻✱✻

아직 완전히 나았다는 의사 소견서를 받지 못한 터라, 준이는 오늘도 유치원에 갈 수 없었다. 아이가 미니카를 죽 세워 놓고 혼자 노는 모습을 지켜보고 있는데, 윤희의 휴대전화가 울렸다.

"네, 엄마?"

— 응. 딸. 준이는 좀 괜찮아?

"네, 이제 좀 살겠나 봐요."

— 아빠가 한번 오라고 하시는데.

"그래요. 나도 가고 싶다."

— 그래, 날짜 봐서 와.

"네."

윤희는 전화를 끊고 안방으로 향했다. 화장대 제일 위 서랍에 있는 준이의 여권을 들춰 보니, 만료일이 6개월도 남지 않았다.

"준아. 우리 사진 찍으러 갈까?"

"응, 왜 엄마?"

"산타 할머니 보러 가야 하는데, 이거 다시 만들어야 하네?"

"가자! 가자!"

신나서 외치는 아이의 손을 붙잡고 호기롭게 집을 나섰는데, 그동안 자리를 굳건히 지키고 있던 스튜디오가 문을 닫았다.

"준아. 마트에 사진 뽑아 주는 데 있었지?"

"응. 계산대 옆에!"

"거기 가 보자."

그러나 사진 인화 서비스만 할 뿐 사진을 찍어 주지는 않는다는 마트 사진관 주인의 말에 둘은 허탈하게 발걸음을 돌렸다.

예전엔 미용실만큼이나 동네에 사진관이 많았었다. '노란 상자에 들어 있는 400방짜리 필름 하나요.' 하고 필름을 사러 간 적도 있었고, '이거 3장씩 뽑아 주세요.' 하고 사진관에 필름을 갖다 맡기는 심부름을 한 적도 있었다.

잘 나왔건, 못 나왔건 돈 주고 뽑은 사진이어서 그랬는지, 흔들린 사진조차도 앨범 안에 고이 들어가 한 자리를 차지하곤 했었는데. 요즘엔 맘에 안 드는 사진은 바로 지워 버리는 습관 때문에 환하게 웃고 있는 사진 말고, 우스꽝스럽게 찍힌 사진은 찾아볼 수 없었다. 심지어 디지털카메라 속 사진을 인화한 게 언제였는지 기억조차 나지 않았다.

아날로그가 사라지는 세상이 씁쓸하기도 하고, 옆집 남자의 이름만으로 그가 어떤 사람인지 검색할 수 있는 디지털 세상이 신기하기도 하고.

병원에 있을 때, 준이가 잠든 사이 태블릿 PC를 만지작거리다가 아이가 검색해 놓은 흔적을 훑어보았다. 이수호. 자신보다 한 살 많은 그는 주로 몽환적인 풍경 사진을 찍는 작가였다. 흑백 사진이 주를 이루는 작품들은 풍경 사진임이 분명하지만 이 세상의 것이 아닌 듯한 공간의 느낌을 주었다.

사진을 팔아서 번 돈으로 전 세계 아이들을 후원하고 있다는 그의 인터뷰가 실린 기사도 읽어 보았다. '좋은 사람이네. 남 돕는 게 몸에 밴 사람인가 봐.' 하는 생각을 하며 윤희는 슬쩍 미소를 지었었다.

그날 밤 그의 작품을 한참이나 찾아 보았던 기억을 떠올리며, 윤희는 준이의 손을 꼭 붙잡고 가파른 언덕길을 올랐다. 아파트 입구엔 찬 바람이 부는 계절이라 그런지 붕어빵 장수가 나와 있었다.

"엄마, 붕어빵 사 줘요."

"그래! 엄마는 팥 들어간 거 먹을래. 준이는?"

"나는 슈크림!"

하얀 종이봉투가 들어 있는 까만 비닐봉지를 이리저리 흔드는 준이의 손을 꼭 붙잡고 엘리베이터에 올랐는데, 지하에서 올라왔는지 수호가 그곳에 있었다.

"안녕하세요?"

"예, 안녕하세요?"

"아저씨, 팥? 슈크림?"

"응?"

봉지를 열어 보이며 묻는 준이의 말에 수호는 피식 웃으며 팥이라고 대답했다.

"와, 울 엄마도 팥인데. 자요."

준이는 뜨겁다며 얼른 받으라고 붕어빵 하나를 수호에게 내밀었다.

"고마워."

붕어빵을 한입 베어 물며 수호가 물었다.

"어디 다녀오세요?"

"네, 여권 사진 찍으러요."

"아."

수호가 다시 붕어빵을 한입 베어 물고는 고개를 끄덕이는데, 준이가 실망스러운 목소리로 덧붙였다.

"근데 못 찍었어요."

"왜?"

"찍어 주는 데가 없어서."

수호가 고개를 갸웃하는 사이 엘리베이터가 16층에 도착했다.

"저기."

"네?"

"제가 찍어 드릴까요? 여권 사진이요."

"아. 그래 주실 수 있나요?"

"그럼요."

고개를 끄덕이며 미소를 그리는 그의 모습에 윤희는 괜히 가슴 한구석이 안온해지는 것 같았다.

윤희는 준이의 손을 꼭 붙들고 수호의 집 안으로 들어섰다. 벽에는 흑과 백이 묘한 조화를 이루고 있는 크고 작은 사진이 걸려 있었고, 거실에는 롤스크린처럼 보이는 간이 배경이 놓여 있어서 마치 스튜디오 같은 모습이었다.

수호는 커다란 디지털카메라와 등받이가 없는 의자를 하나 들고 오더니 준이를 그곳에 앉게 했다.

"준아. 눈부실 수 있어. 눈 깜빡하는 동안 찍히니까, 움직이지 말고 있어."

"네."

수호의 카메라 앞에 앉은 아이는 입을 활짝 벌리고 환하게 웃어 보였다.

"준아. 준이 웃는 게 멋진 거 아저씨도 아는데, 이건 웃으면서 찍으면 안 된대. 입 다물고."

"네."

촬영이 끝난 뒤, 수호는 이제 됐다는 듯 카메라에 연결된 기다란 줄을 뽑더니, 잠시만 기다리라고 했다.

"아저씨, 뭐 하시게요?"

"사진 조금 수정해서 인화하려고."

"저 구경해도 돼요?"

"그럼."

윤희가 얌전히 보고 나오라고 말하자 준이는 고개를 끄덕이며, 수호의 뒤를 따랐다. 그사이 윤희는 벽에 걸린 사진들을 죽 훑어보았다. 모두 흑백 사진인데, 그중 고운 색감을 가진 액자가 딱

하나 있었다.

태지(胎脂)가 미처 벗겨지지 않은 갓난아이의 얼굴로 시작해, 100일쯤 지났을 아이의 얼굴까지. 마치 태어난 날부터 하루도 빼먹지 않고 아이의 얼굴을 사진으로 남겨 놓은 것처럼 보였다. 가로 열 칸, 세로 열두 칸을 다 채우지 못한 것으로 보아 대략 114일쯤 되는 기간인 듯했다.

그중 아이는 힘겹게 산소 호흡기 줄을 코에 달고 있기도 했고, 엄마 품에 안겨서 배냇짓을 하고 있는 것처럼 보이기도 했고, 곤하게 잠이 들어 있기도 했다. 어떤 아이인지, 왜 사진이 114일에서 멈춰 있는지…… 차마 물어볼 수 없을 만큼 소중하고 귀해 보이는 사진 앞에서 윤희는 괜히 마음이 무거워졌다.

수호의 인기척이 들려오자, 윤희는 가장 커다란 사진 앞으로 걸음을 옮겼다. 밤하늘을 찍어 놓은 듯했지만, 아래와 위가 정확히 대칭 구도를 이루고 있는 사진이었다. 밤하늘 아래 거울을 들이대고 사진을 찍었을 수도 없었을 테고, 후보정을 했을까 하는 생각을 하는데, 사진 아래에 있는 제목이 눈에 들어왔다.

〈태초(太初); In the Beginning〉

"꼭 커다란 초음파 사진 같네."

작게 읊조리는 윤희의 목소리를 들었는지 수호가 대답했다.

"맞아요. 태초. 태아. 그런 의미예요."

처음 마주하는 그의 쓸쓸하고, 아련한 표정에 윤희는 심장이 쿵 하고 내려앉는 것 같았다.

"아저씨, 이렇게 큰 사진은 어떻게 뽑아요? 프린터기는 작은데?"

"이건 그렇게 뽑은 거 아니야. 암실이라는 곳에서 마술 부린 사진이다?"

"와! 아저씨 마술도 할 줄 알아요?"

"응, 나중에 구경 올래?"

"네!"

태아, 초음파⋯⋯. 두 단어는 사진에 묘한 집중력을 더하는 것 같았다. 윤희는 사진에서 눈을 떼지 못하고 수호에게 물었다.

"어떻게 찍은 거예요? 하늘 사진을 찍고 후보정 한 거예요?"

"아니요. 세상에서 가장 큰 거울이 있는 곳에서 찍은 사진이에요."

"세상에서 가장 큰 거울이요?"

준이의 물음에 수호는 아이의 머리를 쓰다듬으며 대답했다.

"어, 볼리비아라는 나라에 가면 우유니 소금사막이라는 곳이 있어. 밤엔 밤하늘에 빛나는 별이 소금사막에 반사되어서 우주에 둥둥 떠 있는 것 같은 기분이 들어."

"그럼 낮에는요?"

"낮엔 하늘을 고스란히 담아내지."

"와, 그럼 온통 다 하늘이에요? 바다도 하늘처럼 보여요?"

"어."

"가 보고 싶다."

어쩐지 준이의 목소리에 서글픔이 묻어나는 것 같았다.

"그럼 아래쪽에 이 반짝임은 거대한 반영(反映)이네요?"

윤희의 물음에 수호는 그렇다며 고개를 끄덕였다. 사진에서 눈을 떼지 못하는 윤희에게 수호가 작은 봉투 하나를 내밀었다.

"여기 사진이요. 예쁘게 나왔어요."

"아저씨! 울 엄마 사진도 찍어 줘요! 예쁘게."

준이의 말에 수호는 고개를 갸웃하며 윤희를 바라봤다.

"찍어 볼래요?"

"되게 유명한 작가라던데……. 촬영비 받으실 거예요?"

윤희의 물음에 수호가 피식 웃었다.

"누가 그래요? 되게 유명하다고?"

"준이가 인터넷에서 찾아봤대요. 이름 알려 주셨다면서……."

수호는 머쓱한 듯 준이에게 물었다.

"와, 준이 인터넷도 할 줄 알아? 아저씨는 컴퓨터 초등학교 때 배웠는데."

"컴퓨터로 안 찾았어요. 태블릿 PC로 찾았는데?"

준이의 말에 수호가 쿡 하고 웃음을 터뜨리며 윤희에게 시선을 옮겼다.

"모델료랑 촬영비랑 퉁치죠, 뭐. 준이 앉았던 의자에 앉아 보실 래요?"

"정말 찍어 주시게요?"

"나, 빈말하는 사람은 아닌데?"

수호의 말에 윤희는 어색하게 걸음을 옮겨 의자에 앉았다.

"이렇게요?"

긴장한 듯, 정자세로 앉아 있는 윤희를 보며 수호가 또다시 피식 웃음을 터뜨렸다.

"음. 준아, 엄마 옆에 가서 서 볼래?"

"네!"

준이 쪼르르 달려와 윤희의 옆에 섰다.

"살짝 고개 돌려서 준이를 보세요. 평소처럼."

윤희는 고개를 돌려 준이를 바라봤다.

세상에서 가장 귀한 내 아들. 세상에서 가장 훌륭한 내 작품. 괜한 눈물이 또르르 흘러내리는 순간 펑 하는 소리와 함께 눈이 부셔 왔다.

수호는 아까 들고 있던 디지털카메라 대신 커다란 삼각대에 받친 카메라를 통해 윤희를 바라보고 있는 듯했다. 고개를 돌려 그가 서 있는 곳을 바라보는데, 카메라를 사이에 두고 눈이 마주친 듯 심장이 두근거렸다. 갑작스런 빛의 움직임에 놀란 것인지, 뷰파인더를 통해 자신을 바라보고 있는 그의 시선 때문인지 알 수 없었다.

묘한 교감이 이는 순간 또다시 펑 하는 소리와 함께 눈이 부셔 왔다. 수호는 뷰파인더를 통해 그녀를 바라보던 시선을 옮기며 말했다.

"두 장만 찍을게요."

"감사합니다."

"이건 중형 필름 카메라로 찍은 거라, 나중에 암실에서 작업해서 드릴게요."

"네. 고마워요…… 사진……."

좀 전에 수호가 건넸던 작은 봉투를 들어 보이며, 윤희가 빙긋이 웃었다.

"아저씨, 마술 부리는 거 꼭 보여 줘요!"

"응. 나중에 꼭 구경 와!"

"네!"

그녀가 준이의 손을 잡고 현관을 나서고 난 뒤, 수호는 우유니 소금사막 사진 앞에 멈춰 섰다. 수없이 많은 별이 반짝이는 곳을 찾아 떠났던 곳. 수많은 별 속에 가장 예쁜 별 하나를 가슴속 깊이 묻고 돌아온 곳.

5. 별이 빛나는 밤

두 사람이 떠나고 나서도 그저 멍하니 사진 앞에 서 있는데, 제습함 위에 아무렇게나 올려 두었던 휴대전화가 진동하며 시끄러운 마찰음을 만들어 냈다.

"여보세요?"

— 선배, 나 근처에 왔는데, 잠깐 들러도 돼?

"왜?"

— 아, 오랜만에 후배가 찾아왔다는데, 왜가 뭐야?

헉헉거리는 숨소리가 들리는 걸로 보아 이미 아파트 언덕길을 오르고 있는 것 같았다.

"와서 벨 눌러. 211동 1605호야."

— 알겠어.

수호는 촬영했던 흔적을 지우려는 듯 거실을 정리하고, 카메라를 다시 제습함 안에 넣었다. 의자를 치우고 냉장고에 뭐가 있나

살피는데, 초인종이 울렸다. 수호는 상대가 누군지 확인도 하지 않고, 공동현관문이 열리도록 인터폰 화면을 한 번 눌렀다.

몇 분 지나지 않아 쿵쿵쿵 현관문을 두드리는 소리가 들려왔다. 수호는 문을 열어젖히며 말했다.

"왜 왔어."

"보자마자 왜 왔어가 뭐야? 잘 지냈느냐? 반갑다. 어떻게 지내느냐? 이런 게 인사야, 형."

투실투실한 몸집을 이리저리 흔들며 집 안으로 들어서는 경석의 어깨에는 빌링햄 카메라 가방이 둘러져 있었다.

"형, 나 삼각대 좀 빌려 주라."

"어디에 쓸 건데? 넌 삼각대도 없이 달랑 카메라랑 스트로보(외장형 플래시)만 들고 나왔어?"

"아니, 그냥 형 얼굴만 보려고 왔는데, 이 근처에 새로 생긴 다리 야경이 죽인다고 갤에 올라오더라고. 형 갈래? 가자. 응?"

벽에 걸린 시계를 보니 오후 4시가 넘은 시각이었다. 어두컴컴한 밤보다, 해가 완전히 지기 전 어스름한 빛이 있을 때 찍는 야경 사진이 더 매력적이라는 것을 알기에 수호는 그럼 서두르자며 카메라를 챙기기 시작했다.

"형, 삼각대는?"

"저기 작은 방 붙박이장에 보면 있어. 짓조 GT1544T랑 1542 들고 와."

"오케이!"

경석은 알겠다며 신이 나서는 방 안으로 향했다.

"형, 볼 헤드(카메라와 삼각대를 연결하는 장치, 삼각대 위에서

79

카메라의 방향 전환이 가능하게 함)는?"

"붙박이장 앞 책상 위에 보면 있을 거야. 내가 쓸 건 달려 있으니까, 네가 마음에 드는 거 하나 들고 나와."

삼각대 가방 두 개와 빨간색 마킨스 볼 헤드 하나를 손에 든 경석이 고개를 갸웃하며 작은 방 안에서 나왔다.

"형, 이건 누구야?"

"누구?"

경석의 손에는 좀 전에 찍은 준이의 사진이 들려 있었다. 테스트 삼아 뽑았던 사진을 발견한 모양이었다.

"누가 여권 사진 필요하다고 해서 찍어 준 거야."

"여권 사진? 형이? 형, 이제 인물 사진 안 찍잖아."

"갖다 놔. 쓸데없는 소리 하지 말고. 얼른 나가자. 세팅하고 나면 해 지겠다."

"응."

경석은 고개를 갸웃하며 아이의 사진을 다시 작은 방 책상 위에 올려 두고 나왔다.

차를 타고 15분 정도 나가 보니, 강 위를 가로지르는 다리에 가로등 불이 환하게 들어와 있었다. 촬영 포인트를 잡고 삼각대를 펼치고, 카메라를 세팅하는데 경석이 계속 자신의 눈치를 보고 있다는 걸 수호는 느낄 수 있었다. 카메라에 가해지는 진동을 최소화하기 위해 무선 릴리즈를 누르며 수호가 물었다.

"너 나한테 할 말 있지?"

"어?"

경석은 머뭇거리며 뷰파인더 안을 들여다보고 있었다.

"형 F값(조리갯값) 몇으로 했어?"

"그런 초보적인 질문 할 거면, 카메라 던져 버린다?"

"성질은 여전하네."

수호를 흘끔거리며 입술을 한번 씰룩거린 경석이 카메라 렌즈가 향해 있는 곳을 바라보며 덤덤히 말했다. 그저 시시콜콜한 안부를 전한다는 듯 경석의 목소리는 태연함을 가장하고 있었다.

"지은이…… 딸 돌잔치 한다더라. 나한테 스냅사진 찍어 줄 수 있느냐고 연락 왔더라고."

"그래."

"형."

"왜."

수호는 찰칵하고 카메라 미러가 내려오는 소리를 듣자마자, 찍힌 사진을 리뷰 했다. 셔터 스피드 값을 달리해 봐야겠단 생각을 하며 카메라를 만지는데, 경석의 고저 없는 목소리가 들려왔다.

"형도 이제 좋은 사람 만나서……."

"그 얘기하려고 온 거야?"

말이 미처 끝나기도 전에 수호는 카메라로 향해 있던 시선을 옮기며 물었다. 자신이 쳐 놓은 장막을 걷어 내지 말라는 듯 수호의 목소리는 단호했다.

"겸사겸사 왔어. 몇 년 동안 떠돌던 사람이 정착했다는데, 어떻게 사는지 궁금하기도 하고."

"사진이나 찍어."

수호는 턱 끝으로 카메라를 가리키며 입을 다물어 버렸다.

뷰파인더로 보이는 세상이 전부였으면 하던 시절이 있었다. 그 외에 수호에게 닥친 세상과 현실은 그저 삭제 버튼을 누르면 사라지는 일이었으면 하고 바랐던 적도 있었다.

신지은, 다시 엄마가 되었구나. 축하한다.

수호는 경석을 의식한 듯 한숨을 집어삼키며 생각에 잠겼다.

✳✱✳

군 복무를 마치고, 복학 전 동아리에라도 발을 붙여야 할 것 같아 오랜만에 MT에 참석하기로 했다. 아버지 차를 빌려 동아리 건물 앞에 주차를 해 놓고, 기다리고 있는데 경석이 자기 여자 친구와 그 친구라며 여학생 두 명을 데리고 왔다.

"우리 동아리야?"

"응. 여긴 내 여자 친구 이현주, 여긴 신지은. 아, 그리고 이분은 우리 동아리 선배. 다음 학기 복학이야. 이수호 선배님."

"안녕하세요?"

"어, 그래."

수호는 짧은 머리를 어색하게 쓸어 넘기며 고개를 까딱했다.

"형, 나는 우리 현주랑 뒤에 탄다? 지은아, 네가 앞에 타."

"감사합니다. 덕분에 편하게 가네요. 다른 애들은 기차 타고 간다고 했는데."

조수석에 올라타 배시시 웃으며 감사하다는 말을 하는 그녀는 붙임성이 좋아 보였다.

"무슨 과세요?"

"사진과."

"와, 우리 동아리에 사진과 거의 없던데."

지은의 말에 뒤에 앉아 있던 경석이 끼어들었다.

"이 형 되게 단순해서 사진과니까 그냥 사진동아리 들어온 거래. 공모전에서 상도 되게 많이 탔다?"

이 자식아, 너무 티 나잖아. 수호는 룸미러를 통해 경석에게 눈짓으로 이야기했다. 복학하고 CC 한 번은 해 봐야 하지 않겠느냐며, 자기가 여자 친구랑 그 친구 데리고 올 테니 기대하라고 경석은 입에 침이 마르도록 떠들어 댔었다.

조수석에 앉은 그녀는 큰 키에 시원시원하게 생긴 얼굴, 깡마른 몸이 모델이라 해도 손색이 없는 모습이었다. 제법인데? 라는 눈빛을 경석에게 보내고 있는데, 그도 알아들었는지 눈썹을 들썩이며 고개를 끄덕였다.

"전 경영학과예요. 여행도 많이 다닐 것 같고, 좋은 데 많이 가 볼 수 있을 것 같아서 사진동아리 들어왔는데, 맨날 술만 먹더라고요. 카메라도 따라서 사긴 했는데, 이걸 어떻게 쓰는지도 모르겠고."

어깨를 으쓱해 보이며 웃는 그녀의 모습을 흘끔 보았는데, 심장이 두근거리는 것 같았다.

"내가 가르쳐 줄까?"

"정말요? 그럼 좋죠."

경석과 현주가 뒷좌석에서 오오, 하는 입 모양을 만들며 키득거리는 모습이 룸미러를 통해 보였다. 수호는 피식 웃음 지으며 도로에 시선을 고정했다.

수호의 나이 스물일곱, 지은의 나이 스물넷. 나란히 대학을 졸업한 둘은 졸업과 동시에 식을 올렸다. 주위의 반대가 심했지만, 배가 불러 오기 시작한 지은을 위해 하루라도 더 서둘러야 했기에 둘의 결혼식은 급하게 진행되었다.

여러 공모전에서 입상도 하고 이제 막 이름을 알리고 있기는 했지만, 가족을 부양할 수 있는 정도의 수입은 아니었기에 수호는 상업 사진을 찍기 시작했다.

"오빠, 이거 오빠가 원하는 거 아니잖아."

"괜찮아. 우리 별이랑 너 먹여 살리려면, 뭐든 해야지. 이것 봐라? 나 오늘 육아박람회에 들어갈 사진 찍고 왔는데, 거기 업체에서 유모차랑 카시트 싸게 준대."

"와! 우리 남편 능력 있네?"

가진 게 그리 많지도 않았고, 양가의 축복을 충분히 받지 못한 결혼이기는 했지만 둘은 행복하다 생각했다.

예정일을 7주 앞둔 어느 새벽, 화장실에 갔던 지은이 다급한 목소리로 수호를 깨웠다.

"왜 그래, 지은아?"

"이상해. 아래가 너무 묵직해. 느낌이 이상해."

예민한 성격 탓에 착상이 이루어지던 시기에도 골반통을 느꼈던 그녀였기에 수호는 서둘러 지은을 데리고 병원으로 향했다.

지은이 진통을 느끼지 못하는 게 이상할 만큼, 태아는 이미 밖으로 나올 준비를 하고 있다고 했다. 태동 검사를 마친 의사는 태아의 심박동 수가 떨어져 응급수술을 해야 할 것 같다며, 서두르자고 했다.

2kg이 채 되지 않은 상태에서 세상에 나온 아기는 엄마의 품에 안기지 못하고 곧장 인큐베이터 안에 들어갔다. 손으로 만지면 바스러질 듯한 아기의 모습과 병원에 있는 아기를 보려고 왔다 갔다 하느라 몸조리도 제대로 하지 못한 지은의 모습에 수호는 심장이 찢어질 듯했다.

"캥거루 케어라고…… 아이를 가슴 위에 올려 두고 있는 게 미숙아 성장에 더 좋다고 하던데요."

좀 쉬라고 해도, 손목 보호대를 찬 손으로 컴퓨터를 두드리며 지은이 찾아냈다는 정보였다. 스웨덴의 병원에서는 아이를 온종일 엄마 혹은 아빠의 가슴 위에 올려 두게 하고, 아이의 병실에 엄마, 아빠가 함께 머물게 해 주며 늘 함께할 수 있도록 한다는데, 왜 정해진 시간에만 아기를 봐야 하느냐고 지은은 올먹였다.

"병원 정책상 그건 어렵습니다."

차가운 의사의 목소리에 지은은 맥없이 집으로 돌아와 한참을 울었다.

"지은아. 아기 낳고 그렇게 울면 눈에 안 좋대. 그만 울자. 응? 한 달만 있으면 우리 별이 집에 데려올 수 있어."

"우리 아긴데, 병원에서 자꾸 못 보게 하잖아. 내가 안고 있어야 하는데, 내가 보살펴 줘야 하는데."

아기를 열 달 동안 온전히 품고 있지 못했다는 죄책감 때문인지, 태어나자마자 엄마의 품에 오지 못하는 것에 대한 미안함 때문인지, 지은은 날마다 수척해진 모습으로 병원을 왔다 갔다 하며 눈물을 흘렸다.

병원에서 한 달을 보낸 별이는 몸무게 2.5kg을 넘기고서야 집으로 올 수 있었다. 곰돌이 모양이 예쁘게 그려진 범퍼 침대 안에 아이를 눕히고, 그 옆에 나란히 누워 생글생글 웃으며 아이를 바라보는 지은의 모습이 너무 예뻐서 수호는 카메라를 들었다.

"오빠. 나 이거 너무 흉해. 우리 별이만 찍어."

"아니야, 내 눈엔 충분히 예뻐."

"치. 그거 다른 사람한테는 보여 주면 안 된다?"

"내 마누라 사진을 왜 다른 사람한테 보여 주냐?"

아이의 배냇짓을 보고 신기하다고 까르륵 웃는 지은의 모습에 수호의 얼굴에도 그제야 미소가 피어올랐다.

퇴원 후에도 일주일에 한 번씩 병원에 가야 했던 별이는 미성숙한 신우(腎盂)와 머리에 고인 피 때문에 수없이 많은 검사를 해야 했다. 신우의 상태는 아이가 성장함에 따라 지켜보자고 했고, 머리에 고여 있는 피도 흡수가 될 것 같으니 기다려 보자고 했다.

하루하루 피를 말리며 아이가 건강하게 자라기를 기도했으나, 신은 끝내 수호의 기도를 들어주지 않았다.

시린 새벽, 지은이 별이를 안고 어둠 속에 우두커니 앉아 있었다.

"오빠."

낮게 울리는 목소리에 수호는 화들짝 놀라 잠에서 깼다.

"지은아, 왜?"

"별이가 젖을 물어야 하는데 안 물어. 배고플 때가 됐는데, 이상하네. 별아, 얼른 먹어. 얼른 먹어야 별이랑 엄마랑 다시 자지. 응?"

수유 쿠션 위에 놓인 아기의 몸에 손을 댔는데, 수호는 머리가 깨질 듯한 고통이 밀려오는 것 같았다. 수호의 손에 닿은 아이의 몸이 얼음장처럼 차갑게 굳어 있었다.

"오빠, 우리 별이 왜 그러지?"

아무렇지 않게 물어 오는 지은의 목소리에 수호는 숨조차 쉴 수 없었다.

아이의 장례를 치르고 난 뒤, 지은은 까무러쳤다 정신이 돌아왔다를 반복했다. 자신이 지키지 못한 거라며, 자신의 탓이라며, 배 속에 조금만 더 품고 있었어도 이러지 않았을 거라며 자책하고, 섣불렀다며, 결혼도 하기 전에 아기를 갖고, 부모님의 축복을 온전히 받지 못한 결혼을 해서 벌을 받은 거라며 두 사람의 결혼을 후회하기까지 했다.

"오빠 때문이야. 우리가 그날 그러지만 않았어도."

"지은아."

자신의 존재조차, 둘의 사랑조차 밀어내려 드는 지은의 팔을 끌어당겨 품에 안으려는데, 그녀가 날카로운 목소리로 쏘아붙였다.

"손대지 마. 더러워."

수호는 한숨을 폭 내쉬며, 침실에 들어가 문까지 잠가 버린 지은이 나오기를 기다렸다.

밤새도록 기다리다, 소파에 기대 잠이 들었는지 온몸이 뻣뻣했다. 또 다른 날이 찾아오고 있는 듯, 밖이 환하게 밝아 오고 있었다.

"오빠. 이것 봐. 우리 별이 되게 잘 먹는다?"

"……지은아."

그녀는 소파에 걸터앉아 베개를 수유 쿠션처럼 허벅지 위에 올린 채로, 그 위에 소파 쿠션을 놓아두고는 가슴을 드러내 놓고 있었다. 허상이 만들어 낸 모성애가 그리도 강했는지, 소파 쿠션 위로 뽀얀 모유가 뚝뚝 떨어졌다.

수호는 눈물을 삼키고 앉아 지은의 모습을 물끄러미 바라봤다.

"지은아. 별이가 잘 먹어?"

"어, 되게 잘 먹어. 이제 쑥쑥 크려나 봐."

수호는 별이가 떠나고 나서 다녔던 마사지숍에 전화를 걸었다.

"단유(斷乳) 마사지를 다시 받아야 할 것 같은데요."

수호의 목소리가 들리지 않는 듯 지은은 계속해서 쿠션 위를 쓰다듬으며, 어르고 있었다. 젖 양이 많아 유선염을 여러 번 앓은 그녀였다. 젖을 빨 아이가 없는 상황에서 흘러나오는 모유는 그녀의 눈물을 대신하는 것처럼 보였다.

마사지숍에 들어선 지은은 마사지사를 경계하며 울먹였다.

"오빠, 나 이거 왜 받아?"

"이거 받으면 별이한테 더 좋은 모유가 나온대. 잠깐만 참자."

"응."

모유를 끊어 내는 마사지가 모유를 좋게 하는 마사지인 줄 알고 지은은 생글생글 웃으며 마사지용 침대 위에 누웠다. 사정을 아는 마사지사의 눈에도 눈물이 맺혀 있는 것처럼 보여 수호는 고개를 떨궜다.

마사지를 마치고 돌아오는 차 안에서도 그녀는 속싸개로 곱게 싼 쿠션을 품에서 떨어뜨리지 못했다.

"오빠. 우리 별이 예방접종 언제 하랬지? 나 그거 잊어버리면 안 되는데."

"병원에서 알림 문자 온다고 했어. 기다려 보자."

수호는 이대로 지은을 둘 수 없다는 생각을 하며, 내일부터는 지은을 위한 치료 방법을 찾아야겠다는 결심을 했다.

집에 돌아와 쿠션을 꼭 끌어안고 잠이 든 지은의 표정은 평화로워 보였다. 마치 잠이 든 아기 옆에 누워 있는 엄마처럼 안온해 보였다. 수호도 그 옆에 누워 지은의 얼굴을 바라보다 스륵 잠이 들었다.

잠결에 밖이 소란스러운 것 같아서 눈을 떠 보니, 옆에 지은이 없었다. 수호는 덜컹거리는 심장에 발걸음도 흔들리는 것 같았다.

"엄마! 저 사람이 우리 별이 숨겨 놓고 안 보여 줘. 우리 별이 보고 싶은데."

지은의 전화를 받고 달려오셨다는 장모님은 거실 소파에서 지은을 끌어안고 달래고 계셨다. 수호를 마주하자, 차갑게 얼어붙은 호수처럼 얼굴이 경직된 장인어른이 물었다.

"언제부터 이랬나?"

"오늘 아침이요."

"지은이…… 우리가 데려가겠네."

국내 굴지의 기업을 운영하는 장인어른은 처음부터 예술 사진을 찍는다는 수호를 탐탁지 않게 생각했었다. 지은을 데려가겠다는 그의 목소리에서 어쩌면 이대로 그녀를 다시는 볼 수 없을지도 모른다는 불길함이 밀려왔다.

"장인어른!"

"미워, 정말 미워. 너무 미워."

지은은 밉다는 말을 반복하며 집을 나섰다.

수호가 연락을 하지 못하게 하려는 듯 하루에 한 번씩 처가에서 먼저 연락이 왔다.

잘 지낸다. 잘 지낸다. 잘 지낸다…….

그 외의 말은 들을 수 없었다. 답답한 마음에 처가 대문 앞에 서서 밤새도록 문을 두드리며 서 있었던 적도 있었다. 겨우 받아낸 대답은 지은이 더는 자신을 보고 싶어 하지 않는다는 것뿐이었다.

그렇게 1년이 지나갔다. 함께한 결혼 생활보다 더 길었던 1년의 기간이 지난 후, 둘은 가정법원 앞에서 재회했다. 그렇게 둘은 남남이 되었고, 차마 집으로 돌아갈 수 없었던 수호는 함께 살던 집, 1년 동안 그녀가 돌아오기를 기다렸던 집을 처분하고 여기저기 떠돌며 사진에 몰두하기 시작했다.

❋✷❋

만족할 만한 결과물을 얻었는지 경석은 이제 그만 돌아가자고 했다. 새까매진 밤하늘만큼이나 어두운 생각에 잠겨 있던 수호는 고개를 한번 끄덕이며 대답했다.

"그래, 가자."

수호는 장비를 챙겨서 트렁크에 싣고, 하늘을 올려다보았다. 반짝이는 별이 쏟아질 듯했다. 잘 지내지, 별아. 거기에선 안 아프지…….

가슴속에 꽉 들어찬 무언가를 풀어낼 수도 없이, 한숨도 제대로 내쉬지 못하고 차에 오른 수호는 언덕 위 아파트로 향했다. 마치 신성불가침 영역처럼 느껴지는 곳으로.

지하 주차장에서 올라탄 엘리베이터가 1층에 멈춰 서고 문이 열리자, 옆집 여자가 고개를 숙여 보이며 안으로 들어왔다. 그녀의 모습을 마주하자, 어둠 속에서 차갑게 식어 있던 심장 한구석이 뜨끈해지는 것 같았다.

"어디 다녀오시나 봐요."

"네, 야경 찍고 왔어요. 여기는 제 후배예요."

"아, 안녕하세요?"

"아, 예. 안녕하세요?"

짧은 인사를 나누는 사이 엘리베이터가 16층에 도착했다.

"그럼, 들어가세요."

고개를 숙이며 빙긋이 미소 짓는 그녀를 향해 수호도 잘 들어가시라며 인사했다. 그녀가 현관문을 열고 먼저 집 안으로 사라지자, 경석이 수호의 옆구리를 쿡 찌르며 물었다.

"뭐야? 무슨 사이야?"

수호는 현관문을 열고 집 안으로 들어서며 대답했다.

"그냥 옆집 여자."

"에이. 형이 그냥 옆집 여자랑 그렇게 안부 묻고 지낸다고? 차라리 고양이랑 쥐가 안부 인사를 한다고 하지?"

저건 비유가 어떻게 저따위일까?

"야, 넌 책 좀 읽고 살아라. 비유하고는. 그냥 옆집 여자야."

"에이, 거짓말. 예쁘던데? 혼자 살아?"

"아니."

"그럼 유부녀랑 그렇게 친하게 지내? 형, 그거 되게 나쁜 거야!"

"······사별했대."

경석이 묘한 표정을 지으며, 눈을 가늘게 뜨고 뭐라 말을 하려 하자, 수호는 삼각대 가방을 떠밀며 말했다.

"제자리에 갖다 놔."

경석은 윗입술과 인중을 한번 씰룩이더니 작은 방으로 향했다. 그새 정리를 하고 나온 건지, 아니면 그냥 던져 놓고 나온 건지 어느새 냉장고 앞에 서 있는 경석이 소리쳤다.

"아, 뭐 먹을 게 하나도 없냐? 냉장고는 왜 이렇게 큰 걸로 샀어? 그래도 맥주는 있네."

치킨이라도 시켜야 하나 생각하며 상가 전화번호 책자를 뒤적이는데, 누군가 수호의 집 현관문을 두드렸다. 경쾌하게 두드리는 모양새가 옆집 꼬마인 것 같았다.

"누구세요?"

수호의 물음에 힘찬 목소리가 들려온다.

"아저씨, 저요. 준이요."

수호가 현관문을 열어 주자, 준이가 배시시 웃으며 쟁반을 내밀었다.

"엄마가 갖다 드리래요. 부침개요."

"어, 그래. 잘 먹겠다고 말씀드려."

"네."

쟁반을 건네자마자 준이는 쪼르르 달려가 살짝 열려 있는 현관문 안으로 쏙 들어갔다.

"오오. 먹을 것도 나눠? 원래 그런 거 나누면서 정드는 거야."

식탁 위에 쟁반을 내려놓자마자 경석이 젓가락을 들고 달려들었다.

"저 꼬마는 몇 살이래?"

"일곱 살."

아! 하고 고개를 끄덕이는 모양이 그 아기는 살아 있었으면 몇 살이었을까? 하고 생각하는 얼굴이었다. 별이가 살아 있었으면 일곱 살이었겠지. 아빠가 스물일곱에서 서른셋이 될 동안, 넌 여전히 한 살이구나. 수호는 벽에 걸린 액자에 잠시 시선을 두었다가 식탁 앞에 앉았다. 경석의 시선도 수호의 시선을 따라 액자에 잠시 머물렀다가 이내 접시로 돌아왔다.

"지은이 잘 산대."

"그래."

"형도 잘 사는 것 같네, 뭐."

경석의 말에 수호가 피식 웃으며 물었다.

"넌 현주랑 결혼 언제 할 거야?"

"내년에는 해야지. 아! 여권 사진 꼬마가 재야?"

수호는 고개를 끄덕이며, 부침개를 한 조각 입에 넣고는 휴대전화를 집어 들었다.

[맛있네요. 감사합니다.]

문자를 보내고 얼마 지나지 않아 문자 수신음이 울렸다.

[준이가 꼭 갖다 드리자고 하더라고요. 준이 먹는 대로 해서 좀 싱거워요.]

수호는 피식 웃으며 문자를 입력했다.

[괜찮아요. 맛있어요.]

[그릇은 천천히 편하실 때 전해 주세요.]

[네. ^^]

젓가락 끝을 입에 물고 희미한 미소를 띤 채 문자를 입력하는 수호를 보고, 경석의 얼굴에도 미소가 어렸다.

6. Victoria regia

띠띠띠. 띠띠. 시끄럽게 울리는 알람 소리에 윤희는 준이가 깰세라 얼른 침대에서 몸을 일으켰다. 초등학교 들어가면 혼자 잘거라고 말하며, 아직도 윤희의 팔을 꼭 끌어안고 자는 준이의 머리맡에는 미니카 서너 개가 굴러다니고 있었다.

윤희는 준이의 머리를 쓸어 넘기고, 이마에 입을 한 번 맞추고는 부엌으로 향했다. 세상 그 누구도 깨어나지 않은 것 같은 어두컴컴한 새벽, 부엌에 홀로 서서 커피를 내리고 있을 때면, 과거 어느 시점으로 돌아가 버린 것 같은 착각이 일 때도 있었다.

갑자기 그가 어디선가 웃으며 나타난다든지, 준이를 안고 욕실로 들어가며 오늘 준이는 자신이 준비시키겠다고 한다든지…….
윤희는 쓴웃음을 머금고는 커다란 머그잔 가득 까만 커피를 따랐다.

하얀 머그잔을 검게 물들이는 매혹적인 향에 취하듯, 그도 그랬을까? 만약 그가 살아서 용서를 빌었다면, 용서해 줄 수 있었을까? 윤희는 제 뜻과는 다른 갈래로 흘러 버리는 생각을 내버려 두고는 냉장고 문을 열었다.

달걀을 풀어서 부치고, 햄을 썰어서 볶고, 맛살도 볶아 내고, 미리 볶아 둔 우엉도 잘게 썰고, 당근도 잘게 썰어서 볶고…….어느새 보기 좋은 김밥 도시락이 만들어졌다.

준이가 좋아하는 또봇 도시락에 작게 만든 김밥을 가득 담고, 투명한 플라스틱 컵에 과일도 먹기 좋은 크기로 잘라서 담고 보니 어느새 동이 터 있었다.

갖다 드려야 할 분이 있다며, 어른용 도시락을 만들어 내라는 준이의 신신당부를 잊지 않았다는 듯, 윤희는 일회용 도시락통에 먹기 좋게 썬 김밥을 가득 채웠다. 선생님 도시락은 같은 반 엄마들이 조를 짜서 싸고 있는데, 대체 누굴 주려는 건지…….

운전을 해 주시는 기사님은 어떻게 점심을 드시는지 모르겠다며 걱정하는 준이였는데, 그분 드리려고 그러나? 하는 생각을 하며 윤희는 작은 종이 가방에 김밥 도시락과 음료수 하나를 집어넣고, 나무젓가락도 따로 챙겨서 넣었다.

도시락을 다 싸고, 시계를 보니 8시가 넘었다. 서둘러 침실로 들어갔는데, 준이가 침대에 없었다.

"준아?"

"응."

안방 욕실에서 칫솔을 입에 물고 나오는 준이를 보고 윤희가 피식 웃었다.

"얼른 씻고 나와. 아침은 먹고 가야지."

"응!"

소풍 가는 게 그리도 좋은지. 평소라면 오늘이 주중인지, 주말인지, 유치원을 가야 하는 날인지, 안 가도 되는 날인지…… 적어도 5분은 승강이를 벌이다 일어나곤 했는데, 오늘은 깨우기도 전에 일어나 씻고 있는 준이의 모습에 윤희는 웃음이 새어 나왔다.

언제나 그랬듯, 준이가 깨어남과 동시에 윤희도 어두운 생각에서 깨어나는 듯했다. 그렇게 또 다른 하루가 시작되고 있었다.

아침 식사를 마치고, 유치원에서 정해 준 복장을 한 준이는 식탁 의자에 올려진 종이 가방 안을 들여다보며 물었다.

"엄마, 이거 내가 말한 거?"

"응."

윤희가 휴대전화 배터리를 바꾸는 사이, 준이 종이 가방을 들고 현관으로 향했다.

"준아. 너 어디 가? 엄마랑 같이 나가야지."

"잠깐만, 엄마!"

준이는 순식간에 현관문을 열고 나가 버렸고, 윤희는 소파에 던져 놓았던 외투를 집어 들고는 급히 준이의 뒤를 따랐다. 현관문을 열고 나왔는데, 준이가 옆집 남자와 함께 서 있었다.

"이거 정말 아저씨 주는 거야?"

"네, 저 오늘 소풍 가요."

옆집 남자는 이제 막 씻고 나왔는지, 머리카락에서 물이 뚝뚝 떨어지고 있었다.

"어디로 가?"

"수목원이요!"

"좋겠다. 재미있게 다녀와. 이거 맛있게 먹을게."

"네에!"

몸을 홱 돌린 준이가 윤희를 발견하고는 당황한 듯 배시시 웃었다.

"잘 먹을게요. 아침부터 고생하셨겠어요."

"고생은요."

"그럼."

"네, 들어가세요."

고개를 까닥하며 미소 짓는 수호에게 윤희도 슬쩍 미소 지으며 인사를 하고는 준이를 데리고 집으로 들어왔다.

"준아, 아저씨 드릴 거면 엄마한테 그렇다고 말을 했어야지."

"엄마가 안 된다고 할까 봐."

"엄마 보는 앞에서 갖다 드리는 건 되는 거고?"

윤희의 물음에 준이는 거기까지는 생각 못 했다는 건지, 아니면 이제 갖다 드렸으니 됐다는 건지 묘한 표정을 지으며 윤희를 바라봤다.

"옆집 아저씨 김밥은 왜 드린 거야?"

"그냥. 옆집 사니까."

준이의 대답에 윤희는 아무 말도 하지 못했다.

"그럼, 다음부터 준이가 뭐 갖다 드리고 싶으면, 엄마한테 말하고 갖다 드리자, 알겠지?"

"응."

금세 표정이 밝아져서는 고개를 끄덕이는 준이의 모습에 윤희

98

는 가슴 한구석이 싸해졌다.

준이는 어느샌가 옆집 남자에게 정을 붙이고 있는 것 같았다. 맛있는 게 생기면 갖다 주고 싶어 하고, 유치원에서 칭찬 스티커라도 받은 날이면 그에게 자랑하고 싶어서 옆집 현관문 소리에 귀를 기울이는 모습을 보이곤 했다.

나쁜 사람은 아닌 것 같지만……. 기대하는 만큼 돌아오지 않는 것에 대한 상처를 아이가 받게 되면 어떻게 해야 할지 윤희는 한숨이 새어 나왔다. 너무 받아 주지 말라고 부탁해야 할까?

엘리베이터에 오른 윤희는 물끄러미 준이의 모습을 내려다보았다. 아이의 마음속에 옆집 남자는 대체 어떤 존재로 자리 잡고 있는 걸까?

"준아."

"응."

"옆집 아저씨 좋아?"

"왜?"

준이는 고개를 돌려 윤희를 올려다보며 물었다.

"그냥, 준이가 자꾸 맛있는 거 갖다 드리고, 막 이야기하러 가고 싶어 하고…… 그래서."

"아니."

좋은 게 아니면 대체 왜 그래?

"안쓰러워서."

"뭐?"

뜻밖의 대답에 윤희는 헛웃음이 나왔다. 아이는 탱탱볼처럼 생각지도 못한 곳으로 튀어 나가곤 한다.

"아저씨 혼자 사는 게 안쓰럽잖아. 밥도 맨날 혼자 먹고. 우리 집에서 밥 먹을 때 막 두 공기나 먹고 그랬잖아. 우리 동네에 친구도 없는 것 같고……. 그래서 내가 가끔 들여다보는 거야."

준이의 어른스러운 말에 윤희는 또다시 헛웃음이 흘러나왔다. 저 남자는 알까? 일곱 살짜리 애가 자신을 안쓰러워한다는 사실을?

"준아, 아저씨도 사정이 있으실 거야. 어른이 되면 가끔 그냥 혼자 있고 싶을 때도 있거든."

"엄마."

"응?"

"엄마는 누가 엄마 좋아하는지, 안 좋아하는지 알아?"

준이는 또 무슨 말이 하고 싶은 걸까?

"글쎄, 알 때도 있고, 모를 때도 있고. 모든 사람이 다 자기 마음을 드러내고 살지는 않으니까."

"엄마, 아저씨는 나 좋아하는 것 같아."

"왜 그렇게 생각해?"

준이는 확신에 찬 듯 신이 난 표정으로 말하며 차에 올랐다.

"길에서 만나면, 나 보기 전에는 무서운 표정인데, 나 보고 나면 씩 웃어."

"그래서 아저씨가 너 좋아하는 것 같아?"

"응, 그래서 나도 아저씨 나쁘지는 않은 것 같아."

"그래도 아저씨 너무 괴롭히면 안 된다?"

"응, 당연하지. 내가 누구 괴롭히는 거 봤어, 엄마?"

정의롭지 않은 단어에 대해 민감한 일곱 살 준이는 자기는 절대 그 아저씨를 괴롭히는 악당은 아니라며, 유치원에 도착할 때까지 끊임없이 떠들어 댔다.

준이를 유치원에 데려다주고, 공방 문을 열고 환기를 시키는데, 옆집 남자가 공방 앞을 지나가다 인사를 건네 왔다.

"안녕하세요? 김밥 잘 먹었어요."

"네, 준이가 챙기더라고요."

윤희의 대답에 남자가 묘한 표정을 지으며 피식 웃었다. 분명 준이가 챙긴 게 맞는데, 일곱 살 준이는 당신이란 남자를 안쓰럽다고 생각하고 있는데, 왜 날 보고 그런 표정을 짓는 거지?

"네, 뭐 어쨌든 맛있게 잘 먹었어요."

저기, 오해하지 마세요. 준이가 챙긴 거라고요, 라는 말을 전하기도 전에 남자는 쌩하고 지나쳐 버렸다. 운동은 지하에서 한다더니 왜 상가 2층으로 올라가는 걸까? 의뭉스럽게 계단을 올려다보던 윤희는 때마침 나타난 수강생 무리와 함께 공방 안으로 들어갔다.

✳✳✳

암실 문을 열고 들어서면서 수호는 괜히 웃음이 났다. 뭐 어쨌든 가끔 맛있는 것도 얻어먹고, 심심하지 않으니 좋잖아? 하면서도, 자신도 모르게 심장이 빠르게 뛰고 있는 것 같은 생경한 느낌에 수호는 혼자 있는 공간에서 괜히 헛기침을 해 댔다.

수호는 본격적인 인화 작업을 하기 전에 프루프(Proof, 밀착 프린트)를 만드는 작업을 하기 위해 이사 온 지 얼마 되지 않아 찍었던 저수지 사진의 필름을 꺼냈다. 엄격한 조절을 필요로 하는 필름 현상 작업을 미리 해 둔 덕분에 오늘 작업 과정은 제법 수월한 편이었다.

하지만, 확대할 사진을 고르기 위해 한 장의 인화지에 롤 전체의 필름을 인화하는 작업은, 수호가 작품을 선택할 때 가장 중요하게 여기는 부분이었다.

그래서 더 하기 싫은 일일지도 모른다. 똑같은 장면을 찍은 여러 개의 네거티브(사진의 원판, 음화陰畵)를 한 장의 인화지에 찍어 내고, 작은 차이점을 찾아내어 이건 버릴 사진, 이건 작품이 될 사진을 고른다는 게 쉬운 일은 아니었다.

마치 눈 두 개, 코 하나, 입 하나, 모두 똑같이 생긴 사람들에게서 자신의 인생을 함께할 누군가를 찾아내는 것처럼, 내 인생을 또 하나의 작품으로 이끌어 줄 사람을 찾는 것이 어려운 일인 것처럼.

수호는 8×10인치 인화지를 한 장 꺼내서 12장의 6×6 필름 한 롤 전체가 딱 맞게 자리 잡도록 네거티브를 배치했다. 여기 어딘가에서 또 다른 작품이 하나 나오겠구나.

현상액이 담긴 트레이에서 인화지를 교반하는데, 마지막 인화지에서 호숫가 풍경이 아닌 사람 얼굴이 툭 하고 튀어나왔다. 그날 집에서 찍었던 옆집 여자의 얼굴이었다. 수호는 수세 과정을 마치고 물기를 닦아 낸 사진을 한참 동안 바라봤다.

옆에 서 있던 준이를 바라보는 그녀의 표정이 너무도 애틋하고 아팠다. 또 사진 속 그녀의 눈물은 손으로 닦아 내 주고 싶을 만큼 생생했다. 그리고 카메라 렌즈를 관통할 듯 자신을 바라봤던 그녀의 눈빛은 마치 사진 속에서도 그 떨림이 느껴지는 듯했다.

'작품이라……'

현상 과정을 마친 호숫가 사진과 옆집 여자의 얼굴이 담긴 사진을 섬유 유리 스크린이 달린 건조대에 올려 두고, 수호는 암실을 빠져나왔다.

호박색 안전등이 빛의 전부였던 세상에서 빠져나왔더니 눈이 부셔 왔다. 눈을 지그시 감고 서서 빛의 움직임에 익숙해질 때쯤 눈을 떴는데, 눈앞에 그녀가 서 있었다. 바로 옆에 있는 세탁소에 가는 길인지 손에는 알록달록한 천을 들고 있었다.

"안녕하세요?"

커다랗게 눈을 뜨고 자신을 이상하게 쳐다보고 있는 모습에 웃음이 났다. 어색한 인사는 대체 하루에 몇 번이나 나누고 있는 걸까? 좀 친해지면 이 어색한 인사는 그만하려나?

"안녕하세요? 눈이 부시네요."

자신이 하는 말에 뜨악한 표정을 짓는 여자의 얼굴이 참 재미있다. 왜 그러고 있느냐는, 대체 무슨 뜻이냐는 물음표가 가득한 얼굴이다.

"여기가 암실이거든요. 밖에 나왔더니 눈이 부셔서……"

"아…… 네."

오도 가도 못하는 여자의 움직임이 더 재미있다. 이제 그냥 지나가도 되는데? 내가 먼저 지나가야 하나?

"점심 먹었어요?"

수호의 물음에 여자는 무언가를 생각하는 듯 미간이 좁아졌다.

점심 먹었느냐는 질문이 그렇게 골똘히 생각해야 하는 문제는 아닌데? 뭐, 인류 역사에 큰 영향을 끼칠 만한 문제도 아니고.

"아뇨."

긴 시간 침묵을 잇던 여자가 짧게 대답한다.

"계속 얻어먹기만 하는 게 죄송해서요. 점심 제가 살게요."

이걸 얻어먹어야 하나, 말아야 하나 고민하는 눈치다. 적당히 빠져나갈 구멍이라도 줘야 하나?

"공방 바쁘지 않으시면요."

"네, 바쁘지는 않아요."

"그럼, 차 가지고 이 앞으로 올게요."

"네."

수호는 멀뚱히 서 있는 여자 앞을 지나쳐 가며 피식 웃었다.

✽✱✽

공방 문 앞에 점심을 먹고 온다는 푯말을 걸어 놓고 문을 잠그는 사이, 그의 차가 상가 주차장 앞에 멈춰 섰다. 조수석 창을 열고 '타세요.' 라고 말하는 그의 목소리가 들려오자 갑자기 콩닥콩닥거리는 심장의 존재감이 느껴졌다.

남자와 단둘이 밥을 먹었던 게 언제였더라?

"네."

어색하게 행동하지 않으려 노력하면, 뭔가 더 어색해지는 법이다. 윤희가 차에 올라타자, 수호가 쿡 하고 웃음을 터뜨렸다.

"왜 웃으세요?"

윤희의 물음에 수호는 아무것도 아니라는 듯 고개를 저었다.

"뭐 먹고 싶은 거 있어요?"

"글쎄요. 딱히⋯⋯."

"나 이 동네 잘 몰라요. 맛있는 데 좀 알려 줘요."

수호의 물음에 윤희는 고심하듯 눈동자를 한 바퀴 굴리고는 길을 안내하기 시작했다.

"운전 오래했나 봐요? 길 안내 잘하시네요."

"준이 낳기 전부터 했으니까, 10년은 되어 가네요."

그는 아— 하는 추임새를 덧붙이며 고개를 끄덕였다. 윤희의 안내로 차가 멈춰 선 곳은 연잎밥과 오리훈제구이가 나오는 식당 주차장이었다. 간판에 쓰인 글자를 보며 수호가 고개를 갸웃했다.

"연잎밥?"

수호의 물음에 윤희가 눈을 동그랗게 뜨며 물었다.

"싫으세요?"

"아뇨. 사진만 찍어 봤지. 연잎이 식재료가 되리라고는 생각 못했거든요."

"다른 곳은 향이 진해서 저도 잘 안 먹히는데, 여긴 괜찮아요."

차에서 내려 식당 안으로 들어서자, 주인이 윤희에게 알은체를 해 왔다.

"어머, 오랜만에 오셨네요."

"네, 안녕하세요?"

주인이 안내하는 자리에 방석을 깔고 앉고 나니, 창밖에 작은 연못이 하나 눈에 들어왔다.

"연꽃이 피었었나 보네요."

"네. 작긴 한데, 여름에 오면 볼만해요."

시들어진 연꽃잎을 바라보며, 그녀는 무언가 생각에 잠긴 듯했다.

"작은 창으로라도 보이는 풍경이 좋고, 준이도 좋아해서 여름에 자주 오는 곳이에요."

"아. 이렇게 작은 연못도 운치 있고 좋네요."

마치 사각의 프레임을 가진 커다란 액자처럼 가을의 색을 물씬 머금은 나무들의 풍경과 황갈색으로 말라비틀어진 연꽃대의 모습이 괜히 스산하게 느껴졌다.

"시흥에 가면 관곡지라는 곳이 있어요. 빅토리아연꽃이라고 밤에 피었다가 해가 뜰 때 꽃잎을 곱게 다무는 꽃이 있는데, 해 뜨기 직전에 사진으로 남기면 정말 예뻐요."

수호의 말에 윤희가 아련한 표정으로 되물었다.

"사진 찍으시면서 좋은 데 많이 다니셨겠어요."

"그냥 이리저리 떠돌아다니는 거죠. 준이 데리고 나중에 한번 가 보세요."

"네."

고개를 끄덕이며, 윤희는 크게 불거져 나오려는 한숨을 삼켜 버렸다. 남편이 떠난 뒤, 준이를 데리고 어디론가 여행을 가 본 적은 거의 없었다. 수개월에 한 번 미국에 있는 친정에 다녀오는 것을 빼고는.

혼자 아이를 데리고 다니는 게 괜히 이상하게 느껴졌다. 두 모자를 바라보는 주변의 시선이 두려웠고, 힘에 부쳤다. 그냥 '엄마랑 둘이 나왔나 보다.' 하고 여길 텐데, 윤희의 세상은 이 작은 식당 안 유리창으로 보이는 연못의 풍경처럼 사각의 프레임 안에 갇혀 있는 것만 같았다. 윤희는 애써 미소 지으며, 스스로 다짐하듯 말했다.

"어떻게 가는지 나중에 알려 주세요. 언제 가면 좋은지도. 준이 데리고 한번 가 봐야겠어요."

윤희의 말에 수호는 알겠다며 고개를 끄덕였다.

조용조용한 대화가 이어지며, 식사가 끝나 갈 무렵, 윤희의 휴대전화가 울렸다.

"여보세요? ……아, 벌써 오셨어요? 얼른 갈게요. 조금만 기다려 주세요……. 네."

"부지런한 수강생이 벌써 왔나 보네요?"

"네."

빙긋이 웃는 윤희의 미소가 어쩐지 점점 편해지고 있는 건 자신만의 착각인지, 수호는 고개를 한번 갸웃하고는 계산서를 집어 들었다.

"잘 먹었어요."

"덕분에 내가 잘 먹었죠."

성긋이 웃는 수호의 미소에 윤희의 얼굴에도 다시 한 번 미소가 떠올랐다.

밤에만 핀다는 빅토리아연꽃을 닮은 듯 수줍은 윤희의 얼굴이 수호의 가슴속 깊이 박혀 오는 것만 같았다. 처음 피었을 때 흐린 핑크빛을 머금은 하얀색을 띠다가 점점 붉게 변해 가는 꽃잎처럼, 그녀의 웃음도 짙어질 날이 올까.

7. 연금술

식당에서 나와 공방으로 돌아오는 길, 준이가 요즘 날마다 부르는 동요처럼 길가의 은행나무는 노랗게 물이 들어 있었다.

"단풍은 어디가 멋져요?"

윤희의 물음에 수호가 고저 없는 목소리로 대답했다.

"가을 단풍은 어디나 멋지죠."

"단풍 사진은 안 찍으세요?"

"흠. 흑백 사진에 담기엔 어려운 피사체죠. 초록이든 노랑이든 전부 같은 색으로 보일 테니까."

"왜 흑백 사진만 찍으세요?"

윤희의 물음에 수호는 한참을 고민하다 대답했다.

"그냥 어느 순간부터 버릇이 되어 버려서."

시답지 않은 대답에 윤희는 피식하고 웃었다.

"준이는 언제 와요?"

"이따 3시쯤 올 거예요."

"그럼, 이따 시간 되면 인화하는 거 구경 올래요?"

"⋯⋯그래도 돼요?"

조심스러운 윤희의 물음에 이번에는 수호가 피식 웃었다.

"보여 주기로 한 약속은 지켜야죠."

"고마워요."

별스러울 것 없는 대화가 계속되는 사이 차는 공방 앞 상가 주차장에 멈춰 섰다.

"그럼 3시 반쯤 준이 데리고 가도 돼요?"

"그래요, 그럼. 준비해 놓고 있을게요."

"네."

성긋이 웃어 보인 윤희가 고개를 까닥하며 눈인사를 건네고는 차에서 내렸다.

공방 작은 의자에는 나이가 지긋한 수강생 두 분이 앉아 있었다. 시집가는 딸을 위해 웨딩 링 퀼트 스프레드를 만들고 있는 김 여사와 그런 친구를 돕고 싶어서 공방을 찾는 신 여사였다. 신 여사가 이곳으로 시집오면서 알게 되었다는 두 분은 친자매만큼이나 우애가 두터웠다.

"일찍 오셨네요. 점심은 드셨어요?"

"응, 먹었지. 준이 엄마도 먹었어?"

"네, 방금 먹고 오는 길이에요."

공방 안으로 들어선 두 분은 가방 안에 가득한 재료를 테이블 위에 꺼내 놓았다. 아롱아롱 색이 고운 조각 천들을 잇고, 누빔솜 위에 덧대는 작업을 하시는 두 분은 진도가 참 나가질 않는다며 의자에 앉았다.

"이게 참, 우리네 인생 같아."

곧 시집보낼 딸을 두신 김 여사가 작은 바늘을 들고 말했다.

"예쁜 조각 천 꿰매서 모양이 만들어질 때는 참 재미있어. 바늘 몇 번 왔다 갔다 하면 금세 이어져서 뭔가 만들어지는 재미가 있거든. 근데 완성된 패턴을 누빔솜에 덧대는 건…… 뭐랄까."

김 여사가 말을 잇지 못하자, 신 여사가 말씀을 이어 갔다.

"꼭 결혼 생활 같지? 연애하면서는 알콩달콩 얼마나 재미있어. 그러다 결혼하고 몇 년 지나고 나면, 내가 이 남자랑 계속 살아야 하나? 그때 결혼하지 말고, 딴 놈 한번 만나 볼 걸 그랬나? 하는 생각 들잖아."

"맞다, 맞아. 누비다가 보니까 괜히 여기에 이 색 천 넣지 말고, 다른 거 넣을 걸 그랬나, 하는 생각도 들더라. 그게 그거지?"

"그래도 다 만들어 놓고 나면 뿌듯한 것처럼, 가족이 다 같이 모여 있으면 얼마나 좋아. 저 사람 덕분에 우리 애들도 있고, 이렇게 뿌듯해하는 나도 있구나 하는 생각도 들고."

"그렇지."

바늘을 왔다 갔다 하시며 나누는 두 분의 소소한 이야기에 윤희는 괜히 마음 한편에 서늘한 바람이 부는 것 같았다.

"준이 엄마."

"네?"

김 여사의 부름에 윤희는 누빔솜에 천을 고정하던 시침질을 멈추고 그녀를 바라봤다.

"우리 알고 지낸 지 몇 년이지?"

"제가 여기 와서 공방 차리고 나서니까…… 2년 반? 3년은 안 되었죠?"

성긋이 웃으며 대답하는 윤희를 신 여사가 바라봤다.

"이제 좋은 사람 있으면 만나요."

신 여사의 말에 윤희의 얼굴이 하얗게 굳어 버렸다. 그냥 모른 척 발뺌을 할까도 싶었지만, 자연스레 이야기를 하는 것도 나쁘지 않을 것 같았다. 이제 더 이상 숨기고, 숨고…… 그렇게 살고 싶지 않았다.

"……어떻게 아셨어요?"

"다른 사람은 몰라도, 우리가 모를 리가 있나."

"준이 엄마가 예전에 내 가방 고쳐 줬던 거 기억나? 내가 미용실 가져갔다가 염색약 묻었다고 못 들고 다니겠다고 했더니, 물든 천 뜯어내고, 다른 천 덧대서 예쁘게 만들어 줬잖아."

신 여사의 말에 윤희는 기억난다며 고개를 끄덕였다.

"그렇게 살아. 아픈 거 있으면, 이제 그만 들어내고, 예쁘게 덧대고 살아. 그 가방 예전보다 더 예뻐졌잖아."

"……네."

난로 위에 올려 둔 주전자에서는 하얀 김이 모락모락 나고 있었고, 윤희의 눈가에는 따스한 눈물이 차올라 있었다. 김 여사는 티슈를 한 장 뽑아서 윤희에게 건네며 등을 한번 토닥여 주었다.

"누구나 다 아픈 상처는 있어. 누가 더 아픈지, 어떤 게 더 힘든지 따지고 들자 치면 할 말 없지만. 그래도 다 아팠던 적은 있을 거야. 어떻게 인생사 좋을 수만 있겠어. 그래도 살다 보면 잊혀지고, 잊으려고 노력하다 보면 잊게 되고. 행복하자 생각하면 행복해지는 게 사람 사는 거지."

"감사합니다."

윤희의 목소리가 약하게 떨렸다.

"아까 그 총각은 누구야?"

신 여사의 물음에 김 여사가 툭 하고 그녀의 옆구리를 찔렀다.

"옆집에 새로 이사 온 사람이에요. 지난번에 준이 아플 때 도와주시고, 그랬어요."

"아, 그때 준이 병원에 있을 때?"

"네."

"사람 참 좋네."

수많은 천 중에 가장 마음에 드는 천을 고르고, 똑같은 무늬가 반복되는 듯 보이지만 이렇게 자르고, 저렇게 자르면 다르게 보이는 천을 조심스럽게 재단하듯이, 그렇게 조심스러운 시작을 앞두고 있는 것처럼, 두 분은 말씀을 아끼려는 듯 바느질에 열중했다.

여사님들이 돌아가시고, 30분쯤 지났을 때, 준이의 유치원 차가 공방 앞에 멈춰 섰다. 준이는 선생님께 배꼽인사를 꾸벅 해 보이고는 엄마 품으로 달려왔다.

"어머님, 준이가 오늘 수목원에서 예쁜 그림 그려 왔어요."

준이를 내려 준 유치원 선생님이 생글생글 웃으며 말했다. 윤희는 선생님께 인사를 전하고, 준이를 데리고 공방 안으로 들어왔다.

"아들, 무슨 그림 그렸어?"

준이는 쭈뼛거리며 가방에 있는 반으로 접힌 8절 도화지를 숨기려고 했다.

"화내지 마."

"응. 엄마가 준이 그림을 보고 왜 화를 내?"

윤희는 아들이 내민 곱게 접힌 도화지를 펴 보았다. 노랗고 빨갛게 물든 단풍나무 아래로 세 사람이 손을 잡고 있는 그림이 눈에 들어왔다. 가운데 서 있는 건 준이일 테고, 그 옆에 손을 잡고 있는 건 엄마일 테고, 다른 쪽에 준이의 손을 잡고 서 있는 남자는 누굴까?

"그래, 잘 그렸네."

"아빠를 그리고 싶은데…… 얼굴이…… 기억이 잘 안 나서 수호 아저씨 생각하고 그렸어."

"예쁘게 잘 그렸다."

엄마가 때로 감정을 숨기고 칭찬하는 것을 아이는 기가 막히게 알아차리곤 한다. 준이는 시무룩한 표정으로 도화지를 접어 가방 안으로 도로 집어넣었다.

"준아, 배고프지? 우리 슈크림볼 사다 먹을까?"

"그래."

슈크림볼이라는 말에 금세 표정이 밝아진 준이를 바라보며 지갑을 들었는데, 공방 문을 열고 그가 들어왔다.

"준이 왔네?"

수호의 등장에 준이의 얼굴에는 함박웃음이 어렸다.

"아저씨!"

"준이 이 시간에 온다고 해서."

"우리 슈크림볼 사다 먹을 건데, 아저씨도 드실래요?"

"그래! 아저씨가 사 올게."

준이를 보고 시원한 미소를 지어 보인 수호가 시선을 옮겨 윤희를 바라봤다.

"제가 다녀올게요. 요 옆 제과점에서 파는 거죠?"

"네."

"준이 간식 먹고 나면, 인화하러 가죠."

"감사합니다."

윤희의 인사에 수호는 씩 웃으며 어깨를 한번 으쓱해 보이고는 공방 문을 닫고 나왔다. 자신을 마주할 때면 천진난만한 미소를 지어 보이며, 상기된 얼굴을 하는 준이의 모습이 자꾸만 눈에 밟혔다.

소풍은 잘 다녀왔는지, 가서 뭘 했는지 궁금하기도 하고, 물어보지 않아도 눈만 마주치면 재잘거릴 준이의 모습이 떠올라 오후 내내 피식 웃음이 나기도 했다. 귀여운 녀석.

곱게 물든 단풍에 시선을 돌렸던 게 언제였나 싶었다. 식사를 마치고 오던 길, 단풍은 어디가 멋지냐는 그녀의 말이 자꾸만 귓가를 맴도는 것 같았다. 아무리 멋진 장소라도, 누군가와 함께하지 않으면 쓸쓸해진다는 것을 그녀도 알까?

대자연 속에 홀로 남겨진 기분이 들 때면, 그 아름다움을 기만하듯 흑백 사진을 찍어 왔던 자신의 모습을 떠올리자 멋쩍은 웃음이 흘러나왔다. 숨 막히는 광경을 누군가와 공유하고, 자연 그대로의 아름다움을 오롯이 담아낼 수 있는 날도 언젠가는 오겠지.

수호는 슈크림볼을 가득 담은 제과점 봉투와 1리터짜리 흰 우유 한 팩을 들고 다시 공방으로 향했다. 유리벽 너머, 테이블 앞에 나란히 앉아 두런두런 이야기를 나누고 있는 모자의 모습이 보이자, 가슴 한구석이 따뜻해지는 것 같았다.

"준아."

"아저씨. 히익? 이렇게 많이 사 왔어요? 이거 많이 먹으면 몸에 안 좋아요. 이거 되게 달아요."

준이의 반응에 수호가 머리를 긁적이며 물었다.

"그래? 너무 많아?"

"엄마, 나 이거 많이 먹어도 돼요?"

꼭 무언가를 요구할 때만 존댓말을 쓰는 준이는 굉장히 공손한 모습으로 물었다.

"오늘만."

"히히."

윤희가 작은 접시 세 개를 꺼내자, 준이는 신이 나서 슈크림볼을 접시에 나누기 시작했다. 한참을 고민하던 준이는 윤희와 수호의 접시에는 각각 세 개씩, 자신의 접시에는 다섯 개의 슈크림볼을 올려놓았다.

자기 주먹만 한 슈크림볼을 입안 가득 넣고 행복한 표정을 짓는 준이의 모습에 수호는 푸시시 웃음이 터져 나왔다.

"준아, 맛있어?"

준이는 고개를 끄덕이며, 엄마가 따라 준 우유를 한 모금 들이켰다.

"되게 맛있어요. 헤헤."

입술 주변에 우유 수염을 달고, 까르륵거리는 모습이 사랑스러워 수호는 준이의 코를 살짝 꼬집었다.

"아야. 아저씨!"

버럭 화를 내는 모습에 수호는 그만 웃음이 터지고 말았다. 이렇게 소리 내어 웃는 게 얼마 만일까? 한참을 키득거리다가 그녀를 바라봤는데, 두 사람의 모습을 아련한 눈빛으로 바라보고 있었다. 실수했나……

수호와 눈이 마주친 그녀는 아무 일도 아닌 듯 빙긋이 미소 짓고는 슈크림볼을 한입 베어 물었다. 미색 크림이 그녀의 고운 입가에 살짝 묻어났다.

"저기."

"네?"

수호는 검지를 들어 자신의 입가를 가리키며, 크림이 묻었다고 알려 줬다. 윤희가 여기요? 하고 손을 들어 닦는데, 엉뚱한 방향으로 계속 손이 움직였다. 수호가 자신도 모르게 손을 뻗어 그녀의 입가에 묻은 크림을 닦아 내려는데, 준이의 동작이 더 빨랐다.

"아니, 엄마. 여기!"

작은 손으로 엄마의 입가를 슥 닦아 내더니 다시 슈크림볼을 입안 가득 집어넣는 준이의 모습을 보며, 수호는 머쓱해진 손을 거뒀다. 그녀도 괜히 헛기침을 하며 자리에서 일어나 도안이 그려진 종이를 정리했다.

"준아, 다 먹었으면 아저씨가 마술 부리는 거 구경 갈래?"

"네, 네!"

준이는 자리에서 발딱 일어나 수호의 옆에 섰다. 자연스레 준이는 수호의 커다란 손을 작은 손으로 꼭 잡고 있었다.

"같이 가요. 현상액 때문에 준이 옆에 있어 주셔야 할 것 같은데."

"네. 그래요."

준이는 다른 손을 뻗어 엄마의 손을 꼭 잡았다. 세 사람이 손을 꼭 잡고 있는 모습이 유리에 비치자, 준이가 낮게 속삭였다. 꼭 그림 같네. 수호가 무슨 말인지 되묻자, 준이는 부끄러운 듯 아니라며 고개를 절레절레 저었다.

은은한 호박색 등이 빛나고 있는 암실 안에 들어서자, 수호는 준이와 윤희에게 투명한 고글을 하나씩 건넸다.

"액이 튀면 위험해요. 이거 끼고 시작하죠."

윤희는 고글 줄을 조정해서 준이의 얼굴에 씌워 주었다. 나머지 고글 하나를 자신의 얼굴에 착용하려는데, 수호가 줄을 조정하고 쓸 수 있도록 도와주었다. 따뜻하고 기다란 손가락이 윤희의 얼굴과 머리칼을 스쳤다. 윤희는 조명이 어두워 자신의 얼굴색이 보이지 않는 게 다행일지도 모른다고 생각될 만큼 얼굴이 화끈거리는 것 같았다.

수호는 커다란 트레이 세 개를 펼쳐 놓고, 각기 다른 용액을 그곳에 부었다.

"이건 마법 용액이야. 이따 어떻게 쓰이는지 보여 줄게."

"네."

준이는 잠자코 서서 수호가 하는 말과 행동에 집중했다.

"자, 이게 지난번에 엄마 얼굴을 찍었던 필름이야. 이건 확대기라는 거고. 여기에 넣어 볼게."

그는 필름 한 장을 집어 들고는 마치 커다란 현미경처럼 생긴

117

기계 안에 필름을 걸었다.

"여기 아래 액자 같은 건 이젤이라는 거고. 마법 종이를 고정할 수 있게 해 주지."

"와."

확대기에서 뿜어져 나오는 환한 빛이 필름을 투과하자, 종이 위에 윤희의 얼굴이 나타났다.

"우와! 엄마다!"

수호가 확대경을 들고 상을 살피자, 윤희가 물었다.

"그건 뭘 보는 거예요?"

"사진의 초점을 맞추는 거예요."

윤희는 고개를 끄덕이며 수호의 움직임을 관찰했다. 섬세한 손 끝으로 빛을 조정하는 그의 움직임에 심장이 두근거렸다.

"옛날 사진가들은 자신을 연금술사라고 생각했대요. 빛을 다루는 연금술사. 은염사진(銀鹽寫眞)을 만들어 내는."

수호의 설명에 준이가 물었다.

"엄마, 연금술사가 뭐야?"

"어, 옛날 과학자를 말하는 거야."

"와, 아저씨는 과학자고 마술사야?"

준이의 물음에 윤희가 쿡 하고 웃음을 터뜨렸다.

"그럼. 아저씨는 과학자고, 마술사지."

능청스러운 수호의 대답에 윤희가 자기도 모르게 곱게 눈을 흘기고 말았다. 허풍도 그만하면 됐다는 뜻인데, 수호은 정말 과학자고, 마술사라는 듯 어깨를 으쓱해 보이며 눈썹을 치켜세웠다.

그는 빛을 쏘인 인화지를 현상, 중간정지, 정착, 수세 과정을 거쳐, 스펀지로 남아 있는 물을 깨끗이 닦아 내고 준이에게 보여 주었다. 차근차근한 그의 설명에 준이는 푹 빠져들어서 계속 우와, 하고 소리쳤다. 현상액에 담긴 인화지에서 서서히 엄마의 얼굴이 나타날 때는 박수까지 치며 좋아했다.

"다 된 거예요?"

"아니, 이제 말려야 해."

"와. 신기하다. 아저씨 되게 멋져요."

"고마워."

수호는 건조대에 사진을 옮겨 놓고는 두 사람을 데리고 암실 밖으로 빠져나왔다.

"전 여기 정리해야 할 것 같아요."

"고마워요. 덕분에 좋은 구경 했네요."

"아저씨. 우리 집에 와서 저녁 먹어요."

난데없이 끼어든 준이의 말에 두 사람의 얼굴이 굳어 버렸다.

"준이가 밥하게?"

수호의 물음에 준이는 엄마의 얼굴을 빤히 올려다봤다.

"그러세요. 밥숟가락 하나 더 놓으면 되는데요."

"엄마! 밥도 놔야지."

준이의 말에 수호는 또다시 쿡 하고 웃음이 터져 버렸다.

"정리하는 데 좀 시간 걸릴 것 같은데."

"저도 저녁 준비하려면 시간 걸려요."

"그럼 한 시간 반? 정도 이따가 갈게요."

"그러세요."

윤희는 고개를 살짝 숙여 눈인사를 하고는 집으로 향했다. 엄

청나게 멋지다며 계속 떠들어 대는 준이의 머리를 윤희는 가만히
쓰다듬어 주었다.

✾✶✾

토요일 오후, 준이가 작은 방에 틀어박혀서는 나올 생각을 하
지 않았다.

"준아, 너 뭐 해?"

"엄마! 이거 봐. 나 어릴 때 갖고 놀던 카메라야?"

준이는 장난감 통에서 찾은 알록달록한 디지털카메라를 손에
들고 있었다. 그의 암실에 다녀온 이후, 준이는 자기도 마술을 부
리는 사진작가가 되고 싶다며, 카메라 그림을 그리기도 하고, 집
에 있는 앨범을 뒤적이기도 했었다.

"응. 그거 돼?"

"아, 아니! 안 돼. 배터리가 없나 봐."

"그래?"

윤희는 장난감 카메라에는 미처 신경을 쓰지 못하고, 무릎을
굽힌 채 준이에게 눈을 맞추며 물었다.

"준아, 좀 이따 서울에 계신 할머니 댁 가야 해. 큰고모가 데리
러 오실 거야. 알지?"

"엄마는 안 가?"

"응."

"알겠어."

윤희는 준이의 머리를 쓰다듬으며 말했다.

"거기 가면 형들이랑 누나들이 준이랑 놀아 주려고 기다리고 있대."

"헤헤. 좋다."

"응, 재미있게 놀다 와. 큰고모가 내일 준이 여기로 데려다준다고 하셨어."

"응. 엄마 근데."

윤희는 준이의 까만 눈동자를 바라봤다.

"나, 아저씨한테 인사하고 와도 돼? 나 주말에 어디 간다고?"

"왜?"

"아저씨가 나 보고 싶을까 봐."

"인사만 하고 와야 해."

"응."

준이가 현관 밖으로 나서는 것을 바라보며 윤희는 자신도 모르게 한숨을 내쉬었다. 아주 조금 열린 현관문 틈새로 두 사람이 이야기를 나누는 소리가 들려왔다.

"아저씨. 여기 카메라에 사진이 있어요. 나 이거 그때 그 마술 부려서 뽑아 주면 안 돼요?"

"무슨 사진인데?"

조용조용한 둘의 대화를 듣던 윤희의 심장이 쿵 하고 내려앉았다. 윤희는 현관문을 활짝 열고 준이를 불렀다.

"이준!"

커다란 목소리가 계단을 울려 댔다.

"카메라 이리 줘."

심장이 쿵쾅쿵쾅 뛰었다. 입 밖으로 튀어나오려는지 계속해서 위로 솟아오르는 통에 숨이 가빠 왔다.

"싫어!"

준이가 울먹이며 소리쳤다.

"이리 내!"

"여기 아빠 사진 있단 말이야! 엄마가 또 없앨 거잖아. 싫어.
안 줘."

준이는 수호에게 얼른 카메라를 내밀고는 그의 허벅지를 꼭 끌
어안았다.

"이리 주세요."

수호는 손에 들린 카메라를 한번 살폈다. 아이들이 갖고 노는
조악한 모양의 디지털카메라였다. 아빠 사진? 사진을 없애?

"준이가 아빠를 보고 싶어 하는 것 같은데……."

어디서 튀어나온 부성애인지, 수호는 자신이 말을 뱉어 놓고도
무언가 실수를 한 것 같은 기분이 들어 미간이 좁아졌다.

"준아. 안 지울게."

"정말?"

"응."

윤희가 커다란 한숨을 내뱉으며 말했다. 심장도 뱉어 버릴 수
있다면 얼마나 좋을까? 준이는 눈동자를 이리저리 굴리더니, 수호
에게 말했다.

"아저씨. 이 사진 꼭 뽑아 주세요. 꼭이요. 네?"

수호는 윤희의 눈치를 살피듯 그녀를 바라봤다. 윤희는 슬쩍
고개를 끄덕였다. 그 모습이 너무도 아파 보여서, 수호의 얼굴이
절로 일그러졌다.

"그래, 아저씨가 한번 볼게. 안 될 수도 있어."

"……네."

"이리 와."

잔뜩 젖은 목소리로 아이를 부르는 그녀의 목소리가 힘없이 울렸다. 준이는 걸음을 옮기기 싫은 듯 신발을 질질 끌며 엄마 곁으로 다가갔다.

윤희의 앞에 선 아이는 불안한 듯 제 손톱을 물어뜯고 있었다. 윤희는 입에 물린 아이의 손을 조심스레 잡으며, 이리저리 떨리는 눈동자를 바라봤다. 울퉁불퉁한 아이의 손톱 끝이 윤희의 손끝에 닿자, 크기를 잴 수 없는 죄책감이 밀려들었다. 그저 아빠가 그리운 아이일 뿐인데…….

"엄마가 화내서 미안해."

아이에게 사과의 말을 건네는 목소리가 아파트 계단을 희미하게 울리더니, 윤희의 가슴속 깊은 곳까지 메아리쳐 들어왔다.

아이를 꼭 끌어안고, 수호에게 미안하다는 듯 고개를 숙여 보이고는 집 안으로 들어서는 그녀의 모습에 수호는 심장이 왈칵거리는 것 같았다.

장난감 카메라를 들고 집에 들어온 수호는 인터넷에 카메라의 모델명을 검색해 보았다. 24핀 케이블과 제작사에서 무료로 배포하는 프로그램만 있으면, 사진을 쉽게 컴퓨터로 옮길 수 있는 모양이었다.

오랫동안 사용하지 않았는지, 누렇게 변해 버린 하늘색 고무 장식을 바라보며, 수호는 한숨을 한번 내쉬었다. 수호는 장난감

제작사의 웹사이트에 접속해 컴퓨터에 프로그램을 깔고는, 핀이 맞는 케이블로 카메라를 컴퓨터에 연결했다.

파일에 남아 있는 사진이 찍힌 날짜를 보니 3년 전 모습인 듯했다. 한 번도 본 적 없는 활짝 핀 옆집 여자의 미소가 흔들려 있는 사진과 아이가 자신의 얼굴을 직접 찍은 듯 얼굴의 4분의 1만 담겨 있는 사진, 그리고 어린 준이를 안은 채, 환하게 웃고 있는 남자의 사진이 눈에 들어왔다.

무슨 사연이기에…….

수호는 200만 화소도 채 되지 않는 카메라에 담긴 사진을 인화지에 프린트하기 시작했다. 사진을 투명한 비닐 봉투에 넣고 시계를 보니 벌써 저녁 시간이 다 되어 있었다.

수호는 인화한 사진을 들고 옆집으로 갈까 하다가, 발길을 돌려 아파트 상가에 있는 편의점으로 향했다. 맥주 캔을 집어 들고 이것저것 고르고 있는데, 침울한 표정의 옆집 여자가 홀로 편의점으로 들어오더니, 주류가 진열된 곳 앞에 멈춰 섰다.

초록색 소주 두 병을 집어 든 여자는 계산대 앞으로 힘없이 걸어갔다. 준이는 어쩌고? 여자는 계산을 마치고 소주 두 병이 담긴 비닐봉지를 들고는 편의점을 나섰다. 수호는 재빨리 맥주와 나머지 것들을 계산하고 봉지에 쓸어 담은 다음, 그녀의 뒤를 따랐다.

"준이는요?"

갑작스러운 수호의 등장에 화들짝 놀란 여자가 수호를 확인하자 가슴을 쓸어내리며 대답했다.

"할머니 댁 갔어요."

"할머니? 미국에 사신다고 하던데?"

"친할머니 댁이요."

"아."

아이를 향했던 걱정의 방향이 이제 여자를 향하고 있었다. 수호는 그녀의 손에 들린 검은 봉지를 가리키며 물었다.

"그거 혼자 마실 거예요?"

"아, 아뇨!"

당황스러운 듯 말을 더듬는 여자의 모습에 피식 웃음이 났다. 그럼 누구랑 마시게?

"혼자 집에서 소주 마시면 되게 처량해요. 그 기분을 내가 알지. 같이 마실래요?"

"네?"

여자가 고개를 갸웃하며, 자신을 올려다봤다. 수호는 손에 든 봉지를 위로 올려 보이고는, 흔들어 대며 대답했다.

"혼자 마시는 것보다 술친구가 있는 게 낫지 않아요?"

수호의 물음에 여자가 피식 웃음을 흘리고는 고개를 슬쩍 끄덕였다.

8. La Vie En Rose

터덜터덜 걸음을 옮겨 나란히 엘리베이터에 오른 두 사람은 똑같이 한숨을 내쉬었다. 그 바람에 또 똑같이 피식하고 웃었다.

"어디서 마실까요?"

수호의 물음에 윤희는 아주 잠깐 생각에 잠긴 듯하더니 입을 열었다.

"그쪽 집에서 마시죠."

"불편하지 않겠어요?"

윤희는 피시식 웃으며 대답했다.

"오늘 주부 파업이에요. 먹고 치우기 귀찮아요."

"그럼, 장소 제공은 1605호에서 할 테니까, 1606호 주부님은 안주 좀 준비해 주면 안 돼요? 나 맥주 안주만 샀는데."

"와, 주부 파업하겠다는데, 안주 주문까지 해요?"

윤희의 되물음에 자기는 장소 제공하지 않느냐며 어깨를 으쓱해 보였다.

"뭐, 까짓것 새우깡에 먹는 소주도 먹을 만하기는 한데. 그러죠, 뭐. 30분 이따 갈게요."

"그래요."

엘리베이터에서 내린 둘은 각자의 집으로 들어갔다.

수호는 집에 들어서자마자, 안락의자 위에 널브러져 있는 옷가지를 작은 방에 던져 놓고 문을 닫았다. 음식을 해 먹을 일은 거의 없어서 부엌이 깨끗한 게 다행이라는 생각이 들었다. 소주잔이 있나? 싱크대 이곳저곳을 뒤져 보니, 깊은 구석에 소주잔이 보였다.

불투명하게 먼지가 앉아 있던 잔을 깨끗이 씻어서 식탁 위에 올려 두었다. 그 옆에 젓가락과 숟가락까지 꺼내 놓고 식탁 앞에 앉아 있는데, 괜히 초조했다. 마치 소개팅을 앞두고 상대방을 기다리는 것처럼 심장이 콩닥콩닥거렸다. 시계를 보니 약속한 시각이 거의 다 되어 가고 있었다. 휴대전화를 만지작거리고 있는데, 조용히 문을 두드리는 소리가 들려왔다.

똑똑똑 하는 소리에 심장이 콩콩콩 울렸다. 수호는 성큼성큼 발걸음을 옮겨 현관문을 열었다. 문 앞에 서 있던 그녀가 환하게 웃으며, 쟁반을 들고 집 안으로 들어왔다.

"이게 뭐예요?"

"어디서 마셔요?"

"저기 부엌 식탁이요."

윤희는 고개를 한번 끄덕이고는 냄비를 받친 쟁반을 식탁 위에 올렸다. 그녀가 뚜껑을 열자, 김이 모락모락 나는 어묵탕이 눈에 들어왔다.

"우와."

수호는 자신도 모르게 엄지를 척 하고 들어 보였고, 그 모습을 보고 윤희가 피식 웃었다.

"앉으세요."

"네."

수호는 아까 그녀에게 받아서 냉장고에 넣어 두었던 소주를 한 병 꺼내서 뚜껑을 땄다.

"받으세요."

"넵."

윤희는 소주잔을 들어 그가 따라 주는 맑은 술이 투명한 유리잔을 채우는 모습을 물끄러미 바라봤다. 윤희는 병을 건네받고는 똑같이 그의 잔도 채워 주었다.

"이름이 뭐예요? 우리 통성명도 안 했네?"

가볍게 잔을 부딪치고, 입안에 쓰디쓴 소주를 털어 넣은 윤희가 피식 웃으며 대답했다.

"강윤희요."

"아. 내 이름은 알죠? 이수호."

"네, 준이한테 들었어요."

숟가락을 들고 어묵탕을 한입 맛본 수호는 오오, 하는 입 모양을 만들어 내더니 씩 웃었다.

"몇 학번이에요?"

"몇 살이냐는 질문을 지금 돌려 한 거예요?"

수호의 질문에 윤희가 되묻자, 둘은 동시에 피시식 웃음을 터트렸다. 윤희는 한숨을 작게 내쉬고는 말했다.

"서른둘이에요."

"아, 나보다 한 살 어리네."

수호는 다시 빈 잔을 채워 주었고, 윤희도 똑같이 그의 잔을 채워 주었다. 투명한 액체가 잔을 채울 때마다 무언가 깊은 그리움이 차오르는 듯 묘한 기분이 들었다. 잔이 채워지기 무섭게 윤희는 잔을 비워 냈다.

"어오. 술 잘 마시나 봐요? 술도 급하게 마시면 체해요. 천천히 마셔요."

"술 먹고 체해 본 기억은 없는 것 같은데요?"

평소와 달리 솔직한 모습에 수호는 신기하다는 눈빛으로 윤희를 바라봤다.

"뭘 그렇게 빤히 봐요?"

"신기해서요."

"뭐가요?"

"다른 사람 같아요, 지금."

"흠."

윤희는 입을 꾹 다물고 어깨를 한껏 올렸다가 툭 떨어뜨리며, 피식 웃었다. 별로 개의치 않는다는 듯이.

"여긴 언제부터 살았어요?"

"3년 정도 되었어요."

"아, 그림 그리는 것 같던데……. 전공자예요?"

"네. 수호 씨는 사진 전공이에요?"

그녀의 입에서 흘러나온 '수호 씨'라는 호칭에 수호는 심장이 벌컥거리는 것만 같았다. 자꾸만 튀어 오르는 심장을 삼키듯 소주를 들이켠 수호는 고개를 끄덕였다.

"와, 세상에 전공 살려서 사는 사람도 있구나."

"윤희 씨도 전공 살린 거 맞죠. 퀼트도 천으로 그림 그리는 거 아닌가?"

"그럴듯하네요."

윤희는 채워진 잔을 비워 내고는 감정 없는 목소리로 말했다.

"누군가 곁에 있지 않으면, 큰일이라도 낼까 봐 두려웠어요. 근데 날 아는 사람들 틈바구니에는 있고 싶지 않았고. 그래서 이사 와서, 자격증 따자마자 공방 문을 열었어요. 공방엔 자연스레 사람들이 모이게 되어 있으니."

수호는 그녀의 잔을 채워 주며 작게 한숨을 내쉬었다. 어느새 소주 한 병이 비워졌고, 수호는 다른 병을 집어 들었다. 윤희는 자기가 따라 주겠다며, 소주병을 건네받아 수호의 잔을 채워 주었다.

"유명하다면서요?"

"그냥."

수호는 머쓱한 듯 잔을 비웠다.

"사진으로 번 돈으로 어려운 아이들도 많이 돕는다던데."

"볼리비아 갔을 때, 소금사막까지 날 안내해 준 아이가 15살짜리 남자아이였어요. 어디서 왔냐고 묻기에 한국에서 왔다고 했더니, 가방 안에서 비닐로 곱게 싼 사진을 한 장 보여 주더라고요. 웬 여자 사진이었는데, 한국 사람이라고, 이 사람이 후원해 준 덕분에 자기가 더 이상 벽돌공장에서 일하지 않고 학교에 다닐 수 있게 되었다고요."

윤희는 고개를 끄덕이며, 수호의 말에 귀를 기울였다. 그는 무언가 생각에 잠긴 듯 한참을 가만히 있었다. 윤희는 그 침묵이 무엇을 의미하는지 굳이 묻지 않았다. 말을 하지 않아도 무언가 그의 아픔이 느껴지는 것만 같아서 절로 입이 다물어졌다.

"벌써 다 마셨네?"

몇 번 더 잔을 기울이자 두 번째 병도 금세 비워졌다. 수호는 잔을 가득 채우며 아쉬움이 묻어나는 목소리로 말했다.

"한 잔 남았네요."

윤희는 피식 웃으며, 티 없이 맑은 유리잔을 물끄러미 바라봤다.

"노팅 힐 봤어요?"

수호의 물음에 윤희는 고개를 끄덕이며 되물었다.

"휴 그랜트 나오는 영화요?"

"네, 줄리아 로버츠도 나오는 영화."

수호의 장난기 어린 대답에 윤희는 또다시 피식 웃음이 새어나왔다.

"봤어요."

"그 영화에 보면 가장 불쌍한 사람이 바구니에 남은 마지막 한개의 비스킷을 차지하죠."

"아마 줄리아 로버츠가 먹었을 거예요."

"우리 중에 불쌍한 사람이 이거 마시기 해요."

수호는 자신의 앞에 놓여 있던 소주잔을 가운데로 옮기며 말했다. 윤희는 물끄러미 그의 눈을 바라봤다. 사람들 앞에서 제 자랑은 많이들 하지만, 자신의 속내를 내비치며 불안한 이면을 드러내는 것은 쉽지 않은 일이다.

비스킷을 하나 놓고, 쟁탈전을 벌이며 자신의 불행함을 아무렇지 않게 털어놓고, 서로의 마음을 진실 된 눈으로 바라봤던 그들의 대화가 언뜻 머릿속을 스쳐 갔다. 비스킷 한 조각은 그저 핑계였을지도 모른다. 누군가에게 자신의 마음을 털어놓기 위한⋯⋯. 윤희는 마지막 남은 소주 한 잔을 핑계 삼아 보기로 했다.

"남편이 죽었어요. 그리고 아이를 혼자 키우죠."

윤희의 고백에 수호는 이미 다 알고 있는 일이라며 어깨를 으쓱해 보였다.

"난 아이를 잃었어요. 아내는 그 일로 나를 떠났고⋯⋯."

수호의 고백에 윤희는 절로 입이 벌어졌다. 멍한 시선으로 그를 바라보는데, 수호는 한숨을 폭 내쉬더니 담담한 목소리로 말을 이었다.

"태어난 지 딱 134일 되던 날 새벽에 하늘로 갔어요."

"액자 속 사진은 114일이던데요?"

윤희의 물음에 수호는 쓴웃음을 머금으며 대답했다.

"인큐베이터에 있는 동안은 사진을 못 찍었거든요."

"그럼, 우유니 소금사막 사진이⋯⋯."

태초, 태아라 했던 자신의 말을 기억하는 건지, 아니면 자신이 만들어 놓은 작품에 대한 이해가 높은 건지, 수호는 뭔지 모를 끌림이 느껴지는 그녀의 까만 눈동자를 바라보며 대답했다.

"태명이 '별' 이었어요. 꼭 초음파 화면 속에서 작게 반짝이며 두근거리는 심장이 별 같았거든요. 근데⋯⋯ 이름을 불러 주기도 전에 다시 별이 된 것 같은 기분이었어요."

윤희는 작게 고개를 끄덕였다. 긍정인지 부정인지 모를, 그저 그의 마음을 조금이나마 헤아릴 수 있겠다는 듯.

"자, 이제 이건 내가 마셔야겠죠?"

수호가 소주잔에 손을 대려는데, 윤희가 그의 손을 막았다.

"아직 내 얘기 안 끝났는데?"

윤희의 말에 수호는 어디 한번 해 보라며, 팔짱을 끼었다. 제삼자에게 이런 이야기를 직접 해 본 적은 없었다. 윤희의 부모님도 동생인 윤수를 통해서 소식을 들으셨고, 있다면 큰시누 정도. 윤희는 용기를 불어넣듯 크게 숨을 들이마셨다.

"남편이 교통사고로 세상을 떠났어요. 그것도 다른 여자를 감싸 안은 채로. 여자는 살았고."

수호의 입이 떡 하고 벌어졌다. 놀란 듯 우스꽝스럽게 입을 벌리고 있는 그의 모습에 윤희는 피식하고 웃음이 났다. 그는 무언가 고민하는 듯 미간을 슬쩍 좁히더니, 소주잔을 윤희의 앞으로 내밀었다.

"내가 마시는 게 맞겠죠?"

윤희는 피식 웃으며 목구멍으로 소주를 넘겼다. 쓰기만 하던 술이 달게 느껴졌다. 혀뿌리에 탁 하고 걸려 버리던 술이 술술 부드럽게 넘어갔다. 그가 따라 준 소주 한 잔이 가슴을 따뜻하게 데우고, 온몸의 혈관 구석구석으로 퍼져 나가는 것 같았다.

"흠."

수호는 팔짱을 낀 채로 우습다는 듯 말했다.

"웃기는 16층이네."

"뭐가요?"

"흔하지 않은 캐릭터가 모였잖아요, 자식 잃고 부인 잃은 홀아비랑, 바람피운 남편이 객사한 청상과부랑."

날것 그대로의 표현을 아무렇지 않게 내뱉는 수호를 보고 윤희는 웃음이 터지고 말았다.

"뭐라고요?"

"청상과부와 옆집 홀아비. 무슨 삼류 영화 제목 같네."

"제목이라도 있는 영화여서 다행이네요."

전혀 가볍지 않은 이야기가 가벼워져 버렸다. 그 바람에 윤희의 마음에도 무언가 살랑살랑 바람이 불어오는 듯했다. 그가 작게 틀어 놓은 라디오에서 흘러나오는 음악은 마치 블랙코미디 영화의 배경음악을 담당하는 듯했다.

〈La Vie En Rose. 장밋빛 인생.〉

"이제 갈래요. 피곤해요."

"그래요, 그럼."

윤희가 비틀거리며 일어서자, 수호는 그녀의 팔을 잡아 바로 설 수 있도록 도와주었다.

"고마워요."

"고맙긴요."

"저거 설거지해서 줘요."

수호는 알겠다며 고개를 끄덕이고는 빙긋이 웃었다.

윤희가 1605호 현관문을 나서, 1606호 앞에 섰다. 지문이 인식되지 않아, 손가락에 호호 바람을 불며, 어렵게 문을 열자, 수호는 빠끔히 열린 문틈에 비스듬히 기대어 서서 조용한 목소리로 말했다.

"잘 자요."

"수호 씨도 잘 자요."

그녀가 자신의 이름을 불러 주는 목소리가 너무도 좋았다. 김춘수 시인의 시 '꽃'처럼, 그녀에게 가서 꽃이 되어 주고 싶은 마음처럼.

서로를 바라보는 눈짓이 아파트 계단을 그렇게 따스하게 만들었다.

집 안으로 들어선 윤희는 한숨을 폭 내쉬었다. 그간 힘에 겨워 내쉬던 한숨이 아닌, 오랜만에 살아 있는 듯 두근거리는 심장을 느끼듯. 오랜만에 기분 좋게 마신 술기운 때문인지, 푸시시 웃음이 흘러나오기도 했다.

대충 샤워를 마치고, 몽롱한 정신으로 침대에 누웠는데 휴대전화 진동이 계속해서 울려 댔다. 휴대전화를 들고 화면을 활성화하자, 수호에게서 온 문자가 여러 개 있었다.

[뭔가 억울한데.]

[윤희 씨는 준이가 있잖아요. 난 혼잔데.]

[그 소주는 내가 마셨어야 했어.]

[자요? 왜 문자에 대꾸가 없어?]

윤희는 문자를 마주하고 피식 웃었다.

[이제 잘 거예요. 이미 마신 술 무를 수도 없고. 어쩌나.]

[그렇죠. 이미 마신 술처럼, 지난 과거를 무를 수도 없고. 어쩌나. 잘 자요. 울지 말고.]

눈물이 핑 돌아 있는 걸 그는 어떻게 알았을까? 눈가에 가득 고인 눈물이 흘러내렸지만, 윤희의 두 뺨은 예쁘게 솟아 있었고, 입은 호선을 그리며 미소를 만들어 내고 있었다. 누구나 할 수 있는 진부한 위로가 아닌 가슴을 따스하게 데워 주는 그의 진심이 느껴졌다.

[내일 아침에 해장국 먹으러 와요.]

[정말요? +_+]

[싫음 말고.]

[싫긴.]

짧은 대답에 윤희는 푸시시 웃음이 터졌다. 그의 장난스러운 표정이 휴대전화 너머로 보이는 듯했다.

[나 이제 잘 거예요.]

[잘 자요. 나도 자야지.]

윤희는 마지막으로 온 문자를 물끄러미 바라보다, 까무룩 잠이 들었다.

9. Let there be……

월요일 아침, 눈을 뜨자마자 어제 그녀가 끓여 준 콩나물 북어 해장국이 생각났다. 얼마 만에 먹어 보는 제대로 된 아침상이었는 지 기억도 나질 않았다. 통통하고 아삭했던 콩나물과 고소했던 북어 채와 감칠맛 났던 국물과 잘 익은 깍두기.

침대에 누워 있는 수호의 배 속에서 꼬르륵거리는 소리가 나는 것만 같았다. 수호는 어휴 하고 한숨을 내쉬며 침대에서 몸을 일으켰다.

마음이 길들여지는 것보다 입이 길들여지는 게 더 무서운 건가? 생텍쥐페리에게 전해 줘야 할 것 같다. 누군가에게 길들여진 다는 것의 의미는 그녀가 해 주는 밥이 먹고 싶은 거라고. 수호는 어기적거리는 발걸음을 옮겨 부엌으로 향했다.

마른 빵에 잼을 발라 커피를 마시는데, 맛이 하나도 없다. 몇 년을 이러고 살았는데, 이럴 때 입맛 버렸다는 말을 쓰는 건가 보다. 수호는 입안 가득 빵을 욱여넣고는 욕실로 향했다.

지금쯤 준이는 유치원 갔으려나?

어제 오후, 할머니 댁에 다녀왔다며 쪼르르 달려온 준이가 무지 반가웠다. 현관문 앞에서 아이와 이야기를 나누던 수호는 윤희에게 잠깐 준이 데리고 놀겠다는 말을 전하고, 준이를 집 안으로 들였다.

투명한 비닐 봉투 안에 넣어 놨던 사진들을 꺼내서 보여 주자, 아이의 표정이 환하게 빛났다.

'아빠다. 우와.'

아빠의 사진을 보고 눈가가 젖은 아이는 또다시 울음을 삼키는 것 같았다. 어떻게 어린아이가 울음을 터뜨리는 법보다 삼키는 법을 더 잘 아는 걸까?

'아저씨, 고마워요. 정말 고마워요.'

'준아.'

'네.'

'대신 아저씨랑 약속 하나 할까?'

'뭔데요?'

준이는 사진 끝을 조심스레 쥔 작은 손을 파르르 떨며 물었다.

'이 사진은 아저씨 집에 올 때만 보는 거야. 여기 와서. 알겠지? 아빠가 보고 싶을 땐 언제든 와도 좋으니까.'

준이는 고개를 갸웃하며 수호를 바라봤다. 아이의 얼굴엔 의구심이 가득해 보였다. 수호는 불안한 아이의 마음을 어루만져 주고 싶다는 듯 검은 머리를 슥슥 쓰다듬으며 말했다.

'엄마도 아빠가 보고 싶으신데, 아직 많이 속상하신가 봐. 준

이, 이해할 수 있지?'

수호의 물음에 준이는 고개를 크게 끄덕이며, 씩씩하게 말했다.

'네. 아빠도 보고 싶지만, 엄마가 속상한 건 더더더 싫으니까.'

욕실에서 나온 수호는 머리의 물기를 대강 털어 내고는 옷을 갈아입었다. 시계를 보니 벌써 10시가 넘었다. 출근 시간은 피했지만, 언제나 차들로 꽉 막혀 있는 서울 시내로 향하려면 서둘러야 할 것 같았다.

집을 나선 수호는 일부러 편의점에 들르는 척, 차를 공방 앞에 세우고 그 앞을 지나쳤다. 블라인드를 걷어 놓은 공방 쇼윈도를 통해 수강생들에게 무언가를 열심히 설명하고 있는 그녀의 선선한 모습이 눈에 들어왔다. 멍하니 그 모습을 바라보고 있는데, 그녀가 무언가 기적을 느꼈는지, 고개를 들고 수호를 바라봤다.

그녀와 눈이 마주치자, 수호는 괜히 민망해서 입 모양으로 '나 서울 가요!' 라고 말했다. 그녀는 고개를 한번 끄덕이며, 우습다는 표정을 지어 보였다. 우스울 만도 하지. 수호는 머쓱한 발걸음을 옮겨 다시 차에 올랐다.

서울 도심은 정말 차 끌고 오기 싫은 곳인데, 암실에 떨어진 재료들도 사야 했기에 수호는 운전을 해야만 했다. 필요한 물건을 사기 전, 수호는 동아리 선배인 종화가 운영하는 표구(表具)점으로 향했다.

"이여. 이게 누구야?"

"잘 지냈어, 형?"

"잘 지냈지. 너는? 너 뭐 정착했다며?"

"벌써 소문났어?"

수호는 씩 웃으며 의자에 걸터앉았다.

"경석이가 그러더라."

"아. 형, 바빠?"

"오늘은 좀 한가해. 왜?"

"나 사진 표구 하나만 해 줘."

"항상 하던 대로 할 거지? 검은색 알루미늄? 닐슨 ML95429?"

수호는 고개를 내저으며 검은색 포트폴리오 가방에서 20.3×
30.4cm 흑백 사진 두 점을 꺼냈다.

"몰딩은 ALF 실버 광택. 플로팅타입으로, 매트(사진의 테두리)
는 그냥 기본형으로 해 주고, 마운팅 보드(사진을 붙여 고정하는
곳)는 중성매트보드 써 줘."

"벽걸이형?"

"응."

"사진 줘 봐. 나란히 붙여서 한 개로 만들어? 아님 두 개로?"

"두 개로."

늘 사용하던 검은색에 스크래치가 난 듯한 알루미늄 프레임 몰
딩이 아닌 반짝이는 은색 프레임으로 표구해 달라는 수호의 주문
에 종화는 사진의 정체가 궁금해졌다. 종화는 수호가 내민 사진을
물끄러미 바라보다가, 미간을 슬쩍 좁히며 고개를 갸웃했다.

"너 인물 사진 안 찍잖아. 누구야, 이 여자?"

"누군지 묻지 말고 빨리 해 줘."

강한 의구심을 밀어내듯 수호는 대답을 얼버무렸다.

"무슨 사이야?"

"그냥 아는 사이야."

종화는 피식 웃으며 말했다.

"내가 생각하는 좋은 인물 사진을 찍는 작가는 모델이 가지고 있는 본질적인 면을 이끌어 낼 수 있는 작가야. 누구나 가지고 있지만, 쉽게 보이지 않을 뿐 숨겨져 있는 그런 거. 근데⋯⋯."

"형, 좀. 그냥, 얼른 해 줘."

수호는 듣기 싫다는 듯 종화를 채근했다.

"근데, 그런 면이 결코 모델에게만 있는 게 아니야. 작가에게도 있지. 작가와의 교감을 통해 그의 숨겨진 내면 세계를 이끌어 낼 수 있는 모델이면, 그 모델은 그냥 모델이 아닌 거야."

종화는 고개를 까딱하며 수호를 바라봤다. 수호는 한숨을 폭 내쉬며 눈을 가늘게 떴다.

"아, 그냥 딴 데 갈걸. 여기 괜히 왔다."

"그냥 아는 사이는 아니지?"

"넘겨짚지 마. 형이 생각하는 그런 사이는 아니니까."

"내가 생각하는 그런 사이가 무슨 사인데?"

"아오! 됐다! 두 시간 이따 오면 되지?"

수호는 자리를 털고 일어나며 물었다.

"어디 가게?"

"살 게 많아."

"그래, 포장까지 예쁘게 해 놓을게."

눈을 흘기며 가게를 나서는 수호를 종화는 피식 웃음 지으며 바라봤다.

수호는 카메라와 관련된 상가들이 즐비한 종로 시내를 누비며, 종화가 했던 말을 곱씹어 보았다.

교감(交感), 서로의 느낌을 주고받는 것. 그녀를 찍은 단 두 장의 사진과 그녀와 마신 두 병의 소주. 얼마나 많은 느낌을 주고받았을까? 수호의 생각이 무거워지는 동안, 두 손도 무거워졌다.

필름, 현상액, 각기 콘트라스트가 다른 인화지, 새로 산 렌즈에 맞는 필터, 새로 나왔다는 무선 동조기, 휴대용 반사판, 그리고 준이에게 줄 어안렌즈가 달린 토이 카메라까지. 트렁크 가득 물건을 실은 수호는 종화의 표구점으로 향했다.

"형, 다 됐어?"

"자, 다 됐다."

종화는 연한 핑크빛 상자 두 개를 커다란 종이 가방에 담아 수호에게 건넸다.

"이런 서비스 감동인데?"

"가라. 자주 와."

"응."

수호는 한결 가벼워진 발걸음으로 표구점을 나섰다.

❊✻❊

근처 중학교에서 바느질 수행평가를 하는 탓인지, 공방이 어린 학생들로 넘쳐 났다. 이건 왜 이렇게 해야 하느냐, 이 펜으로 칠한 건 지워지느냐, 실이 꼬인다. 아이들의 끊임없는 물음에 윤희는 진이 다 빠질 지경이었다.

한숨을 폭 내쉬고 있는데, 휴대전화가 울렸다.

[홀아비 저녁 혼자 먹기 싫은데.]

수호의 문자에 윤희는 피시식 웃음이 터지고 말았다. 윤희는 휴대전화 화면을 물끄러미 바라보다, 답문을 입력했다.

[과부 삯바느질하느라 바쁘오. 밥할 기운도 없음.]

아이들의 작업을 지켜보고 있는데, 다시 문자가 왔다.

[그럼, 오늘은 홀아비가 밥하겠음. 준이 유치원에서 오면 여기로 보내요.]

[정말요?]

[왜요? 내가 뭐 못 먹을 거 해 줄까 봐?]

[주부가 제일 좋아하는 밥이 뭔 줄 알아요?]

[뭔데요?]

[남이 해 준 밥.]

자신이 한 실없는 농담이 우스워 피식거리고 있는데, 그도 그랬는지 지금까지보다 조금 더 늦게 답장이 도착했다.

[남이 해 준 밥? ㅋ 준이 데리고 있을 테니까, 정리하고 와요.]

[옙!]

윤희가 휴대전화를 보고 피식 웃자, 아이들 틈바구니에 섞여 있던 오래된 수강생 한 명이 입을 열었다.

"쌤, 뭐 좋은 일 있어요?"

"응?"

"왜 그렇게 헤실헤실 웃어요?"

"그냥."

수강생은 눈을 가늘게 뜨고, 묘한 표정을 지으며 윤희를 바라

143

봤다. 그 시선을 의식하듯 윤희가 작게 헛기침을 해 대며 표정 관리를 하려 애썼지만, 한 번 위로 올라가기로 마음먹은 입꼬리는 내려올 생각이 없는 것 같았다.

중학생들이 돌아가고, 일반인 수강생 두 명이 남아 있는 공방 앞에 준이의 유치원 차가 멈춰 섰다. 특강이 있는 날이어서 6시가 다 되어서야 집에 도착해 차에서 내리는 준이의 얼굴이 울상이었다.

"준아, 재미있게 놀았어?"

"엄마."

"응?"

"나 특강 안 하면 안 되지?"

"왜?"

"힘들어."

"흠."

수강생들이 있는 공방에 준이를 둘 수는 없어서 어쩔 수 없이 하고 있는 특강 수업이었다. 준이의 축 늘어진 모습을 보고 윤희는 한숨을 폭 내쉬고는 아이의 머리를 쓰다듬으며 말했다.

"준아, 오늘 아저씨가 준이 오라고 하시던데?"

"정말? 지금?"

"응."

"엄마, 나 그럼 얼른 갈게."

수호가 오라고 했다는 말에 신이 난 준이는 뒤도 돌아보지 않고 달리기 시작했다.

"준아, 조심해. 넘어져!"

힘차게 내달리는 준이의 뒷모습을 바라보며, 윤희는 얼른 수호에게 전화를 걸었다.

— 여보세요?

"준이 지금 출발했어요."

— 공방에 기다리라고 하죠. 내가 데리러 가게.

"이야기 듣자마자 뒤도 안 돌아보고 뛰어갔어요."

윤희가 한숨을 폭 내쉬자, 휴대전화 너머로 낮은 웃음이 들려왔다.

— 내가 얼른 나갈게요. 걱정 마요.

"고마워요."

— 고맙긴.

수호는 전화를 끊고 피식 웃으며 현관을 나섰다. 엘리베이터가 16층에서 멈춰 서고 문이 열리자, 환하게 웃고 있는 준이가 그 안에 서 있었다.

"아저씨!"

"유치원 잘 갔다 왔어?"

"아뇨."

갑자기 울상을 짓는 아이의 모습에 심장이 쿵 하고 내려앉았다.

"왜, 무슨 일 있었어?"

"특강이 너무 힘들어요."

힘없이 현관을 들어선 아이는 수호가 건넨 아빠의 사진을 들고 이내 환한 미소를 지었다.

"특강은 왜 하는데? 준이가 하고 싶어서 하는 거 아니야?"

"엄마 공방이…… 월요일, 수요일은 바쁘시거든요."

"아……."

수호는 안락의자에 앉아서 아빠 사진을 뚫어져라 바라보고 있는 준이를 향해 물었다.

"그럼, 그 시간에 아저씨랑 있는다고, 특강 안 한다고 할까?"

아빠 사진에 고정되어 있던 까만 눈동자가 반짝거리며 수호에게로 향했다.

"정말요?"

"응."

"우와!"

준이는 손을 뻗어 수호의 목을 꼭 끌어안았다. 일곱 살짜리 아이가 주는 피부 접촉을 통한 교감에 수호는 갑자기 심장이 뜨끈해지는 것 같았다.

"그 시간에 뭐 할까?"

준이는 눈동자를 한 바퀴 굴리고는 입을 오물오물거렸다. 분명 무언가 하고 싶은 게 있는 눈치였다.

"말해 봐. 뭐 하고 싶어?"

"정말 말해도 돼요? 엄마가 특강 꼭 해야 한다고 할 수도 있어요. 그리고 내가 아저씨한테 조른 줄 알고, 나 혼나면 어떡해요?"

"아저씨가 준이 보고 싶어서 그랬다고 하면 돼. 뭐 할까?"

또다시 아이다운 표정으로 돌아온 준이가 수호의 눈치를 살피며 조심스레 말했다.

"캐치볼이요."

"캐치볼?"

"글러브 끼고 야구공 주고받는 거."

"아, 아저씨도 알아. 그거 하고 싶어?"

준이는 고개를 끄덕이며, 함박웃음을 지었다. 아빠와 아들이 공을 주고받으며, 여러 가지를 주고받는 교감, 다른 아이에게는 흔한 그것이 준이에게는 엄마의 눈치를 살피고, 힘겹게 입을 열어야 하는 것이었다. 수호는 안쓰러운 마음을 숨기기 위해 준이를 꼭 안아 주었다.

"내일 유치원 끝나고 나면, 아저씨하고 글러브랑 공 사러 가자."

"정말요?"

"응."

"아저씨가 사 주는 거 알면 엄마가 뭐라고 하실 텐데."

"준이가 아저씨랑 놀아 주는 대신, 아저씨가 준이한테 주는 선물이라고 하면 되지. 괜찮겠지?"

수호의 물음에 준이는 예쁜 미소를 보여 주며 고개를 끄덕였다.

평소보다 목소리가 한 톤 올라간 준이는 수호가 저녁상을 차리는 동안 쉴 새 없이 떠들어 댔다. 늘 조용했던 수호의 주변에 생기가 넘쳐흐르는 것만 같았다.

야구공의 솔기 수가 몇 개인지 준이가 열심히 떠들어 댈 무렵 문을 두드리는 소리가 들려왔다. 수호는 얼른 현관으로 달려가 누군지 묻지도 않고 벌컥 문을 열었다.

"왔어요? 과……일은 없는데?"

하마터면 준이 앞에서 '왔어요? 과부?' 하고 장난을 칠 뻔했다. 그걸 눈치챘는지, 윤희가 눈을 흘기며 안으로 들어섰다.

"그럴 줄 알고, 과. 일. 사 왔어요."

윤희는 검은 봉투에 담긴 홍시를 내밀며 말했고, 수호는 머쓱한 듯 머리를 긁적였다.

"엄마!"

윤희에게 달려온 준이의 표정이 발갛게 상기되어 있었다.

"준아, 잘 놀았어? 아저씨 말 잘 듣고?"

"그럼, 그럼."

식탁 앞에 앉은 윤희는 제법 잘 차려진 저녁상을 보고 깜짝 놀랐다.

"우와."

"엄마, 아저씨 요리 잘하나 봐."

"혼자 살면서 이것저것 하다 보면 느는 거죠, 뭐. 같이 먹을 사람 없어서 안 해서 그렇지."

자신이 내뱉어 놓고도 뭔가 묘한 기운이 흘러 수호는 얼른 물을 한 모금 들이켜고 말했다.

"얼른 먹죠?"

"잘 먹겠습니다."

"잘 먹을게요."

수호는 고개를 끄덕끄덕하며 밥그릇에 얼굴을 묻다시피 했다. 하루 동안 있었던 소소한 이야기를 나누며 함께하는 저녁 식탁에 수호는 자꾸만 심장이 왈칵거리는 것 같았다.

서울엔 왜 갔는지, 가서 무얼 했는지, 오늘은 수강생이 뭘 만들고 갔는지, 유치원에서 점심 반찬은 뭐가 나왔는지. 특별할 것 없는 아주 평범한 대화가 특별해지는 건 함께하는 이가 특별하기 때문일까?

수호는 먼저 식사를 마치고 물끄러미 윤희를 바라봤다. 조용조용 식사를 하며 준이를 보고 빙긋이 미소 짓던 그녀가 왜 그러느냐며 자신을 바라보자, 심장이 두근거렸다. 수호는 아무것도 아니라며 고개를 내저었다.

"설거지는 제가 할게요."

"아니에요. 그럼 내가 밥한 게 의미가 없죠."

수호의 말에 윤희가 피식 웃었다.

"아, 줄 게 있는데."

수호는 커다란 액자가 담긴 종이 가방을 윤희에게 내밀고, 준이에게는 토이 카메라가 담긴 상자를 내밀었다.

"이게 뭐예요?"

"이게 뭐예요?"

똑같은 물음을 똑같은 표정으로 동시에 해 오는 모자의 모습에 수호는 푸시시 웃어 버리고 말았다.

"풀어 봐요, 둘 다."

안에 든 물건이 무엇인지 확인하는 동작은 준이가 더 빨랐다.

"우와! 아저씨 이게 뭐예요?"

"어, 세상이 마치 어항 속에 있는 것처럼 둥글게 보이는 렌즈가 달린 카메라야."

"이거 비싼 거 아니에요?"

"안 비싸요."

윤희는 미안한 표정을 지으며 수호를 바라봤고, 수호는 그렇게 미안할 거 없다며 고개를 한 까딱했다. 슬쩍 미소를 지은 그녀가 액자를 풀어 보는 동안, 수호는 준이에게 카메라 작동법을 알려 주었다.

액자를 마주한 그녀의 얼굴이 금세 핑크빛으로 물들어 갔다. 본인의 사진을 보고 저렇게 얼굴을 붉힐 만큼 부끄럼을 많이 타는 여자인가? 고개를 갸웃하며 그녀를 바라보고 있는데, 순간 두 사람의 시선이 얽혔다. 그녀는 당황스러운 듯 급히 시선을 옮겼다.

"엄마, 그건 뭐야?"

준이가 그녀의 곁으로 다가가며 물었다.

"어, 엄마 사진. 그때 아저씨가 찍고 현상해 주신 거."

"와. 엄마, 진짜 예쁘게 나왔다. 아저씨 유명한 거 맞나 봐."

"그러게."

어쩐지 그녀의 목소리에서 미세한 떨림이 느껴지는 건 착각일까? 자신의 사진을 칭찬하는 모자의 대화에 수호는 우쭐해지는 것만 같았다.

"엄마, 근데 이 아래 글씨는 뭐야?"

"글씨? 글씨가 있어요?"

수호의 미간이 아주 옅게 좁아졌다.

"사진…… 고마워요."

윤희가 수줍은 미소를 지으며 말했다. 수호는 고개를 끄덕이며 그녀의 곁으로 다가섰다. 대체 무슨 글씨?

Let there be Light.

준이를 바라보고 있는 그녀의 옆모습을 클로즈업해서 담은 사진의 매트 아래쪽에 그런 문구가 적혀 있었다. 빛이 있으라. 아무래도 무슨 사이냐며 장난을 치던 종화가 써 넣은 것 같았다.

그리고 다른 액자, 한쪽 눈에서 눈물이 또르르 흘러내리고, 카메라 렌즈를 꿰뚫어 보는 듯했던 그녀의 눈동자와 묘한 표정이 담겨 있는 정면 클로즈업 사진의 매트 아래쪽에 쓰인 문구,

Let there be Love……

사랑이 있기를……

"엄마, 이 영어가 무슨 뜻인데?"

준이의 물음에 둘은 아무 말도 하지 못하고, 액자 속 사진만 물끄러미 바라봤다.

10. Seesaw

어색해졌다. 둘 사이에 그동안 무언가 있었던 것도 아닌데, 어
색해져 버렸다. 장난스러운 문자도 보낼 수 없어서 수호는 오전
내내 휴대전화를 들었다 놨다 했다.

'하하하. 성경 구절이네요. 이 액자 만들어 준 형이 성당 다니
거든요. 하하하.'

창세기에 '빛이 있으라.' 하는 문장이 있다는 건 안다. 그런데,
'사랑이 있으라.' 도 있던가? 그녀는 어쨌든 고맙다며 고개를 끄
덕이고는 상기된 얼굴로 준이를 데리고 집으로 돌아갔다.

그녀가 가고 난 뒤, 수호는 한참을 멍하니 앉아 있다가, 종화에
게 전화를 걸었다.

'형, 이게 대체 무슨 짓이야?'

대답 없이 낄낄거리는 웃음소리가 들려왔다.

'아, 정말……'

— 멍청하게 있지 말고 마음에 있으면 잡아. 정말 좋은 사람이면. 네가 아무나 사진 찍어 주는 놈은 아니잖아?

종화의 말에 수호는 한숨을 폭 내쉬고는 전화를 끊어 버렸다. 분홍빛으로 물들었던 그녀의 얼굴이 자꾸만 떠올라 심장이 두근거려서, 뜬눈으로 밤을 지새우다시피 했다.

에이, 운동이나 하러 가자.

수호는 운동복으로 갈아입고 상가 건물로 향했다. '습관이란 참 무서운 건가?' 하는 생각은 자신이 그녀의 공방 앞에 멍하니 서 있는 것을 발견한 순간 깨달았다.

무슨 일인지 오전 내내 연락이 없던 그가 점심때가 한참 지나서야 나타났다. 공방 옆에서 미용실을 하는 연정과 커피를 마시고 있는데, 그가 멍하니 공방 앞에 서 있었다. 윤희는 연정에게 잠시만 기다리라는 말을 하고는 공방 문을 열었다.

"운동 가요?"

윤희의 물음에 멍해 있던 그가 깜짝 놀라서는 시선을 옮겼다.

"아, 네. 운동 가요."

"운동 끝나고 잠깐 들르세요."

"네."

수호는 빙긋이 웃어 보이더니 상가 지하로 향하는 것 같았다. 윤희는 그 모습을 피식 웃으며 바라봤다. 공방 문을 닫고 테이블 앞에 앉았는데, 연정이 눈을 동그랗게 뜨고 물었다.

"누구야, 언니?"

"옆집 사시는 분."

"와, 잘생겼다."

"잘생겼나?"

윤희는 고개를 갸웃하며 커피를 홀짝였다.

"저 정도면 잘생긴 거지. 저런 운동복 입었는데도 저렇게 각이 나오는 거 보면, 운동 되게 열심히 하나 보다. 이 시간에 운동하러 가고…… 뭐 운동선수야?"

"아니, 사진작가시래."

"우와! 멋지다! 근데 사진작가가 운동을 왜 저렇게 열심히 한대?"

"글쎄."

연정은 고개를 갸웃하며 윤희를 바라봤다.

"혼자 살아?"

"어?"

"저 작가님 혼자 사냐고."

"어, 그런 것 같아."

연정은 아아, 하는 입 모양을 해 보이고는 고개를 끄덕였다. 커피를 다 마셔 갈 무렵, 풍경 소리와 함께 공방 문이 열렸다.

"한결 엄마, 나 여기 좀 다듬어 줘."

"네."

경쾌하게 대답을 해 보인 연정은 자리에서 발딱 일어나 공방을 나서며 말했다.

"언니, 나 이따 또 올게."

"그래, 수고해."

윤희는 경쾌한 웃음소리를 내며, 동네 아주머니의 팔짱을 끼고 가는 연정의 뒷모습을 피식 웃으며 바라봤다. 나이는 윤희보다 두 살 어리고, 5살 난 아들 한결이를 키우고 있는 연정은 지난여름 윤희에게 남편이 없다는 것을 알게 되었다.

공방을 열고 얼마 되지 않아, 옆에 미용실을 차린 연정은 윤희를 친자매처럼 챙겨 주고, 따랐다. 2년을 넘게 함께 지냈는데도 남편이 한 번도 찾지 않는 것을 알아챈 연정이 조심스레 물었었다. 윤희는 그저 우리 집 세대주가 어쩌다 보니 내가 되었다는 대답을 하고 쓴웃음을 머금었다.

연정은 이것저것 꼬치꼬치 캐묻지도 않았고, 윤희도 그 이상의 말을 하지 않았다. 진정 그 사람의 편이 되어 주는 것은 그 사람이 지닌 비밀을 지켜 주는 거라고 말하는 듯, 연정은 윤희의 아픔을 다른 이들 앞에서는 모른 척해 주었다.

가끔 반찬을 나눠 먹기도 하고, 연정이 미용협회에서 교육이 있을 때는 한결이가 공방에 와 있기도 하고, 윤희가 바쁠 때는 연정이 준이를 데려다가 미용실에서 봐 주기도 했다. 그래, 좋은 사람도 많은 세상이지.

도안을 정리하고, 기초 수강자들을 위한 패키지 천을 재단하려는데, 공방 문이 열렸다. 으흠 하는 헛기침 소리가 들려서 고개를 들어 보니, 수호가 그곳에 서 있었다.

"운동 벌써 다 했어요?"

"그냥 러닝머신만 했어요."

윤희는 피식 웃으며 앉으라고 말했다.

"나도 커피 좀 주죠?"

"그래요."

윤희는 분홍색 머그잔에 그윽한 향을 내뿜는 원두커피를 담아 수호에게 건넸다.

"아, 나 공정무역 커피 아니면 안 마시는데?"

"네?"

윤희는 고개를 갸웃하며 수호를 바라봤다.

"커피 농장에서 일하는 아이들의 임금체납 문제가 얼마나 심각한데요. 제대로 값을 치른 커피를 마셔야죠."

"마시기 싫음 말고."

윤희가 머그잔을 빼앗으려 하자, 수호가 피식 웃으며 잔을 들어 보였다.

"싫긴. 오늘만 이거 마시죠, 뭐."

"나도 그런 거 사다 마셔야겠네."

윤희가 생긋 웃으며 말하자 수호의 표정이 굳어 버렸다. 어쩐지 그의 얼굴이 벌겋게 상기되어 보이는 건, 운동을 하고 온 직후여서 아드레날린 분비가 많아진 탓일까? 그도 아니면…….

"근데 왜 오라고 했어요?"

"아! 잠시만요."

윤희는 수호에게 작은 상자를 하나 건넸다.

"이게 뭐예요?"

"풀어 봐요."

수호는 머그잔을 내려놓고, 상자를 열어 보았다. 상자 안에는 회색 천에 남색 실로 누빈 작은 파우치가 들어 있었다.

"메모리 카드 같은 거 넣으시라고요. 보관함 따로 있으시기는 할 텐데……. 그냥 갖고 다닐 때, 부자재 같은 거 넣을 때 쓰시라고……."

긴장했는지 윤희는 작은 파우치 하나를 자신이 생각하기에도 너무 열심히 설명하고 있었다. 수호는 작은 파우치를 이리저리 살폈다.

"직접 만든 거예요?"

수호의 물음에 윤희는 작게 고개를 끄덕였다. 누군가를 위해 무언가를 만들다 보면, 만드는 내내 그 사람 생각밖에 할 수 없다는 걸 그도 알까? 밤새 파우치를 만들며, 그를 떠올렸다는 말은 차마 할 수 없었다.

사진 속 문구가 성경 구절이라며, 선배가 써 놓은 것이라 말했던 그의 당황하는 모습이 자꾸만 눈에 밟혔다. 사진만 보고도 내가 어두워 보였나, 사진만 보고도 내가 외로워 보였나. 아니면……. 윤희는 또다시 제멋대로 흐르는 생각을 떨치려 한숨을 집어삼켰다.

"고마워요."

고맙다는 그의 말에 괜히 얼굴이 달아오르는 것 같았다. 윤희는 재빨리 말거리를 찾아냈다.

"운동은 왜 그렇게 열심히 해요?"

"무거운 카메라 들고 여기저기 다니려면 힘들거든요. 체력이 좋아야 해요."

"아, 수호 씨는 어시스턴트랑 같이 안 다녀요?"

"네."

수호는 고개를 끄덕이며 커피를 한 모금 마셨다.

"왜요?"

157

고개를 갸웃하며 묻는 윤희의 물음에 수호는 피식 웃으며 대답했다. 그 웃음은 달콤한 모카 향을 품은 커피처럼 매혹적이었다.

"내 어시스턴트 하게요?"

"아뇨!"

정색하며 대답한 자신이 우스워, 윤희는 괜히 헛기침을 해 보였다.

"작가 중에 어시스턴트가 카메라 세팅 다 해 놓으면, 그 카메라 받아서 사진만 찍는 사람들이 있긴 한데, 전 그냥 제가 다 해요. 그게 편하고, 그게 정말 내가 찍은 사진 같아서."

윤희는 아아, 하며 고개를 끄덕끄덕했다.

"준이 오늘부터 나랑 오후에 캐치볼 할 건데, 그래도 되죠?"

"캐치볼?"

"야구공 주고받는 거요."

"아⋯⋯. 일부러 안 그러셔도 돼요."

"일부러 그러는 거 아니에요. 그래서 내일부터 준이 특강은 못 할 것 같은데⋯⋯ 괜찮죠?"

수호의 물음에 윤희는 그만 눈물이 핑 돌고 말았다.

"고마워요."

"고맙긴. 나, 가요. 혼자 청승맞게 울고 있지 마요. 수강생들 놀래요. 과부 운다고."

윤희가 눈을 가늘게 뜨며 수호를 바라보자, 그가 또다시 매혹적인 커피 향을 풍기듯 피식하고 웃었다.

수호는 커피 잘 마셨다며, 파우치 상자를 들고 가게를 나섰다.

이 작은 파우치에 무엇을 담아야 좋을까? 수호는 그녀의 손길이 묻어 있는 파우치 위의 실 한 땀 한 땀을 매만지며 자꾸만 선선히 웃었다.

✱✱✱

유치원을 마치고 돌아와 놀이터에서 만난 준이의 표정이 시무룩했다. 며칠째 캐치볼만 해서 지루한가? 하는 생각을 하며, 수호는 준이의 곁으로 다가섰다.

"준아, 왜 그래?"

"아저씨."

울먹이는 모양이 너무 서럽게 보여서 수호도 울컥했다.

"왜, 무슨 일이야? 유치원에서 무슨 일 있었어?"

준이가 고개를 끄덕였다.

"무슨 일인데? 아저씨한테 말해 봐, 응?"

울상이 된 준이가 눈물을 참아 내며 입을 열었다.

"우리 반에 1학기 때 짝이었던 예림이라는 애가 있는데요."

"응?"

"근데, 이제 나 싫대요. 여태껏 내가 제일 좋다고 했는데, 지금은 지금 짝이 더 좋대요."

맙소사. 일곱 살 준이의 첫사랑인가?

"그래서?"

"그래서 여기가 너무 아파요."

준이가 가슴 한가운데를 짚어 보이며 말했다.

"준아."

"네."

"울고 싶어?"

"네."

"속상할 땐 울어. 왜 참아?"

"남자는 우는 거 아니랬어요."

준이의 당찬 대답에 수호는 푸시시 터져 나오려는 웃음을 꾹 참았다.

"준아, 남자도 상처받는다? 남자도 울고 싶을 땐 우는 거야. 울 줄 아는 남자가 세상을 더 잘 아는 멋진 남자야."

수호의 말에 준이가 울음을 터뜨렸다. 예전 짝꿍의 변심에 준이는 큰 상처를 받았나 보다. 왠지 웃음이 나올 것 같기도 하고, 엉엉 우는 아이를 보니 안쓰럽기도 하고. 한참을 울던 아이는 눈물을 쓱 닦아 내고는 코를 훌쩍이며 말했다.

"아저씨."

"응?"

"나, 아이스크림 먹고 싶어요."

"아이스크림?"

"네, 여기가 너무 뜨거워요."

준이는 아까 짚었던 가슴을 가리키며 말했다. 그래, 뜨거운 건 식히고, 울음은 터뜨리고, 딱지가 떨어져야 상처가 아물지. 수호는 준이의 손을 붙잡고 편의점으로 걸어갔다.

시소 맞은편에 앉아 아이스크림 하나를 해치운 준이가 말했다.

"아저씨."

"응."

"예림이가 나 다시 좋다고 하면 내가 받아 줘야 해요?"

준이의 심각한 물음에 수호는 그만 웃음이 터지고 말았다. 한참을 깔깔거리고 웃었는데, 준이의 표정이 심상치 않았다.

"아저씨! 웃지 마요!"

"어, 미안."

수호는 발을 한 번 굴러서 시소를 오르락내리락하게 한 뒤 말했다.

"준아."

"네."

"시소는 무거운 쪽으로 기울잖아."

"네. 가벼운 사람이 앉은 쪽이 들려요."

"똑바로 균형을 맞추기 힘들지?"

"네."

"그리고 내가 잘못 튕기면 앞에 앉은 사람이 다칠 수도 있고."

수호의 말에 준이가 고개를 끄덕였다.

"예림이랑 준이랑 시소에 같이 앉아 있다고 생각해 보자. 서로 균형을 잘 맞추고, 아래위로 왔다 갔다 하면서, 서로 다치지 않게 배려하면서 시소 잘 탈 수 있겠어?"

"응! 예림이 착해요. 나도 예림이 다치는 거 싫어요. 예림이는요, 나한테 아빠가 유치원 한 번도 안 온다고, 아빠 없느냐고 놀린 적도 없어요. 맨날 내 편만 들어 주고요. 우리 반에서 제일 예뻐요. 히익! 근데."

준이는 무언가 생각난 듯 말을 멈췄다.

"근데?"

"내가…… 예림이가 색연필 분홍색 다 썼다고, 내 또봇 색연필 빌려 달라고 했는데, 안 빌려줬어요. 그땐 그게 너무 아까워서……. 난 어차피 분홍색 잘 안 쓰는데."

"그럼, 예림이한테 먼저 미안하다고 해야겠다. 그렇지?"

준이는 무언가 대단한 해결책을 찾아낸 듯 고개를 크게 끄덕였다. 수호는 자리에서 일어나 준이를 데리고 공방으로 걸어가며 말했다.

"정말 좋아하면, 그렇게 내가 가장 아끼는 것도 나눌 수 있는 거다? 울음을 참는 게 멋진 남자가 아니라 좋아하는 여자가 도움을 요청할 때 도와주고, 배려하는 남자가 더 멋진 거야."

준이는 고개를 끄덕이며 수호의 손을 꼭 잡았다.

준이와 함께 공방 앞에 다다르자, 윤희가 공방 간판 불을 끄고 있었다.

"끝났어요?"

"네."

"준이가 밖에서 밥 먹고 싶다는데?"

"그래요? 준아. 뭐 먹고 싶은데?"

"피자!"

"그래, 오늘은 피자 먹으러 가자!"

세 사람은 나란히 손을 잡고 노을 진 아파트 언덕길을 내려갔다.

다음 날, 오후. 또다시 놀이터에서 만난 준이는 함박웃음을 지으며 시소에 앉아 있었다.

"준아, 뭐 좋은 일 있어?"

"아저씨, 요게 뭘까요?"

준이는 분홍색 꽃무늬 색종이 하나를 들어 보이며 말했다.

"으흠, 그게 뭔데?"

수호는 칼칼한 목을 가다듬으며 되물었다.

"히힛. 예림이가 나한테 편지 줬어요."

"진짜? 아저씨도 보여 줘!"

"이걸 왜 보여 줘요? 히히."

고민을 털어놓을 때는 세상에 이렇게 가까운 사이는 없는 것처럼 굴더니, 연애편지를 받은 준이는 키득거리며 분홍색 종이를 흔들어 보이며 새침하게 굴었다. 그래, 이런들 어떠하며, 저런들 어떻겠어. 네가 아저씨보다 낫다. 수호는 키득거리는 준이의 머리를 한번 쓰다듬고는 윤희에게 문자를 보냈다.

[과부, 어쩔. 그쪽 아들 여자 생겼다.]

[예리미?]

[어떻게 알았지? ㅡ ㅡ;;;]

[엄마가 모르는 게 어디 있어요. 오늘은 과부가 밥함.]

[고맙.]

답문을 적어 보낸 수호는 준이를 향해 물었다.

"캐치볼?"

"네!"

이제는 제법 익숙해진 캐치볼을 하고 있는데, 나이 차가 별로 나 보이지 않는 형제가 킥보드를 타고 놀이터 안으로 들어섰다.

형제는 나란히 킥보드를 세워 놓고는 시소를 타기도 하고, 저들끼리 떠들다가 괜히 깔깔거리기도 했다. 그러다 이리저리 달리는 형을 쫓던 동생이 꽈당 하고 바닥에 넘어지자, 형이 달려와 동생을 일으키고는 나란히 킥보드를 끌고 집으로 돌아갔다.

둘이 사라지는 모습을 한참 동안 바라보던 준이 이내 한숨을 내쉬며 표정을 굳혔다. 수호는 걱정스러운 마음에 준이의 곁으로 다가갔다. 공이 왔다 갔다 하던 순간에도 준이의 시선은 공이 아닌 그 형제의 모습을 쫓고 있었기에…….

"준아?"

수호의 부름에 준이는 아무 일도 없었다는 듯 생긋 웃었다.

"아저씨는 동생 있어요?"

"아니, 아저씨 형제 없어. 혼자야."

"아, 나랑 똑같네."

그리 말하는 아이의 목소리에는 외로움이 그득하였다.

"동생 있으면 좋겠어?"

준이는 허허로운 얼굴로 고개를 얕게 끄덕였다.

"근데, 아빠 없으면, 동생도 안 생기는 거잖아요."

체념한 듯 말하는 아이의 목소리가 텅 빈 놀이터를 힘없이 울렸다.

"괜찮아요."

애써 괜찮다고 말하여 손목에 있는 시계를 확인한 준이는 뜨악한 표정을 지으며 수호를 올려다봤다.

"엄마가 6시 반까지 집으로 오라고 했는데, 늦었다! 우리 얼른 가요!"

"그래, 얼른 가자."

수호는 콜록거리며 새어 나오는 기침에 또다시 목을 가다듬었
다.

"아저씨 감기 걸렸나 보다."

"아니야, 그냥 좀 목에 뭐가 걸렸나 봐."

보랏빛 어둠이 내려앉은 길을 수호는 준이의 손을 꼭 붙잡고
걸었다.

✽✽✽

잠에서 깨어나 눈을 떴는데, 천장이 핑그르르 돌았다. 술에 취
한 것도 아닌데, 머리가 베개 위에 무겁게 가라앉아 있었다. 수호
는 자신이 느끼기에도 뜨거운 몸을 겨우 일으켜 침대에 걸터앉았
다. 시계를 보니 오후 2시를 지나고 있었다.

'아, 놀이터에 나가 봐야 하는데…….'

수호는 준이와 한 약속을 지키기 위해 대강 옷을 챙겨 입고, 모
자를 푹 눌러쓴 뒤 아파트 놀이터로 향하기 위해 집을 나섰다.

놀이터 벤치에 앉아 몸을 웅크리고 있는데, 준이의 낭창한 목
소리가 들려왔다.

"아저씨! 나 오늘 유치원에서……. 어? 아저씨?"

"어, 준아. 오늘도 캐치볼 할까?"

수호의 앞에 선 아이는 걱정 가득한 얼굴로 물었다.

"아저씨 어디 아파요? 감기죠? 그제 막 기침하더니, 어제 병원

안 갔어요?"

수호가 대답 없이 빙긋이 웃자, 준이는 수호의 손을 덥석 잡고는 대뜸 아파트 공동현관으로 걷기 시작했다.

"이렇게 아픈데 바보같이 놀이터에 나오면 어떡해요. 집에서 쉬어야지. 그리고 병원을 가야죠."

"준이랑 한 약속은 지켜야 하니까."

수호의 말에 준이는 그를 한 번 올려다보고는 입술을 실룩거렸다.

"아프면 쉬어야 하는 거랬어요. 건강이 젤 중요한 거랬어요."

"누가?"

"엄마가요."

엘리베이터에 오르자, 준이는 측은하다는 듯 수호를 올려다봤다. 일곱 살 아이가 보내는 따사로운 눈빛에 수호는 성긋이 웃었다.

"어떡해, 아저씨가 못 놀아 줘서."

"오늘만 날인가? 뭐."

1605호에 들어선 준이는 수호를 안락의자에 앉혀 놓고, 손을 내밀었다.

"응?"

"전화기 빌려주세요."

"그래."

수호의 전화기를 건네받은 준이는 고사리 같은 손으로 번호를 툭툭 누르더니 누군가에게 전화를 걸었다.

"어, 엄마…… 아저씨가 많이 아픈가 봐…… 응…… 알겠어……. 응."

통화를 마친 준이는 어른스럽게 한숨을 내쉬며 말했다.

"엄마 오신대요."

"뭐?"

"아저씨 지금 얼굴이 곧 쓰러질 것 같아요. 목소리도 이상하고……. 그저께 놀이터에서 그렇게 오래 있는 게 아니었는데……."

자기 탓이라는 듯 울먹이는 아이의 머리를 수호가 슥 쓰다듬었다.

"준아, 아저씨 감기 잘 걸려. 그냥 푹 쉬면 나을 거야."

"암튼, 엄마 오신대요."

고작 감기에 걸렸다고 눈시울을 붉히는 아이와 그 바람에 공방문을 닫고 집으로 오고 있다는 그녀가 만들어 낸 조화에 수호는 심장 한구석이 간질간질한 것만 같았다.

그냥 약국에서 쌍화탕이나 하나 사 먹고 누워 있으면 될 일인데, 1605호로 달려온 그녀의 손에는 체온계, 해열 패치, 감기약이 들려 있었다. 귀에 체온계를 꽂는 그녀의 손길에 수호는 괜히 몸을 움찔했다.

"열이 39도나 돼요."

"엄마, 아저씨 그저께부터 기침했어. 내가 어제 꼭 병원 가라고 했는데."

어른 남자를 나무라는 아이의 물기 어린 목소리에 수호는 울컥 메어 오는 것을 넘기려 침을 꿀꺽 삼켰다. 목이 많이 부은 듯 슬쩍 미간이 좁아지자, 그녀가 걱정스럽게 물어 온다.

"병원 안 가 보셔도 되겠어요? 목에 염증이 심하신 것 같은데……."

"괜찮아요. 준이 데리고 그만 건너가세요. 감기 옮아요. 약 잘 먹을게요."

수호가 멋쩍은 듯 웃자, 준이가 두 눈을 가늘게 뜨며 말했다.

"엄마, 아저씨 약 먹는 거 보고 가자. 아저씨 먹는다고 하고 또 안 먹을 것 같아."

으름장을 놓는 준이를 바라보며 윤희가 피식 웃었다.

"물 어디 있어요?"

"내가 가지고 올게요."

의자에서 일어나려는데, 몸이 갸우뚱 기울어지는 느낌이 났다. 무언가 잡으려 손을 허우적대다가 왼팔로 그녀의 어깨를 와락 감싸고 말았다. 머리는 빙글거리고, 심장은 울렁거렸다. 핑계 삼아 품 안으로 더 당겨 볼까 하는 찰나의 고민을 하는 순간, 그녀는 당황한 듯 수호를 다시 의자에 앉히며 물었다.

"냉장고에 있어요? 정수기는 안 보이는데."

"네, 냉장고에 있어요."

"엄마, 내가 가져올게."

그리 말하며 부엌으로 달려갔던 준이는 오백 밀리 생수병 하나를 들고 수호 앞에 섰다.

"얼른 먹어요."

수호는 윤희가 내민 알약과 준이가 내민 생수를 받아 들고는 꿀꺽 삼켰다. 누군가 이토록 자신의 앞에서 걱정을 드러내며 참견해도 역정 한 번 내지 않고 순순히 받아들인 게 대체 얼마 만인가 하는 생각이 들어 수호는 피시식 웃었다.

한숨을 한번 폭 내쉬는데, 준이가 무언가를 들고 와 수호의 이마에 척 붙였다. 수호는 자신의 이마에 자리한 차가운 이물질을 손으로 매만졌다.

"해열 패치예요. 떼지 마요!"

준이는 나름 엄한 표정을 짓고 있다는 듯 귀엽게 눈을 부릅뜨며 말했다.

"그래, 안 뗄게."

"저희 이만 가 볼게요. 쉬세요."

"고마워요."

"뭘요."

그녀가 준이의 손을 잡고 현관을 나선 뒤, 집 안으로 다시 들어가려 몸을 돌리던 수호는 거울에 비친 자신의 모습을 보고 푸시시 웃음이 터지고 말았다.

반듯한 이마에 자리 잡은 또봇 해열 패치, 수호는 손으로 슥슥 부드러운 면을 매만지며 침실로 향했다. 침대에 누워 휴대전화를 손에 들고 그녀에게 문자를 보내는 중에도 피시식 웃음이 새어 나왔다.

[고마워요. 감기 걸려서 이런 대접받기는 또 처음이네.]

[홀아비 사정은 과부가 제일 잘 알죠. 쉬어요.]

무심한 배려가 넘치는 문자에 수호는 또다시 피식 웃음을 터뜨렸다. 어쩐지 감기가 싹 다 나은 기분이었다. 그에 더해 예방주사까지 맞아서 몸도 마음도 무언가 아물어 가고 있는 것 같았다.

어제 늦은 오후에 잠이 든 수호는 갑자기 밀려온 허기에 새벽녘 눈을 떴다. 약 때문인지, 마음 때문인지 무거웠던 몸이 한결 가벼워졌다. 침대에서 몸을 일으켜 시간을 확인하려 휴대전화를 집어 들었는데, 문자가 한 통 들어와 있었다.

[현관문 고리에 보온병 걸어 놨어요. 일어나면 드세요.]

새벽 3시, 수호는 윤희가 걸어 놓은 커다란 보온병을 들고 식탁 앞에 앉았다. 뚜껑을 열어 보니, 안에는 김이 모락모락 나는 삼계죽이 들어 있었다. 그릇에 죽을 덜어 내고, 숟가락을 든 수호의 입가에는 미소가 걸렸다.

삼계죽을 한입 머금었는데, 처음엔 맛있다는 생각이, 그다음엔 이 죽을 만들었을 그녀의 모습이, 그녀가 이걸 만들면서 무얼 생각했을까 하는 궁금함이 머릿속 가득 차올랐다. 동시에 수호의 가슴도 두근거리는 기대감으로 슬쩍 물들었다.

❄✱❄

토요일 오후, 윤희는 주방에서 냄비 가득 고구마를 삶고 있었고, 거실에서는 티격태격하는 소리가 들려왔다.

"아저씨, 16번 먼저. 봐요. 여기 16번 먼저 껴야 17번 지붕을 끼죠. 기둥도 다 안 끼고 지붕을 먼저 얹으면 어떡해요."

"아, 미안."

"순서 안 지키는 어른이 제일 미워."

그래, 그 순서 지키다가, 아저씨는 돌아가시겠어. 수호는 한숨을 폭 내쉬며 부엌에 서 있는 윤희를 바라봤다. 상처가 깊은 사람, 천천히 다가가야지 싶다가도, 눈앞에 놓고도 아무것도 못 하는 현실 앞에 수호는 한숨이 절로 흘러나왔다.

넘어야 할 게 많겠지, 아이도 있고……. 보통의 연애와 다른 절차를 밟아 나가야 할 것 같았다. 섣불리 마음을 털어놓았다가, 부담스러워하면 어쩌나 하는 생각에 수호는 그저 어정쩡하고, 따스한 사이를 유지하고 있었다. 미치도록 마음을 털어놓고 싶었다가도, 혹여 이 따스함마저 잃을까 두려웠다.

윤희는 고구마가 익기를 기다리다가 문득 거실을 보았다. 윤희와 눈이 마주친 수호는 빙긋이 웃더니 이내 준이에게로 시선을 돌렸다. 아이를 잃은 슬픔 때문일까, 준이에게 살갑게 대하는 그가 너무 고마웠다. 때론 준이 말고 자신에게도 따스하게 구는 그의 살가움이 너무도 좋아서 윤희는 눈물이 핑 돌곤 하였다.

먼저 다가갈 수 없었다. 이혼한 경력이 있는 거 말고는, 흠잡을 데 하나 없는 저런 남자가 뭐가 아쉬워서 애 딸린 과부한테 관심을 쏟을까 싶었다. 그저 준이와 보내는 시간이 즐겁다는 남자가 갑자기 홀연히 어디론가 사라져 버릴까 두려웠다. 그럼 준이는 어쩌지……. 나는?

윤희는 뜨거운 김이 모락모락 나는 고구마를 접시로 옮기며 한숨을 폭 내쉬었다. 어쩐지 눈물이 흘러내릴 것만 같아서, 침을 꿀꺽 삼켰다. 김치 냉장고에서 잘 익은 동치미를 꺼내서 식탁 위에 올려 두는데, 윤희의 휴대전화가 울렸다.

"어, 엄마."

— 곧 준이 유치원 방학이지? 언제 올래? 온다더니 소식이 없어.

"글쎄요."

윤희는 사이좋게 블록을 쌓고 있는 준이와 수호의 모습을 바라봤다. 그들 뒤로는 12월 초에 만들어 놓은 크리스마스트리가 반짝거리고 있었다.

— 크리스마스 때 안 와?

"크리스마스?"

매해 크리스마스마다 부모님께 가곤 했는데, 올해는 티켓팅조차 생각도 하지 못했다. 크리스마스라는 말에 수호와 눈이 마주쳤다. 우리가 가면, 저 사람 혼자 지내야 하잖아.

"엄마, 한 3주 이따가, 내년 초에 갈게요. 준이 학교 갈 준비도 해야 해서……."

— 그래, 그럼. 날짜 잡고 연락해.

"네."

전화를 끊은 윤희가 피식 미소 짓자, 수호의 얼굴에도 미소가 떠올랐다.

"고구마 드세요."

"네!"

먼저 크게 대답한 준이가 급하게 뛰어오다가 그만 블록에 걸려 넘어졌다. 그 바람에 한 시간 동안 열심히 만든 성이 무너지고 말았다. 으앙! 크게 울음이 터진 준이가 서럽게 울어 댔다. 그 모습을 보고 윤희가 깜짝 놀라 눈을 동그랗게 떴다. 아무리 서러워도 훌쩍훌쩍 울었지, 울음을 터뜨리는 법은 없었는데.

"준아, 아저씨랑 다시 만들자. 한 번 해 봤으니까, 더 잘 만들 수 있을 거야. 응?"

수호의 말에 울음을 뚝 그친 준이가 고개를 끄덕이며 그의 손을 잡고 식탁 앞에 앉았다. 윤희가 까 준 고구마를 먹으며, 우유를 들이켜는 준이의 모습은 다른 아이들과 다를 게 없어 보였다. 아이답게 울고, 아이답게 울음을 그치고…….

윤희는 준이의 옆에 앉아 아이에게 시선을 향한 수호를 바라봤다. 둘의 모습에 심장이 뜨겁게 차오르는 기분을 감당할 길이 없었다. 시원한 동치미 국물을 한 숟가락 들이켜고, 힘겹게 한숨을 내쉬는 모습을 보고, 그가 고개를 갸웃했다. 윤희는 아무것도 아니라며 애써 입꼬리를 올려 보였다.

고구마 두 개에 우유 두 컵을 마신 준이는 블록을 정리해 놓고는 졸음이 쏟아진다며, 방으로 들어가 버렸다. 이제 낮잠 잘 때 윤희의 팔이 필요 없다며, 혼자 들어가 침대에 눕곤 했다.

"수호 씨."

어색하게 현관을 나서는 그를 윤희가 불렀다.

"고마워요."

"뭐가요?"

신발에 발을 끼우다 말고, 수호가 시선을 옮겨 윤희를 바라봤다.

"준이……."

그리고 나. 윤희는 고개를 푹 숙인 채로 머뭇거렸다. 순간 수호의 커다랗고 따스한 손이 다가와 윤희의 가녀린 어깨를 한번 토닥여 주었다. 그의 손길에 심장이 쿵쾅거리며 내달리기 시작했다.

"갈게요."

"네."

현관문을 닫고 나와, 자신의 집 앞에선 수호는 한숨을 폭 내쉬었다. 손을 뻗어 그녀를 꼭 안아 주고 싶었다. 품 안 가득 여린 그녀를 안고, 등을 토닥여 주고 싶었다. 이제 고맙다는 말도 그만하라고. 그리고 미안하다는 말도 그만하라고. 그 입에서 다른 말이 나오면 안 되는 거냐고 묻고 싶었다. 그리고 그 입에 자신의 입을 맞추고 싶다고.

수호는 집 안으로 들어서며 휴대전화를 만지작거렸다. 매일 보는데도 허전하고, 아쉬워서 생긴 버릇이었다. 날짜를 보니, 크리스마스가 일주일 앞으로 다가오고 있었다. 종교가 있는 건 아니지만, 그날은 특별하니까. 크리스마스는……. 그날의 기운을 빌려, 마음을 전할 수 있지 않을까?

✳✳✳

일요일에는 온종일 남동생이 와 있다고 해서 두 모자의 얼굴을 보지 못했다. 이사 오고 나서 두 달 남짓한 기간 동안 스치듯 하더라도, 두 사람의 얼굴을 보지 못한 날이 없었는데, 수호는 온종일 허전하고 울적한 마음을 지울 수 없었다.

늦은 겨울밤, 솜털같이 하얀 눈발이 날리기 시작했다. 수호는 내일 새벽 눈 덮인 들판의 사진을 찍으러 가야겠다는 생각을 하며, 카메라 장비를 점검했다. 제습함 안에 고이 넣어 둔 회색 파우치 안에 메모리 카드와 여분의 배터리를 챙겨 넣었다.

이걸 만들면서 그녀는 무슨 생각을 했을까? 갑자기 그녀의 목소리와 얼굴과 미소와 가늘게 눈을 뜨고 자신을 흘겨보는 그 장난스러운 시선조차 그리워 눈물이 왈칵 쏟아질 것만 같았다. 아, 옆집에 있잖아, 옆집에. 이수호, 청승은 진짜.

수호는 결국 까만 밤을 눈처럼 하얗게 지새우다, 새벽녘 집을 나섰다.

"아저씨. 아. 저. 씨. 아저. 씨이."

한참 동안 그의 집 현관문 앞에서 문을 두드리던 준이가 시무룩한 표정으로 다시 집으로 돌아왔다.

"준아, 왜 그래?"

"아저씨, 없나 봐."

잔뜩 풀이 죽은 준이는 소파에 털썩 걸터앉으며, 옆에 놓인 털모자를 푹 뒤집어썼다.

"준아. 엄마랑 둘이 가면 되지."

"그래도."

밝은 목소리를 내려 노력했지만, 윤희의 목소리에도 힘이 없기는 마찬가지였다. 눈이 많이 오고, 추워서 그런지 수강생들이 오늘은 하루 쉬었으면 좋겠다는 연락을 해 왔다. 윤희는 모처럼 준이를 데리고 놀이공원 눈썰매장에 갈 생각이었다. 당연히 그 옆에는 그가 있을 거라고 생각했다. 왜 그걸 당연하게 생각했을까…….

"나가자, 준아."

준이는 시무룩한 표정이 되어 윤희의 손을 잡고 집을 나섰다. 놀이공원에 간다는데도 울상이 된 준이의 표정만큼이나 윤희의 마음도 무겁게 가라앉았다. 엘리베이터가 지하 주차장에 가까워질

수록 아섭고, 아쉬웠다. 전화를 해 볼까? 윤희는 주머니 속 휴대 전화를 만지작거리다가 이내 고개를 저었다.

지하 주차장에서 차에 시동을 걸려고 하는데, 바로 앞에서 수호가 주차를 마치고, 차에서 내렸다.

"어, 아저씨!"

준이는 윤희가 뭐라고 하기도 전에 차에서 내려, 수호에게 달려갔다.

"아저씨!"

"어, 준아. 어디 가?"

수호는 갑자기 튀어나온 아이를 보고 이내 화색이 돌았다. 하루 못 봤다고 이 얼굴이 이렇게 반가울까? 다른 얼굴은 왜 안 보여?

"우리 놀이동산 가요. 눈썰매 타러."

"그래?"

"같이 가요. 네? 같이. 아저씨, 아침에 계속 찾았단 말이에요."

자신의 손을 꼭 붙잡고 몸을 비비 꼬며 이야기하는 준이를 보고, 수호는 웃음이 터졌다.

"그래, 같이 가자."

준이의 손에 이끌려 커다란 카메라 가방을 메고 걸어오는 수호의 모습을 보자, 윤희의 얼굴에 미소가 어렸다.

"살아 있었네요? 아침에 집에 없어서, 뭔 일 있는 줄 알았죠."

"사진 찍고 왔어요."

"아."

나란히 뒷좌석에 오른 두 남자는 손을 꼭 붙잡고 서로를 마주

보고 있었다. 룸미러에 비치는 그 모습에 윤희는 또다시 심장이
두근거렸다.

30분을 달려 도착한 놀이동산에서 준이는 두 사람을 이끌고 곧
장 눈썰매장으로 향했다. 눈썰매를 타고 씽씽 내려오는 모습을 수
호가 카메라에 담으며, 따스한 미소를 지었다.

"준이, 참 예쁘게 웃어요."

"……네."

환하게 웃으며 손을 흔들고는, 나 또 타러 가요! 하고 소리치는
준이에게 손을 흔들어 보인 그녀의 얼굴이 어두워졌다.

"똘똘하고……. 커서 뭐가 되려나?"

수호의 물음에 윤희는 작게 한숨을 내쉬었다.

"왜 그래요?"

"예쁘고, 똘똘하고, 기특한데……. 준이가 점점 자라는 게 두려
워요."

무슨 뜻이냐는 듯 수호는 고개를 돌려 윤희의 옆모습을 바라봤
다. 슬픔을 머금은 그녀의 옆모습에 심장이 아릿했다.

"준이는 나한테 가장 큰 희망이고, 내 미래고, 가장 소중한 내
보물인데……. 또 가장 힘든 현실이기도 해요."

수호는 미간을 좁히며 그녀가 내뱉은 말의 의미를 유추해 내려
노력했다.

"커 갈수록 그 사람을 많이 닮아 가요. 저렇게 웃는 것도……."

한참을 기다리다 준이의 차례가 되어 아이가 내려오는 것을 물
끄러미 바라보고 있는데, 무언가 윤희의 뒤통수를 때렸다.

"아야!"

머리를 만지며 돌아섰는데, 눈을 뭉치고 있는 수호의 모습이 보였다.

"지금 뭐 하는 거예요?"

"내 앞에서 아들 자랑했잖아요. 예쁘고 똑똑하다고."

"하!"

수호는 또다시 윤희의 얼굴로 하얀 눈 뭉치를 던졌다. 윤희의 얼굴이 폭신한 눈 범벅이 되어 버렸다. 그 모습을 보고 수호가 키득거리며 웃었다.

"이수호 씨!"

윤희는 빽 소리를 지르며, 보란 듯이 눈을 뭉치기 시작했다. 단단하게 눈을 뭉치는 동안, 어두운 생각 따위는 눈 속에 파묻혀 버린 듯했다. 드디어 눈을 동그랗게 뭉쳐서 그에게 던지려는 순간!

"뭐 해요? 왜 싸워요?"

준이가 빨간색 플라스틱 썰매를 들고 씩씩거리며 두 사람 가운데 섰다.

"아냐, 준아. 싸운 거."

"그냥, 눈싸움이야."

두 사람의 대답에 허리에 손을 얹은 준이가 말했다.

"눈싸움은 싸움 아냐?"

준이의 말에 두 사람은 동시에 웃음이 터지고 말았다. 손에 든 눈 뭉치를 바닥에 내려놓고, 윤희는 준이에게 다가섰다.

"준아, 엄마가 두 번이나 맞았어. 아저씨한테 던져야 해."

"정말?"

준이는 수호에게 눈을 부릅뜨고는 인상을 구겼다.

"준아. 엄마가 준이 엄마 아들이라고, 아저씨한테 자랑했단 말이야. 아저씨 속상하게."

"엄마가 잘못했네."

생각지도 못한 준이의 대답에 윤희는 돌처럼 굳어 버렸다.

"아저씨 나랑 핫초코 먹으러 가요."

"그래!"

나란히 손을 붙잡고 썰매장을 나서는 두 남자의 뒤를 윤희가 멍하니 따르는데, 수호가 고개를 돌리더니 혀를 날름 내밀어 보였다. 윤희는 아까 그 눈 뭉치를 던졌어야 했다고 생각했다.

핫초코를 마시고, 놀이기구를 타고, 늦은 점심까지 먹고 놀이동산을 빠져나오자마자, 두 남자는 뒷좌석에 앉아 똑같은 방향으로 고개를 떨어뜨리고 잠이 들었다.

룸미러를 통해 보이는 모습에 윤희는 자꾸만 눈물이 솟아날 것만 같았다. 두 사람이 잠에서 깰까 봐 조심조심 차를 몰아 지하 주차장에 주차를 마치자, 수호가 피곤한 듯 겨우 눈을 떴다.

그는 검지를 입에 가져다 대고, 쉬 하는 입 모양을 만들어 내며 준이를 안았다. 윤희는 그가 무거운 카메라 가방을 멘 데다 준이까지 안고 있는 게 미안해서, 그의 가방을 받으려 손을 뻗었다.

수호는 윤희의 손을 가만히 밀어내며 괜찮다는 듯 빙긋이 미소 지었다. 차가운 윤희의 손에 닿은 그의 손은 무척이나 따뜻했다. 마음도 따뜻하고, 미소도 따뜻하고, 손도 따뜻한 사람. 윤희는 자신의 옆에 서서 준이를 꼭 안고 있는 수호를 물끄러미 바라봤다.

"왜요?"

"······아니에요."

윤희는 고개를 내저으며 숫자가 치솟는 엘리베이터 표시등으로 시선을 옮겼다. 엘리베이터가 16층에 도착하고 문이 열리자, 집배원이 엘리베이터 앞에 서 있었다.

"혹시 1606호 사세요?"

"네."

윤희는 고개를 끄덕이며, 대답했다.

"등기 왔어요. 여기 성함 써 주세요."

윤희는 집배원이 건넨 단말기에 이름을 입력하고, 우편물을 받아 들었다.

"서울중앙지방검찰청 강력부?"

윤희는 현관에 들어서자마자, 하얀 종이봉투를 급하게 뜯어 보았다.

"출석 요구서······ 참고인조사?"

"무슨 일이에요?"

걱정 가득한 수호의 목소리가 귓가를 울렸다.

11. 공경도하(公竟渡河)

검찰청 건물을 나서는 윤희의 표정은 혼이 나간 사람처럼 처참했다. 오랜만에 신은 구두가 땅바닥을 질질 끌다시피 했다. 눈물이 나오지 않았다. 처음엔 딸꾹질이 나왔고, 다음엔 숨을 쉴 수없었다. 그리고 그다음엔 화장실 변기를 붙잡고 한참이나 속을 비워 냈다.

깊은 속부터 끓어오르는 압력을 견뎌 내지 못한 탓인지, 아니면 눈물 대신 피를 토해 내는 것인지 윤희의 눈가는 실핏줄이 터져서 새빨갛게 보였다. 진물이 나오는 것 같기도 하고, 핏물이 나오는 것 같기도 한 뜨겁고 진득한 눈물이 차마 흐르지 못하고 눈가에 가득 고였다.

"누나."

익숙한 목소리에 윤희가 고개를 돌렸다. 흐르지 못하는 눈물만큼이나 복잡한 얼굴을 한 윤수가 자신을 바라보고 있었다.

"어……. 검사가 대학 선배라며?"

본질을 벗어난 질문이 툭 하고 튀어나왔다. 법대를 나와 대기업 법무팀에서 일하고 있는 윤수의 대학 선배라는 검사는 윤희가 염려되어 몰래 동생을 불렀다고 조사가 끝난 뒤 알려 주었다.

"……괜찮아?"

윤수의 목소리가 한없이 떨리고 있었다. 찬 대기를 어렵게 꿰뚫는 듯 그의 목소리는 버거웠다. 괜찮으냐고 묻는 게 아니라, 꼭 괜찮아야 한다고 애원하는 것만 같았다.

"어."

"데려다줄게. 집에."

윤희는 천천히 고개를 저었다.

"아니야. 누나 혼자 갈게."

"지금 운전하게?"

"할 수 있어."

담담하게 말하는 윤희를 보며 윤수는 고개를 들어 하늘을 바라봤다. 눈 안 가득 고여 있던 눈물이 옆으로 흘러내리고 귓바퀴를 돌았다.

"집으로 바로 안 갈 거야. 들를 곳이 있어."

"어디 가게?"

"오랜만에 서울 왔는데, 친구들 얼굴도 좀 보고……."

친구를 만나러 가겠다는 윤희의 목소리는 평소보다 더 차분했다. 윤수는 겨우 한 걸음 누나에게 다가섰다.

"그럼, 이따 집에 갈 때 전화해. 퇴근할 때 데려다줄게."

"아니야. 회사도 바쁜데, 뭐 하러 지금 나왔어……."

윤희는 동생에게 눈도 마주칠 수 없었다. 누군가와 눈이 마주치면 그대로 무너져 내릴 것만 같았다.

"누나……."

"윤수야."

"응."

"누나, 가 볼 데가 있어. 시간도 좀 필요해. 누나 혼자 있어도 돼. 걱정 마."

저 마음을 어찌 헤아릴 수 있을까. 윤수는 한숨을 내쉬며, 주차장으로 걸어가는 윤희의 뒷모습을 물끄러미 바라봤다. 괜찮지. 괜찮은 거지……. 안 괜찮잖아.

운전석에 오른 윤희는 가만히 운전대를 잡았다. 공기의 흐름이 느껴지지 않는 것 같은 꽉 막힌 공간, 마치 세상과 단절된 어딘가에 갇힌 듯 윤희는 아무런 감정도 느껴지지 않는 것만 같았다. 아니, 아무런 감정도 느끼지 않으려 노력하고 있는 것일지도 모른다.

시동을 걸고, 천천히 차를 몰았다. 운전에만 집중해야 한다는 듯, 아무것도 몰랐던 것처럼 윤희는 운전만 했다. 그렇게 차를 몰아 30분 만에 도착한 곳은 윤희가 도망치듯 떠났던, 준이와 윤희 그리고 그녀의 남편이 함께 살았던 아파트 단지였다.

잠시 볼일이 있어 방문했다는 인사를 하고, 경비실에서 방문허가를 받은 윤희는 자신이 살던 동 지상 주차장에 차를 멈췄다. 마치 3년 동안 아무 일도 일어나지 않았던 것처럼, 윤희는 차에서 내렸다.

차 문을 열고, 땅바닥에 두 발을 대고 서 있는 게 기적처럼 느껴질 정도로 윤희의 얼굴은 창백했다. 윤희는 아무 생각 없이 걷기 시작했다. 이 동네에 살고 있는 것처럼, 그저 아무 일도 없었던 것처럼 그저 걷기만 했다.

남산만큼 배가 불렀을 때, 어린 준이를 아기 띠에 안고, 준이가 걷기 시작했을 땐 아장아장 걷는 준이의 위태로운 걸음마를 뒤따르며, 항상 그의 손을 잡고 걸었던 곳을 멍하니 홀로 걷고 있는데, 누군가 뒤에서 자신을 부르는 소리가 들렸다.

"준이 엄마?"

고개를 돌려 보니, 준이 친구였던 윤지 엄마, 정연이었다.

"어머! 맞네! 준이 엄마!"

"안녕하세요?"

"잘 지냈어? 왜 연락도 한 통 없었어? 얼마나 걱정했는지 알아?"

윤희는 아무런 대꾸도 하지 못하고 고개를 떨궜다.

"이게 대체 얼마 만이야……. 그렇게 떠나고 3년 만이네. 우리 요 앞에 가서 차라도 한잔하자. 응?"

윤희는 정연의 손에 이끌려 아파트 상가 건물 1층에 있는 커피 전문점으로 들어섰다. 그때와 바뀐 게 하나도 없어 보였다. 세월의 흔적을 말해 주듯 계산대 옆에 자리 잡은 킹 벤자민 화분이 분갈이가 되어 있는 것을 빼고는. 주말 오후, 준이를 안고 나와 그와 마주 앉아서 아이스크림 와플을 먹곤 했던 창가 그 자리도 그대로였다.

세상 모든 게 바뀌지 않았는데, 그 사람만 사라지고 없었다.

김이 모락모락 나는 뜨거운 커피가 새까만 향을 내뿜고 있는 것 같았다. 정연은 커피를 한 모금 머금고는 조심스레 입을 열었다.

"연락도 안 되고, 걱정 많이 했어. 준이 엄마, 집에만 있던 사람이잖아."

정연은 피부과 원장인 남편과 함께 근처에서 에스테틱을 운영하고 있었다. 윤희는 여전히 말이 없었다.

"아직 혼자야?"

"……네."

"그래, 준이 아빠만큼 좋은 사람 만나기도 힘들지."

한숨을 폭 내쉬는 그녀의 말에 윤희는 눈물이 핑 돌고 말았다. 누군가의 입에서 그 사람의 존재를 확인하는 것은 참으로 오랜만이었다. 역시 그 사람…… 좋은 사람이었죠?

"나, 그때 사실 준이 엄마 많이 샘냈어."

정연의 말에 윤희는 쓴웃음을 한번 머금었다.

"우리 애 아빠 성격 알잖아. 얼마나 괴팍한지. 근데 그런 괴팍한 남자가 다른 사람한테는 참 친절하더라. 그래서 오기로 그 사람 피부과 위층에 에스테틱 차린 거야……. 간호사랑 바람이 한번 났었거든."

정연은 이제 지난 일이라는 듯 고개를 한번 내저으며 커피를 한 모금 마시고는 입을 열었다.

"애 아빠 바람난 거 알고 얼마 안 돼서, 남편 골프 모임에 따라간 적 있었어. 거기 프런트에서 거래처 사람이랑 왔다는 준이 아빠를 만났거든. 내가 남편 따라간 게 괜히 민망해서 그랬나? 준이 엄마도 데리고 골프 치러 다니라고 했더니, 골프가 뭐가 재미있냐고, 준이 엄마랑은 더 재미있는 거 할 거라고. 준이 엄마 골반 약해서 안 된다고, 그리고 햇볕에 오래 나와 있으면 고운 피부 상한다고. 준이 엄마 요즘에 피부가 까칠해져서 에스테틱 끊어 줬는데 잘 받고 있느냐고 묻더라고. 준이 아빠 얄미운 말도 안 밉게 잘했잖아."

그때 일을 더듬는 듯 정연은 아련한 미소를 지으며 말을 이었다.

"에스테틱에 자기 손으로 데려와서 예약해 줘 놓고, 그거 잘 받고 있는지까지 확인하는데, 너무 샘이 나더라고……. 그러고 얼마 안 돼서 오리엔테이션장에서 우리 만났었잖아……."

정연은 미안한 듯 고개를 떨어뜨리고는 머그잔을 만지작거렸다.

"내가 그때 좀 예민했었나 봐. 근데 그날 준이 아빠 갔다는 소식 듣고……. 장례식장에서 준이 엄마 봤는데……."

정연은 더 이상 말을 잇지 못하고, 한숨을 내쉬었다. 그 소리가 너무 짙어서 윤희도 함께 한숨을 내쉬었다.

"좀 시간이 지나고 나서, 이야기라도 나누려고 했는데…… 급하게 이사를 가 버려서……. 전화번호도 바뀌고……. 잘 지내?"

"……네."

"이제 연락 좀 해. 윤지도 가끔 준이 이야기해."

"그럴게요."

"아! 그리고…… 전해 줄 게 있어. 잠깐만 여기서 기다려. 알았지? 어디 가지 마."

정연은 윤희가 어디론가 사라질까 싶어 그녀의 연락처를 받은 뒤, 절대 어디 가지 말고 기다리라는 말을 남기고는 커피 전문점을 나섰다.

윤희는 정연이 떠난 테이블에 홀로 앉아 창밖을 내다봤다. 어느덧 겨울 해는 오후를 알리는 아련한 노란 빛을 내고 있었다.

20분이 지나도 정연은 돌아오지 않았다. 윤희는 손목에 있는 시계를 한 번 보고는 수호에게 전화를 걸었다.

— 여보세요?

"수호 씨, 저예요."

— 지금 끝났어요? 이렇게 오래 걸렸어요? 무슨 일이에요?

"가서…… 이야기할게요. 미안한데, 오늘 유치원에서 준이 오면 봐 줄 수 있어요? 좀 늦을 것 같은데……."

— 그래요. 조심해서 와요.

"네, 고마워요."

윤희가 전화를 끊고 가만히 한숨을 내쉬는데 정연이 테이블 앞에 서 있었다. 정연의 손에는 연보라색 상자가 하나 들려 있었다.

"저기…… 이거……."

"이게 뭔가요?"

"준이 엄마 이사 가고 얼마 안 돼서 이게 왔대. 택배도 아니고, 퀵도 아니고, 거기 사는 사람한테 그 날짜에 배달하라는 전달만 받았다고 했대."

윤희는 멍한 시선으로 정연을 바라봤다.

"거기 이사 오신 여사님이 우리 에스테틱 다니시거든. 어디서 보낸 건지 몰라서, 되돌려 보내지도 못하고, 귀한 것 같아서 버리지도 못하시겠다고 해서……. 내가 보관하고 있었어. 준이 아빠가 보낸 것 같더라."

정연은 아픈 미소를 지으며 윤희에게 상자를 내밀었다.

"감사합니다."

"그럼, 나 이만 가 볼게. 이제 얼굴 보고 지내자. 응?"

"네."

정연이 나가고, 윤희는 어설프게 둘러져 있는 리본을 풀고 연보라색 상자를 열었다. 미색 한지를 걷어 내고, 상자 안 물건을 마주한 윤희는 그동안 흐르지 않던 감정을 한꺼번에 흘려보내듯 울음을 터뜨렸다.

진주가 촘촘히 박혀 있는 액자에는 두 사람이 연애를 시작하는 날 찍었던 사진이 들어 있었다. 액자의 옆에는 연보라색 상자 한 개가 나란히 놓여 있었고, 그 옆에는 카드 봉투가 하나 보였다.

무슨 말이 쓰여 있을지, 그 감정이 겁이 나서 윤희는 작은 상자를 먼저 열어 보았다. 상자 안에는 나무로 된 하트 모양 펜던트가 하나 들어 있었다. 솜씨가 좋지 않은 사람이 만든 것 같은 투박한 모양의 펜던트에 윤희는 심장이 아려 왔다.

윤희는 펜던트를 작은 상자 안에 넣어 놓고, 카드 봉투로 보이는 것으로 손을 옮겨 갔다. 조심스레 봉투를 열었는데, 편지가 한 장 들어 있었다.

함께한 시간보다 앞으로 함께할 시간이 더 기대되는 우리 윤희.

처음 네가 내 마음 받아 주던 날, 내가 우기고 우겨서 찍었던 사진이야.

그때 그 고운 모습 그대로 지켜 주고 싶었는데,

준이 낳고 집에서 살림하느라 힘들어서 그런지 지쳐 보일 때면,

내가 얼마나 미안한지 몰라.

어려운 시댁 행사 묵묵히 다 해 주고,

멀리 계신 장인어른, 장모님 자주 보지 못하는데도 불평 한마디 안 하고……

고마워. 더 잘하고 싶고, 더 많이 함께하고 싶은데, 회사를 그만둬야 하나?

우리 준이 스무 살 되면 독립시켜 버리고 둘이서만 살자. ^^

결혼 5주년이 목혼식이래. 서로에게 나무와 같은 존재가 되어서 살라는 의미겠지?

시간 많으면, 당신 그림 그릴 때 쓰라고 멋진 이젤이라도 만들어 주고 싶었는데,

내 재주가 여기까지밖에 안 되네.

이거 꼭 목에 걸고 나와야 한다?

우리 처음 만났던, 남산 도서관 앞으로 저녁 7시까지 나와.

PS. 액자 제작하는 곳에서 배달 갈 거야. 함께 배달할 사진이랑 물건 미리 전달해 달라고 해서 2달 전에 편지 쓰고 있어. 나 되게 착하다, 그치?

글씨체조차 반듯한 사람. 흘러내리는 눈물에 혹시나 편지가 젖

을까 싶어 윤희는 종이를 멀리 떨어뜨리고 하염없이 바라봤다. 멈춰 있던 심장이 다시 뛰는 듯했다. 아프고, 아프게.

윤희는 편지를 고이 접어서 넣고, 상자를 닫은 뒤, 자리에서 일어났다. 아무것도 변한 게 없는 것처럼 보이는데, 그 사람만 없었다. 그 사람만.

어떻게 움직이는지 모를 정도로 힘없이 앞으로 나아가는 발걸음이 닿은 곳은 윤희의 차 앞이었다. 윤희는 조수석에 상자를 올려놓고 운전석에 올랐다. 시야를 가리는 눈물을 닦아 내고, 시동을 걸었다.

윤희는 한 번도 스스로 가 본 적 없는 곳으로 차를 몰았다. 그녀의 의지와는 다르게 머릿속에서는 계속 오전의 차가웠던 조사실 풍경을 곱씹고 있었다.

"남편분, 이정수 씨께서 돌아가신 후, 피고인 정 씨가 장례식장에 왔다 갔죠?"

굳이 3년의 세월이 흐른 지금 이걸 묻는 이유가 뭘까? 윤희는 냉랭한 목소리로 대답했다.

"네."

"피고인이 찾아와서 뭐라고 했는지 기억하십니까?"

윤희는 한숨을 한번 내쉬고 대답했다.

"죽은 남편과…… 자기 딸이 만나고 있다는 걸 알고 있었다고요. 프로 골퍼고, 다시 필드에 나서야 하니, 관계를 함구해 달라고 했어요."

"관계를 함구해 달라고 했다고요?"

윤희는 눈을 질끈 감으며 대답했다.

"네."

검사는 무언가를 잠시 생각하는 듯하다가 입을 열었다.

"남편분께서 살아 계실 때 특정 약물에 민감한 반응을 보인 적 있으십니까?"

윤희는 그런 적이 있었던가를 떠올리며 생각에 잠겼다. 굳이 내가 이런 걸 떠올려야 하는 이유가 대체 뭘까 싶어서 한숨도 나왔다.

"있어요. 치과에서 신경 치료받으면서, 부분마취를 했었는데. 마취제에 민감하게 반응해서 쓰러질 뻔한 적이 있어요."

검사는 고개를 끄덕이며 말했다.

"남편분께서는 교통사고를 당하신 게 아닙니다. 그리고 피고인 정 씨의 딸, 피고인 정진경 씨와는 만났던 적도 없습니다."

"네?"

윤희의 푸석한 시선이 흔들렸다. 그걸 감지한 검사는 조심스레 말을 이어 갔다. 국회의원 정부였던 그녀의 후원을 피고인 정 씨가 남편 회사에 요청했으나, 결정권자였던 남편이 실력 없는 선수를 외압에 의해 후원할 수는 없다며 거절했다고 했다.

가장 큰 후원처를 놓친 피고인 정 씨는 거래처와 골프장을 자주 찾는 남편의 약점을 잡으려고 했고, 거래처와의 일을 마치고 골프장을 빠져나오는 남편의 차를 뒤따랐다고 했다.

신호대기에 걸려 정차해 있던 남편의 차를 일부러 들이받은 정 씨는 남편이 내리자, 남편의 등 뒤에 마취 주사를 꽂고는, 자신의 차는 딸에게 몰게 하고, 남편의 차를 몰아 모텔로 이동하려 했다고. 모텔에서 이상한 사진을 찍으려는 추잡하고 더러운 계획을 세웠었던 것 같았다.

그런데 이동 중 불법으로 유통된 중국산 마취제 사용 미숙으로 인해 남편이 발작을 일으켰고, 그 과정에서 정 씨는 남편에게 다시 마취 주사를 놓았고, 남편이 일어나지 못하게 된 것이라 했다.

윤희의 아버지 회사에서 후원을 철회하면서 똑같은 수법으로 아버지를 소개해 준 사람을 상대로 범행을 벌이다, 그를 뒤따르던 수행비서에게 덜미가 잡힌 것이라고 검사는 말했다. 수사과정에서 피고인 정 씨의 휴대전화에 검시관으로부터 온 문자가 있었는데, 3년 전과 같은 실수를 하지 말라는 메시지였다고.

국회의원, 지역 경찰, 검시관까지 모두 함께 움직였고, 부검이나 사건 조사를 더 원할 수도 있었던 윤희를 속이기 위해 남편의 부정(不貞)을 만들어 낸 것이라 했다. 검사의 설명에 윤희는 숨조차 내쉴 수 없었다.

"⋯⋯그래서요?"

"피고인 정 씨와 그 딸 정 씨 역시 남편분의 죽음과 관련한 사건으로도 기소될 겁니다."

조사 내내 표정을 숨겼던 검사는 조사가 끝나고, 조사실을 나서는 윤희에게 조심스레 입을 열었다.

"이런 거 믿지 않는데, 돌아가신 남편분 원혼이 장인어른께 도움을 요청했던 건가 봐요. 오해를 풀어 달라고⋯⋯."

"⋯⋯네."

대답을 마치자마자, 윤희는 화장실로 뛰어갔던 것 같다. 발밑에 있던 세상이 거꾸로 뒤집어진 느낌에 속을 비워 내지 않고는 견딜 수 없었다.

생각을 곱씹는 동안, 윤희의 차는 봉안당에 도착해 있었다. 어느새 해는 뉘엿뉘엿 어둠을 향해 넘어가고 있었다. 또각거리는 구두 소리가 대리석 바닥에 닿아 생기는 울림에 심장이 바닥으로 떨어지는 듯했다.

故 이정수

윤희는 남편의 봉안함이 들어 있는 유리문 앞에 섰다. 마치 여고 시절 사물함같이 좁은 공간, 그 안은 처참하리만큼 허전했다. 엄연히 아들이 있고, 아내가 있던 사람이었는데, 그 안은 그 누구도 그의 죽음을 기리지 않는 듯 미색 봉안함만 외로이 자리하고 있었다.

윤희는 상자 안에 들어 있던 액자를 꺼내어 들었다. 열쇠로 유리문을 열고, 허전했던 공간을 채우기 위해 액자를 세우고는, 항상 지갑에 넣고 다니는 얼마 전에 찍은 준이의 여권 사진을 한 장 액자 틀 위에 놓았다.

윤희는 어깨에 멘 가방과 손에 들린 연보라색 상자를 바닥에 내려놓고는 무릎을 굽혀 절을 했다. 남편의 발인 때, 윤희는 억지로 무릎을 굽혀 남편의 관 앞에서 절을 했었다. 이런 남자한테 내가 왜 절을 올려야 하느냐며 발악이라도 하고 싶었지만, 아무것도 모르는 사람들 앞에서 그저 힘없이 무릎을 굽혔었다. 절대 좋은 곳에 가지 말라고 속으로 되뇌기도 했었다.

봉안당 바닥에 무릎을 굽히는 동안 하염없는 눈물이 흘러내렸다. 억울한 죽임을 당하고 구천을 떠돌았을 남편을 생각하니, 심장이 떨어져 나갈 듯했다. 차가운 대리석 바닥에 두 손을 대고 머리를 숙였는데, 일어날 수가 없었다. 손이 새파랗게 질리고, 머리가 터질 듯한 아픔이 몰려왔다. 제발 좋은 곳에 가요.

윤희는 몸을 일으켜 다시 한 번 무릎을 굽혔다. 제발 좋은 곳에 가요, 이제.

내 원망 많이 했느냐고, 나 많이 보고 싶었느냐고, 준이 걱정 많이 했느냐고. 계속해서 물어도 그는 대답이 없었다. 그게 진짜냐고, 정말 당신이 그랬느냐고, 나와 준이를 두고 어떻게 그럴 수 있었느냐고 물었을 때도 대답이 없었던 것처럼.

사진 속에서 자신의 손을 잡고 환하게 웃고 있는 그의 모습을 바라보며, 윤희는 3년 동안 흐르지 않았던 그리움 가득한 눈물이 한꺼번에 흘려보냈다.

한참을 울며 서 있던 윤희는 가방을 집어 들고는 수첩을 꺼내어 무언가를 적기 시작했다. 3년 만에 받은 남편의 편지에 대한 답.

임이여 물을 건너지 마오.(公無渡河 공무도하)

임은 결국 물을 건너시네.(公竟渡河 공경도하)

물에 빠져 죽었으니,(墮河而死 타하이사)

이제 가신 임을 어이할꼬.(當奈公何 당내공하)

남편의 죽음을 슬퍼하며 그의 뒤를 따랐다는 아내가 부른 노래.

"난 당신 따라서 안 가. 못 가……. 우리 준이 잘 키울게. 당신 꼭 닮은 준이……. 우리 준이 잘 키우며, 당신이 못 살고 간 삶만큼 더 잘 살게. 이제 편한 곳으로 가요. 제발."

윤희는 가만히 봉안당 유리에 손을 대고 서 있었다. 어느새 밖은 짙은 어둠이 내려 있는 것 같았다. 한참을 멍하니 서 있는데, 윤희의 휴대전화가 울렸다. 발신인을 보니 수호였다. 윤희는 슬픔이 짙게 밴 목소리를 가다듬고 전화를 받았다.

"여보세요?"

— 엄마, 언제 와?

전화를 건 것은 준이였다. 윤희는 한 번 더 목소리를 가다듬고 대답했다.

"응, 이제 갈 거야. 한 시간 정도 걸릴 텐데."

— 그럼, 나 먼저 잘래, 엄마. 아저씨랑.

"그래, 잘 자. 엄마, 얼른 갈게."

— 응.

윤희는 전화를 끊고, 봉안함을 바라봤다. 좋은 사람은 빨리 데려간다는 말은 사랑하는 이를 잃은 이들을 위로하기 위한 말인 줄로만 알았다.

"준이 데리고 같이 올게요. 우리 준이……."

제대로 된 소리를 내는 법을 잊은 듯 윤희의 목소리가 이리저리 떨렸다.

"많이 컸어. 되게 똘똘해……. 당신이 봤으면 정말 좋아했을 거야. 크면 클수록 당신 많이 닮아 가요……. 기특한 짓도 많이 해요……."

윤희는 눈물을 한번 닦아 내고는 다시 말을 이었다.

"준이 많이 보고 싶지? 곧 올게요. 나 이제 가요……."

간다는 말을 해 놓고도 발걸음이 떨어지지 않아서, 윤희는 한참을 그 앞에 서 있었다. 관리인이 와서 문 닫을 시간이 되었다는 말을 전하고 나서야 윤희는 봉안당 건물을 나섰다.

남편을 만나고 돌아오는 길, 윤희는 허망한 세상 앞에 울컥 화가 치밀어 올랐다. 또 억울한 그의 죽음 앞에 숨이 턱 막혀 왔다.

선한 사람을 악한 사람으로 둔갑시키고, 악한 사람은 악한 사람대로 남아 세상이 어지럽혀지는 것은 개체 수 증가를 우려한 사회의 인류학적 자살 행위인가?

50회 드라마가 있다면, 주인공은 48회 동안 악한 이들에게 괴롭힘을 당하고, 겨우 마지막에서야 웃게 되는데, 그때도 아무 일도 아니었던 것처럼 악한 이를 쉽게 용서한다. 그게 인생인가? 그렇게 잘못을 저지른 이들을 쉽게 용서하는 것이?

심지어 악인에게 마치 면죄부를 주듯, 그들에게도 사정이 있다며 편을 들고 상처가 있는 과거를 만들어 주며, 그들을 이해하라고 강요하기도 한다. 상처가 있는 사람은 전부 악해져야만 하는 세상인가? 상처가 있음에도 자신의 삶을 묵묵히 살아가는 이들을 욕먹이듯이. 그들에게 주어진 상처라는 면죄부로 그들은 쉽게 용서받고, 그들로 인해 상처받은 이들은 어떻게 살아가야 할까? 50회 이후의 삶은……

용서가 세상에서 제일 어렵지만 제일 쉬운 것이라는 생각은 성인(聖人)이 만들어 낸 것일 것이다. 난 그냥 보통 성인(成人)인데, 그들의 생각을 어찌 따라갈 수 있을까? 죄는 미워해도 사람은 미워하지 말라고 했거늘, 그 죄인을 미워하지 않을 수 있는 현실에 대한 보상은 누가 해 줄 것인가?

악인의 속죄와 피해받은 이들에 대한 보상은 동일한 값을 가져야 할까? 보상이 더 많아야 한다고 생각하는 게 당연한데, 속죄조차 하지 않는 이들의 악한 행위를 어떻게 이해해야 할까?

미쳐 버린 세상에서 온전한 정신으로 살아가는 보통 사람들이 그들의 눈에는 그저 우습게 보이는 걸까?

한 번 크게 열병을 앓고 나면 면역력이 생기는 것처럼, 정신적 열병 또한 앓고 나면 잊힐까?

운전대를 잡은 윤희는 대학교 교양수업 시간에 배웠던 영화를 하나 떠올렸다. 아서 밀러의 희곡 세일즈맨의 죽음(Death of A Salesman)을 영화화한 작품. 비평가들이 '무자비한 자본주의의 고발'이라고 극찬했다는 작품.

돈이면, 그들의 이익이면 사람의 목숨조차 하찮게 여기는 이들을 인간이라 할 수 있을까?

아서 밀러의 글에서 사회의 붕괴와 그를 뛰어넘지 못하는 한 시대를 대변하는 아버지상이었던 주인공은 운전대를 잡은 채 파국으로 치닫는다. 윤희는 가만히 운전대를 쥔 손에 힘을 주었다.

세상은 변할 것인가?

12. One day more

밤 열한 시를 넘기고 나서야, 현관문 잠금장치가 풀리는 소리가 들려왔다. 소파에 앉아서 휴대전화만 노려보고 있던 수호는 그 소리에 벌떡 일어나 현관으로 향했다. 곧이어 문이 열리고, 엉망이 된 모습의 윤희가 집 안으로 들어섰다.

"얼굴이 대체 왜 그래요? 무슨 일이에요?"

수호는 누렇게 변해 버린 윤희의 얼굴을 바라보며 물었다. 그녀는 머리칼을 쓸어 넘기며, 담담한 목소리로 되물었다.

"준이는요?"

"자요. 좀 전까지 기다리다가 잠든 지 얼마 안 됐어요."

"고마워요……. 미안하고."

영혼이 빠져나간 듯 조용한 집 안을 울리는 그녀의 목소리가 수호의 심장을 할퀴는 것만 같았다. 고개를 떨어뜨리는 그녀의 눈가에는 눈물이 한가득 고여 있었다.

"저녁은요?"

수호의 물음에 윤희는 그저 고개를 저을 뿐이었다. 식사를 하지 않았다는 것인지, 할 생각이 없다는 것인지 알 수가 없었다. 수호는 안쓰러운 마음을 거둘 길이 없어 숨이 꽉 막혀 왔다.

수호는 불안한 모습으로 서성이는 그녀를 이끌어 소파로 향했다.

"왜 그래요? 응? 무슨 일이었어요?"

수호의 물음에 윤희는 아무 말도 없이 고개를 떨어뜨렸다. 그 바람에 그녀의 눈가에서 넘쳐흐른 눈물이 여러 갈래로 흩어졌다. 마치 길을 잃은 마음처럼, 눈물도 제 길을 찾지 못하는 듯했다.

고개를 들어 가만히 자신을 바라보는 그녀의 시선이 허공 어딘가에 멈춰 있는 것만 같았다. 눈을 마주하고 있지만 시선이 닿지 않는 느낌에 수호는 심장이 벌컥거렸다. 이렇게 마주하고 있는데도 불구하고, 그녀는 어딘가로 사라져 버릴 것처럼 위태로워 보였다. 마치 뿌연 연기처럼 눈에 보이지만, 절대 잡히지 않을 무언가가 될 것처럼.

대체 무슨 조사를 받았을까, 무슨 이야기를 들었을까, 무슨 이야기를 했을까…… 이 늦은 시각까지 어디에 있었을까?

묻고 싶고, 알고 싶은 것들이 넘쳐 났지만, 수호는 가만히 그녀가 입을 열기를 기다려 주었다. 준이가 깰까 봐 걱정이 되는지, 입술을 꼭 깨물고 울음소리를 삼키는 윤희의 모습에 수호는 심장이 저며 왔다.

수호는 손을 뻗어 자신의 손으로 윤희의 작은 얼굴을 감싸고는 흐르는 눈물을 엄지로 닦아 주었다. 울지 말라는 말을 전하는 것이 사치처럼 느껴질 정도로 윤희는 깊고 서럽게 울음을 삼켰다.

"무슨 일이에요? 응? 무슨 일인데…… 이렇게……."

슬쩍 고개를 내저은 그녀는 여전히 눈물만 흘리고 있었다.

"……내가 들어 줄게요. 응?"

수호는 걱정스러운 마음을 감추고 애써 미소 지으며 다시 물었다. 제발, 아무 일도 아니었기를, 그저 아무 일도 아니었기를 바라며 타들어 가는 속을 달래 보았지만 허사였다.

"나한테 이야기하고 내려와요. 무슨 일이에요? ……그만 울고. 예쁜 얼굴 다 망가졌네."

실없는 농담에도 그녀는 아무런 반응도 보이지 않았다. 한 사람은 묻고, 한 사람은 대답이 없고, 그렇게 지속된 대치 상태가 끝없이 이어질 것만 같아서 불안해진 순간, 그녀가 겨우 입을 열었다.

"……남편이 당한 사고 때문에 조사를 받았어요."

서러운 그녀의 눈빛과 달리, 젖은 목소리와 달리, 그녀의 말투는 담담했다. 절대 그렇게 담담하게는 털어놓을 수 없는 이야기들이 그녀의 입에서, 마치 그녀 자신의 일이 아닌 것처럼 흘러나왔다.

예전에 살던 동네에 다녀오고, 남편의 봉안당에 다녀오느라 늦어서 미안하다는 그녀의 말에 수호는 숨이 멎은 듯했다.

"미안할 일 아니에요……."

수호의 말에 허공 어딘가로 향해 있던 그녀의 시선이 그에게로 초점을 잡는 듯했다. 혼이 나간 듯한 그녀의 눈과 눈이 마주치자 수호는 자신의 심장이 깊이를 알 수 없는 나락으로 내팽개쳐진 기분이 들었다.

"어떻게 살아야 하죠……."

목소리는 차분했지만, 그녀의 눈가는 계속 젖어 있었다.

"어떻게…… 대체…… 어떻게……."

윤희는 끅끅거리며 울음을 삼키고, 주먹으로 가슴을 쳐 가며 겨우 숨을 토해 내고 있었다. 수호는 그녀의 얼굴을 감싸고 있던 손을 내려 작은 주먹을 감쌌다.

"이러지 마요."

그렇게 말하는 수호의 목소리가 이리저리 떨렸다. 내가 지금 무슨 권한으로 이러지 말라고 하는 걸까? 한숨을 토해 내던 윤희는 수호의 손을 뿌리치고, 욕실로 달려갔다. 헛구역질을 하며 울부짖는 목소리가 세면대를 흐르는 물소리에 어렴풋이 묻혀 버렸다.

수호는 굳게 닫힌 욕실 문을 열고 들어가, 윤희의 등을 가만히 쓸어내려 주었다. 욕실 바닥에 주저앉은 윤희가 울음을 삼키며 말했다.

"여기 위장 속에 있는 거 말고……."

윤희의 손이 왼쪽 가슴으로 올라갔다.

"여기 들어 있는 심장을 토해 낼 수 있으면……. 그럴 수 있으면……."

왼쪽 가슴을 작은 주먹으로 거세게 두드리며, 울음을 토해 내는 윤희를 수호가 제 품으로 끌어당겨 안았다. 그럼 나는, 나는 어떡하라고. 그 심장 사라지면, 나는……. 수호의 눈에서도 안타까운 눈물이 주르륵 흘러내리고 말았다.

"준이한테 아빠 이야기해 준 적 없죠?"

윤희가 고개를 슬쩍 끄덕이는 게 느껴졌다.

"준이한테 아빠가 얼마나 멋진 사람이었는지, 아빠가 당신이랑 준이를 얼마나 아끼고 사랑했는지 말해 줘요."

윤희가 슬쩍 수호를 밀어내며 그를 올려다봤다. 아무런 대꾸도 못 하는 그녀는 지금 무슨 생각을 하고 있을까?

"고마워요……. 괜히 나 때문에…… 미안해요."

수호는 한숨을 한번 내쉬고는 억지로 미소를 지어 보이며, 윤희를 욕실 밖으로 데리고 나왔다.

"그만 자요. 내일 아침에 준이가 일어나자마자 엄마 찾을 텐데……."

"이제 댁에 가서 쉬세요. 오늘 정말 고마웠어요."

"안 가요."

수호의 대답에 윤희가 고개를 돌려 자신을 바라보는 게 느껴졌다. 넋이 나간 듯한 얼굴, 힘없는 시선, 끊임없이 흐르는 눈물, 파르르 떨리는 입술……. 보듬어 주고, 안아 주고, 닦아 주고, 매만져 주고 싶은 마음을 가눌 길이 없어서 수호는 두 주먹을 꽉 움켜쥐며 말했다.

"내가 가면……."

수호는 이내 고개를 내저었다. 칠흑 같은 어둠이 내린 밤바다의 파도처럼 밀려오는 과거의 기억에 온몸이 떨려 왔다.

그녀가 저 방으로 들어가 문을 잠그고 잠이 들었다가 일어나 밖으로 나왔을 때, 누군가, 아니 자신이 그곳에 있어야 한다고 생각했다.

지키지 못한 것에 대한 두려움, 또다시 겪고 싶지 않은 기억의 파편이 날카롭게 가슴을 찌르는 것 같았다. 이번만큼은 지켜 주고 싶었다. 지켜 내고 싶었다. 제 것이 아니라 할지라도, 한 번도 가져 보지 못했던 이라 할지라도.

그녀가 전해 준 온기와 훈풍이 제발 여기서 멈추지 않기를 바랐다. 그 이상을 바랄 것도, 바랄 수도 없는 상황에서 수호는 가만히 서서 두 주먹을 꽉 움켜쥔 채로 속삭였다. 그 속삭임에 담긴 애원을 그녀가 알아주기를 바라며.

"들어가서 자요. 문 닫지 마요. 계속 그러고 울면…… 쓰러져요……. 준이도 생각해야죠."

준이라는 말에 윤희의 표정에는 비통함이 가득 찼다.

"준이……. 그렇죠. 우리 준이."

그녀의 입에서 흘러나온 우리라는 말이 수호의 마음을 무너뜨리고 헝클어뜨리려 했다. 평행선을 달리는 기찻길이 어느 순간 좁아지거나, 멀어진다면, 그 위를 달리는 기차는 탈선해 버릴 것이다. 두 사람의 위를 달리던 기차가 위태로워 보였다. 수호는 멀어진 레일을 좁히려 마음을 다잡듯 말했다.

"여기 거실에 있을게요. 어디 아프거나 하면…… 어디 불편하면…… 집에 준이밖에 없잖아요."

걱정이 되어서 미쳐 버릴 것 같다고, 눈앞에서 사라지는 것조차 두렵다고, 그냥 내 옆에서 슬퍼하라고……. 수호는 할 수 없는 말과 한숨을 동시에 집어삼켰다.

"……고마워요."

고개를 떨어뜨린 윤희가 겨우 입을 열었다.

"들어가 자요."

"이불 꺼내다 드릴게요."

"그래요, 그럼."

윤희는 안방 붙박이장에 있는 손님용 이불과 베개를 꺼내어 수호에게 갖다 주었다. 그녀가 전해 주는 이불을 건네받았는데, 폭신한 느낌이 품에 닿자 아주 조금 마음이 놓이는 것 같았다. 오늘 밤만큼은 곁에서 지켜볼 수 있으니까.

그녀는 고개를 한번 까딱해 보이고는 방으로 들어갔다. 문을 닫지 말라는 수호의 말을 들은 것인지, 아무런 소리도 들려오지 않았다. 그대로 침대에 누웠는지, 바스락거리는 이불 소리만 들려왔다.

아프고, 긴 어두운 밤이 그렇게 시작되었다.

시계 초침 소리에 귀를 기울이다 잠이 든 것 같았는데, 서글프게 흐느끼는 소리에 수호는 소스라치게 놀라 몸을 일으켰다. 시계를 보니 이제 새벽 4시가 넘어가고 있었다. 공간을 울리는 그녀의 구슬픈 울음소리에 심장이 격하게 진동했다.

수호는 본능에 가까운 발걸음을 옮겨 윤희가 있는 침실로 향했다. 휴대전화 화면을 슬쩍 활성화시켜 여린 조명을 비춰 보았다.

윤희는 침대에 누워 눈을 꼭 감은 채로 울고 있었다. 잠에 빠진 상태에서도 슬픔을 이겨 내지 못하는 안타까움에 이끌리듯, 수호는 그녀의 곁으로 다가갔다.

잔뜩 몸을 웅크리고는 모로 누워서 슬픔을 내뱉고 있는 그녀 옆에 누워서 등을 토닥여 주었다. 그 작은 움직임에 그녀는 더 서럽게 울음을 내뱉었다.

"……미안해, 여보……. 미안해."

당신이 미안할 게 뭐가 있어? 잘못한 게 있다면 이 세상이지. 자신이 그녀의 남편이었다면, 절대 이 여자를 원망하지 않았을 거라고, 홀로 남겨 두고 세상을 떠나 내가 더 미안하다고 생각했을 것이다. 수호는 자신이 그 남편이라도 된 듯 속삭였다.

"괜찮아……. 괜찮아……. 이제 내려놔, 윤희야……."

자신의 이름을 불러 주는 게 느껴졌는지 그녀는 울음을 그쳤고, 한참이나 숨을 골랐다.

거칠었던 숨소리가 고요해지고, 눈물로 얼룩진 얼굴이 말라 갈 즈음, 수호는 몸을 일으키려 했다. 순간 수호의 가슴팍에 닿아 있던 윤희의 손이 셔츠 깃을 꽉 움켜쥐었다.

절대 보내지 않겠다는, 결코 그 누군가를 보낼 수 없다는 말을 하고 있는 듯 그녀의 손아귀가 파르르 떨릴 정도였다. 수호는 다시 그녀의 곁에 누워 등을 토닥여 주었다. 이렇게라도 위안이 된다면, 조금이라도 덜어 낼 수 있다면…….

수호는 절대자의 자비를 구하며, 눈을 질끈 감았다.

해가 뜨고 난 뒤에야 그녀의 손에 잡힌 옷깃을 겨우 빼낼 수 있었다. 수호는 천천히 몸을 일으키며 휴대전화 화면으로 시간을 확인했다. 오전 8시 5분. 준이를 깨워야겠단 생각을 하고 있는데, 침실 문이 열렸다.

"엄마……. 어? 아저씨."

"쉿."

수호는 검지를 입술에 가져다 대며 준이를 데리고 거실로 향했다.

"엄마 왜 그래요?"

불안함 가득한 까만 눈동자가 이리저리 떨렸다.

"어, 어제 날씨가 꽤 추웠잖아. 감기에 걸리신 것 같아."

"아……."

고개를 끄덕이는 준이의 표정이 어두웠다.

"얼른 씻고 나와. 유치원 가야지."

"네."

준이는 어기적거리는 발걸음을 옮겨 욕실로 향했고, 수호는 아침거리로 뭘 줘야 하나 생각하며 냉장고를 살폈다. 냉장고에서 달걀을 꺼내고, 식탁 위에 있는 식빵 봉지를 집어 들었는데 윤희가 방에서 나왔다.

"일어났어요?"

수호의 물음에 윤희는 작게 고개를 끄덕였다. 어둠을 몰아내는 빛의 기운은 묘한 마법을 지니고 있는 듯했다. 어젯밤 그리고 오늘 새벽, 낮고 짙게 깔린 안개에 가린 듯 보이지 않았던 그녀의 미소가 흐릿하게 전해졌다.

"준이는요?"

"씻어요."

마침 욕실 문을 나서며 준이가 소리쳤다.

"엄마!"

엄마에게 달려든 아이는 조막만 한 손으로 엄마의 얼굴을 보듬
으며 물었다.

"엄마, 아파? 어디 아파? 많이 아파? 힘들어?"

"괜찮아."

"얼굴이 안 괜찮아. 아저씨, 나 오늘 유치원 데려다주실 수 있
어요?"

"그럼."

수호는 준이를 보며 생긋 웃어 주었다. 준이의 등장에 윤희의
표정도 한결 부드러워진 것 같았다.

간단한 아침을 먹고, 유치원에 가기 위해 집을 나서는 준이는
엄마의 얼굴을 작은 손으로 감싸고는 말했다.

"엄마, 아무 데도 가지 말고, 집에 있어. 알았지?"

"응."

어제 어딘가에 다녀오고 나서 얼굴이 수척해진 엄마가 걱정되
는 것인지 준이는 몇 번이고 그녀의 다짐을 받아 냈다. 알겠다고
웃으며 대답하는 엄마를 뒤로하고 엘리베이터에 오른 준이는 한
숨을 폭 내쉬었다.

"아저씨."

"응."

"오늘 바빠요?"

"아니. 아저씨가 바쁜 거 봤어?"

"그럼요……."

준이는 말을 잇지 못하고 꼼지락거렸다.

"준아. 왜?"

수호는 무릎을 굽히고 아이에게 눈을 맞추며 물었다.

"오늘 우리 엄마랑 같이 있어 주세요. 아무 데도 못 가게. 안 아프게."

아이에게 슬픔을 감추는 엄마와 그것을 알아차려도 모른 척하는 아들, 두 사람의 애달픈 모습에 수호는 가슴이 떨려 왔다.

"응, 그럴게. 걱정하지 말고, 유치원에서 재미있게 놀다 와."

"네, 감사합니다."

자신이 놀아 주어도, 신기한 것을 보여 주어도 아이답게 까르르 소리 지르며 멋지다고 손뼉만 치던 아이였는데, 제 엄마를 지켜 준다는 말에 준이는 고개를 꾸벅 숙여 보이며 감사하다고 인사했다.

수호는 손을 뻗어 아이의 머리를 한번 쓰다듬고는 차로 향했다. 차에 오른 아이는 유치원에 도착할 때까지 말이 없었다. 평소라면 정신이 쏙 빠지도록 떠들어 댔을 텐데, 아이의 침묵이 수호의 마음을 무겁게 가라앉혔다.

유치원 앞에 아이를 내려 준 수호는 곧장 다시 윤희의 집으로 향했다. 현관문을 두드리기 무섭게 누가 두드리는지 안다는 듯이 문이 열렸다.

자신의 바라보는 그녀의 표정에는 의아함이 가득했다. 왜 집으로 가지 않고 여길 두드렸느냐는 의미인 것 같았다.

수호는 빙긋이 미소 지으며 집 안으로 들어섰다.

"준이 명령이에요. 꼭 같이 있으래요."

수호의 말에 윤희가 흐린 미소를 지어 보였다.

"일곱 살 애가 내리는 명령을 참 잘 듣네요."

"세상에서 제일 무서운 명령이니까."

장난스럽게 말을 건네는 수호의 목소리에 윤희가 피식 웃음을 터뜨렸다. 그 웃음에 긴장감과 두려움 가득했던 가슴속 응어리가 녹아내리는 듯했다.

수호는 부엌을 정리하고 있는 윤희 곁에 천천히 다가섰다.

"나랑 밖에 나갈래요?"

"어디요?"

"그냥. 집에 있기 답답하잖아요."

가만히 고개를 돌려 자신을 올려다보는 눈빛이 아련했다. 윤희는 한숨을 한번 내쉬고는 알겠다며 고개를 끄덕였다.

언덕 위 아파트를 출발한 차는 1시간 넘게 달려 경기도 안성의 미산 저수지 앞에 다다랐다. 회색빛 겨울 하늘에서는 겨울답지 않은 기온 때문인지 하얀 눈이 되지 못한 비가 추적추적 내리고 있었다.

수호는 먼저 차에서 내려 트렁크에서 우산을 꺼내고는 조수석 문을 열어 주었다.

"저수지는 왜요?"

"가 보면 알아요."

주차장에서 200미터 정도 걸었을까? 잔잔히 흐르는 물결 위로 겨울비가 만들어 내는 파동을 배경으로 카페가 하나 있었다. 미끄럽게 젖은 돌계단을 내려가자, 습기를 가득 머금은 커피 향이 코끝을 스쳐 왔다.

"커피랑 샌드위치 어때요?"

"좋아요."

수호의 물음에 윤희는 작게 고개를 끄덕이며 대답했다. 그는 카우보이 모자를 쓴 점원에게 주문을 마치고는, 창가에 서 있는 윤희에게 다가갔다.

"평소 같으면 음식 받아 가야 하는데, 오늘은 사람이 없어서 갖다 주겠대요. 여기서 먹을래요? 나갈까요?"

"나가고 싶어요. 경치가 참 좋네요."

수호는 고개를 끄덕이며 윤희를 이끌고 밖으로 나갔다. 비에 젖은 테이블에는 앉을 수가 없어서 고민하고 있는데, 윤희가 저쪽으로 가 보자며 수호를 이끌었다.

누군가의 별장 지하 혹은 1층으로 보이는 곳의 처마 끝에는 양철 물 조리개가 줄지어 걸려 있었고, 물 조리개에 받아진 물이 마치 메마른 세상에 물을 주듯 흘러내리고 있었다.

"멋지네요. 저거……."

윤희는 양철 물 조리개에서 흘러내리는 물을 가리키며 말했다. 작은 우산 아래 함께 서 있는 두 사람의 호흡은 그 안에 갇혀 버린 듯했다.

"그러게요. 눈이 왔다면 이렇게 운치 있지 않았을 텐데……."

수호의 말에 윤희는 빙긋이 웃으며 고개를 끄덕였다. 추운 겨울인데 눈이 오지 않고 비가 와서 더 멋스러운 이곳처럼, 보통의 사이가 아닌 상처가 있는 우리가…… 더 소중해질 수 있지 않을까요?

수호는 전할 수 없는 말을 곱씹으며, 빗물에 젖을까 싶어 윤희의 어깨를 슬쩍 감싸 안고는 양철 물 조리개 아래를 지나 건물 안으로 들어섰다.

작은 공연장같이 보이는 곳의 커다란 화면에는 어떤 뮤지컬 공연의 실황 녹화본이 상영되고 있었다.

"레미제라블이네요. 불쌍한 이들……."

윤희는 들릴락 말락 한 소리로 작게 속삭이고는 상영관 밖에 놓인 테이블에 앉았다.

"춥지 않아요?"

"괜찮아요."

살짝 고개를 갸웃하며 빙긋이 미소 지은 윤희의 눈이 화면에 고정되었다.

노래에 푹 빠져 있는 그녀의 얼굴에 흐릿한 미소가 떠오를 무렵, 아까 그 카우보이 모자를 쓴 점원이 샌드위치와 따뜻한 아메리카노 두 잔을 테이블 위에 올려 주었다.

"저기요."

"네?"

"저거 처음부터 볼 수 있을까요?"

윤희의 물음에 점원은 고개를 끄덕이며 어디론가 향했다. 수호는 샌드위치를 하나 집어서 윤희에게 건넸다.

"고마워요."

수호는 고개를 끄덕이며 되물었다.

"공연 보고 싶어요?"

"그냥, 저거 처음부터 보고 싶어서요."

작게 대답하는 윤희의 목소리에서 수호는 무언가 희망이 엿보이는 것처럼 느껴졌다.

윤희는 시선을 옮겨 다시 화면을 향했다.

사랑하는 이가 떠나고, 아이를 다른 이의 손에 맡기고, 일터에서도 쫓겨나 창부의 삶을 살아가는 판틴이 부르는 노래는 구슬프고 애달팠다.

I dreamed that love would never die.

나는 영원한 사랑을 꿈꿨죠.

자신이 꿈꾸던 삶이 죽임을 당했다며 울부짖는 판틴의 목소리에 윤희는 작게 울음을 삼켰다.

'그래, 엄마를 최고라 여기는 준이를 곁에 두고 있을 수 있고, 내가 좋아하는 일도 할 수 있고……. 그리고…….'

윤희는 고개를 돌려 화면을 응시하고 있는 수호를 바라봤다. 그리고 이 사람……. 친구도 아니고, 연인도 아니고 그 무엇도 아닌 사이일지라도……. 자신을 바라보는 게 느껴졌는지 수호가 고개를 돌려 윤희를 바라보고는 고개를 갸웃했다. 윤희는 아무것도 아니라며 고개를 젓고는 다시 화면으로 시선을 돌렸다.

Who am I?

나는 누구인가?

자신의 삶을 되돌아보며 울부짖는 장발장의 노래.

끝 간 데를 모를 나락으로 떨어지고 나면, 나는 대체 무엇인가하는 물음을 스스로 던지게 된다. 내가 무엇인지 알아보기 위해, 내가 살아온 인생을 되돌아보고, 그 이야기를 풀어내다 보면, 때로는 관객의 입장에서 바라보는 이가 삶이 나아갈 방향을 해석해줄 때가 있다.

윤희는 가만히 고개를 돌려 또다시 수호를 바라보았다. 준이에게 아빠가 어떤 사람인지 알려 주라는 그의 말이, 아내를 얼마나 사랑했고, 아들을 얼마나 사랑했는지 알려 주라는 그의 말이 윤희에게는 남은 삶을 살아갈 수 있는 힘이 되어 줄 것 같았다. 그리고 그 말을 알려 준 이 사람은……

윤희는 한숨을 내쉬며 수호를 향했던 시선을 돌려 다시 화면을 바라봤다.

어느새 3시간이 넘는 뮤지컬은 마지막을 향해 달려가는 듯했다. 배우들 전부가 무대 위에 올라 희망 가득한 노래를 한목소리로 부르기 시작했다.

One day more.

내일로.

그들의 부르짖음에 뜨거운 눈물이 두 뺨 위로 흘러내렸다. 노래가 끝나고 화면이 까맣게 변하고 나자, 따스한 손길이 윤희의 뺨에 와 닿았다. 흘러내린 눈물을 쓸어 내 주는 그의 손길이 무척이나 조심스러웠다.

"그만 울어요."

"내용이 참 좋네요. 빅토르 위고 작품이죠?"

"그러게요. 원작은 프랑스인데, 뮤지컬은 영국에서 만들었나 봐요."

수호의 말에 윤희가 피식 웃으며 고개를 끄덕였다. 수호는 손목에 있는 시계를 한번 확인하고는 말했다.

"이제 갈까요? 준이 올 시간에 맞추려면 출발해야 해요."

"네."

윤희는 고개를 끄덕이며 자리에서 일어섰다. 겨울바람이 옷깃을 스치었지만, 그것이 차갑게만 느껴지지는 않았다. 윤희는 자신의 어깨를 감싸고 있는 수호의 손을 슬쩍 밀어냈다. 아직은……

그 움직임에 수호는 무슨 뜻인지 안다는 듯, 손을 내리고는 작은 우산을 그녀의 쪽으로 더 기울여 주었다. 내리는 비를 함께 아니, 자신이 대신 맞아 줄 수 있다는 듯이.

13. 불공평하도록……

싱크대 앞에 서서 저녁을 준비하는 윤희의 손이 분주했다. 거실에서는 수호가 준이의 학습지 숙제를 봐주고 있었다. 윤희는 슬쩍 고개를 돌려 그 모습을 바라봤다. 그가 살아 있었다면, 지금 저 자리에 그가 있었겠지.

갑자기 왈칵 쏟아져 나오려는 눈물을 삼키며, 윤희는 한숨을 내쉬었다. 아픔을 온전히 드러낼 수 없는 상황에 놓인 것을 때로는 다행이라 여길 때가 있다. 준이 앞에서 한없이 무너져 내릴 수는 없기에 윤희는 끊임없이 호흡을 고르고, 마음을 고르고, 생각을 골라냈다.

좋은 남편, 좋은 아빠였던 그를 추억할 수 있지 않은가? 그동안 원망만 하고 살았는데, 이제는 그를 그릴 수 있지 않은가? 하는 생각을 하면서도, 부조리한 세상에 대한 분노가 이따금 고개를 들이밀고는 윤희를 비웃는 듯했다. 허망한 세상 속 안타까운 죽음이 어디 준이 아빠뿐이겠느냐마는……

세계적인 석학들이 모인다는 예일대에서는 한 학기 동안 죽음에 관해 논하는 수업이 있다고 한다. 현대 철학자로 불리는 셸리케이건 교수는 학생들에게 사람은 언젠가 죽는다는 필연성, 사람의 죽음은 언제 일어날지 모른다는 가변성, 사람은 누구나 죽는다는 명제가 갖는 개인적 그리고 단체적 의미에 관해 논하며 죽음에 어떻게 접근할 것인지에 대한 이야기를 던진다.

하지만 학생들이 이 강의에 몰려드는 이유는 단순히 죽음이라는 이슈가 갖는 끌림 때문은 아니라고 한다. 강의의 궁극적인 목적은 아마도 누구나, 언제든, 어디서든 맞을 수 있는 죽음이 있기까지의 삶은 어떻게 살아야 할 것인가에 관한, 죽음과 동시에 삶의 본질적 의미에 관해 논하는 것이기 때문일 것이다.

어떻게 살아가야 할 것인가……

윤희는 고개를 돌려 준이를 한번 바라보았다. 잃어버린 아빠의 기억을 되찾아 주어야 하는 데, 윤희는 아직 그럴 용기가 나질 않았다. 아이에게 웃으며 아빠에 대한 추억을 이야기하기에 아직은 눈가에 차고 오르는 슬픔의 양이 너무 많았다.

죽은 아빠를 떠올리며 엄마가 슬픈 눈물을 흘린다면 준이에게 더 상처가 되겠지. 아빠는 엄마를 울리는 존재라고 여기도록 할 수는 없었다. 윤희는 볶은 불고기를 접시에 담아내고는 식탁 위에 저녁상을 차리기 시작했다.

"준아, 밥 먹자. 수호 씨, 식사해요."

두 사람은 윤희의 부름에 나란히 식탁 앞에 앉았다. 윤희는 '잘 먹겠습니다!' 하고 명랑하게 외치며 밥숟가락을 드는 준이를 물끄러미 바라봤다.

준이에게 이 세상이 어떤 곳이라 가르쳐야 할까? 참담한 현실이라 할지라도, 아이의 미래만큼은 밝았으면, 아이가 받아들이는 세상은 좋은 세상이었으면 하는 게 엄마 윤희의 바람이었다.

지금 아이가 가진 세상의 가장 큰 기둥인 엄마. 윤희는 자신이 엄마라는 사실을 곱씹으며 억지로 밥알을 목구멍으로 넘겼다. 가슴 깊은 곳에 맺혀 있는 응어리도 하얀 밥알과 함께 넘길 수 있다면 얼마나 좋을까?

아무 말 없이 밥만 떠서 넘기고 있는 윤희를 준이가 물끄러미 바라봤다.

"엄마, 반찬은 안 먹어?"

"어, 먹어."

윤희는 준이를 보고 빙긋이 웃어 주었다. 내 미소가 아파 보이지 않기를, 내가 슬퍼 보이지 않기를, 내가 원망 어린 시선으로 세상을 바라보는 것을 아이에게 들키지 않기를······. 윤희는 아무렇지 않은 듯 보통의 날처럼 행동하기 위해 노력했다.

"천천히 먹어요. 체하겠어요."

수호는 윤희에게 물 잔을 건네며 말했다.

"고마워요."

"고맙긴. 밥 얻어먹는 내가 고맙지."

윤희는 물을 한 모금 들이켜고는 식사를 하는 그의 모습을 바라보다가, 식탁 위로 시선을 옮겼다.

식탁 위에 놓인 반찬은 3개월 남짓한 기간 동안 많이도 변해 있었다. 늘 준이만을 위해 맵지 않고, 짜지 않은 반찬만 놓이던 곳에 그의 젓가락을 많이 타는 갓김치, 맵게 양념한 조개젓, 부추를 듬뿍 넣은 오이소박이, 고추 장아찌가 함께 놓여 있었다.

종류와 가짓수가 변한 반찬들이 마치 그간 그가 자신에게 어떤 존재가 되어 있었는지를 말해 주는 것만 같았다. 대체 언제부터 우리는 이런 보통의 날들을 공유하고, 서로의 공간을 차지하고 있었던 것일까?

윤희의 머릿속 생각이 이리저리 흩어지고, 혼란스러운 마음은 그 형체를 잃어 가는 듯했다. 끝없이 생겨나는 한숨을 또다시 집어삼키는데, 준이가 입을 열었다.

"엄마."

"응."

윤희는 준이에게 시선을 돌리며 빙긋이 웃었다.

"우리 할머니한테 갈까?"

"할머니?"

"응. 산타, 아니 외할머니."

"왜?"

"엄마, 아프니까. 난 아프면 엄마가 옆에 있어야 하는데. 엄마도 엄마의 엄마랑 같이 있어야지."

수호가 준이의 머리를 쓰다듬으며 빙긋이 웃었다. 어떻게 해야 엄마를 보호할 수 있는지 안다는 듯 이야기하는 준이의 모습에 수호는 저도 모르게 눈물이 핑 돌고 말았다. 수호는 눈물을 삼켜 내려 눈을 한 번 질끈 감았다 뜨고는 말했다.

"그렇게 해요. 공방 문 잠시 닫고."

수호의 말에 윤희가 고개를 끄덕이며 빙긋이 웃었다. 잠시 떨어져 있다 할지라도, 곁에서 지킬 수 없다 할지라도, 그녀가 따스한 온기를 느낄 수 있는 곳에 있다면, 수호는 괜찮을 것 같았다. 괜찮을 것이다. 괜찮을 것이다. 수호는 스스로 최면을 걸듯 머릿속으로 되뇌었다.

식사 후, 수호는 목욕을 마치고 나온 준이가 잠이 들기를 기다렸다. 오늘도 여기서 밤을 지새울 수는 없을 테지만, 그녀가 무사히 잠드는 것만이라도 보고 싶었다. 소파에 앉아 휴대전화를 만지작거리고 있는데, 잠옷으로 갈아입은 준이가 다가왔다.

"아저씨, 안 가요?"

준이는 고개를 갸웃하며 수호를 바라봤다.

"준이 잠들면 가려고."

"나 오늘은 엄마랑 잘 건데."

그리 말하는 아이의 모습에 수호는 피식 웃음이 터져 나왔다. 준이의 본능적인 움직임이 그녀에게 제발 힘이 되기를 바라며, 수호는 소파에서 몸을 일으켰다.

"준아."

"네."

준이는 수호를 올려다보며 대답했다. 수호는 무릎을 굽히고, 준이의 두 눈에 자신의 두 눈을 맞추고 말했다.

"준아, 그럼 아저씨 준이 믿고 간다?"

준이는 무슨 의미인지 안다는 듯 고개를 크게 끄덕이고는, 환한 미소를 지었다.

수호가 집으로 돌아간 뒤, 윤희는 준이를 꼭 끌어안고 침대에 누웠다.

"엄마, 그럼 이번 주말에 갈까?"

뭐가 그리도 불안한지 준이는 당장에라도 외가에 가고 싶은 눈치였다.

"준아."

"응."

"그 전에 엄마랑 다른 데 먼저 가자."

"어디?"

"서울 할머니 댁."

깜짝 놀란 준이가 몸을 일으켜 윤희를 바라봤다.

"엄마도 같이?"

"응."

윤희는 베개에 닿아 있는 머리를 끄덕이며 준이를 다시 품에 안았다.

"엄마가 가자고 하면, 나도 가야지."

속으로는 좋으면서 한없이 무심한 척 대답하는 일곱 살 준이는 엄마의 품을 파고들며 말했다.

"아, 좋다. 엄마 냄새."

"엄마도 좋다. 우리 준이 냄새."

말하지 않아도 서로의 아픔을 잘 안다는 듯, 엄마와 아들은 서로를 꼭 끌어안은 채 잠이 들었다.

이튿날 아침, 준이는 엄마의 손을 꼭 붙잡고 엘리베이터에 올랐다. 유치원복 대신 검은색 코듀로이 바지에 두꺼운 다운 점퍼를 입은 준이의 표정은 생기 가득했다.

"엄마."

"응."

"수호 아저씨한테 말했어?"

"왜?"

"그냥."

아저씨, 걱정할 텐데. 작게 읊조리는 준이의 말에 윤희는 휴대
전화를 들고 문자를 보냈다.

[잠시 준이 데리고 외출하려고 해요. 좋은 하루 보내요.]

준이가 썰매를 타고 내려오는 사진들을 정리하고 있는데, 그녀
에게서 문자가 왔다. 어디로 간다는 말이 없는 걸 보니, 그녀가
향하고 있는 곳이 대충 어딘지 짐작이 되었다. 죽은 남편과 관련
된 곳이겠지. 수호는 한숨을 한번 내쉬며, 하얀 설원 위에서 썰매
를 타고 미끄러져 내려오는 아이의 모습을 바라보았다.

인생이 불완전하다 느껴지는 것은 어쩌면 시간적 제한을 갖고
있기 때문일지도 모른다. 시간을 되돌려 과거로 돌아가 후회되는
일들을 바로잡을 수 있다면, 혹은 행복하기만 했던 순간으로 시간
을 되돌릴 수 있다면, 인생은 완벽해질까?

수호는 사진을 찍었던 저 때만 하더라도, 그녀와 조금 가까워
졌다고 생각했던 저 때만 하더라도…… 하며 한숨을 내쉬었다.
그래, 그렇게 시간을 되돌릴 수 있다면, 애초에 그녀와 만나지 않
았을지도 모를 일이다.

만약 그럴 수 있다면, 7년 전 그날 저녁, 별이가 엄마 젖을 빨

고 나서, 마지막 트림을 시키기 위해 수호가 아이의 등을 토닥여 주었던 그 아련한 온기가 남아 있는 밤으로 시간을 되돌렸을 테니까.

흘러가는 시간을 붙잡아 둘 수도 없고, 아픈 시간을 빠르게 흘러가도록 할 수도 없다. 누구에게나 공평하게 주어지는 것만 같은 시간이지만, 134일 삶을 살다 간 별이와 젊은 나이에 억울한 죽임을 당한 그의 시간은 공평한 것이었을까?

수호는 모니터로 보이는 준이와 윤희의 얼굴을 물끄러미 바라봤다. 그리고 그 화면에 얼비치는 자신의 모습을.

우리가 가진 시간은 불공평했으면 좋겠다. 불공평하도록 행복하고, 불공평하도록 즐겁고, 불공평하도록 서로를 위해 주고, 아껴 줄 수 있도록.

수호는 간절한 염원을 담아내듯 사진을 편집했다.

❊✳❊

서울에 도착하자, 하얀 눈발이 흩날리고 있었다. 준이는 창밖을 바라보며 생긋 미소 지었다.

"와, 눈 쌓이면 형이랑 눈싸움하자고 해야지."

윤희는 어둡게 내려앉은 하늘을 바라보며, 한숨을 지었다. 눈이 많이 오면 이따 돌아갈 때 미끄러울 텐데……. 한숨을 폭 내쉬는 윤희를 준이가 고개를 갸웃하며 바라봤다.

"엄마, 왜?"

"눈 많이 오면 길 미끄러울까 봐."

"아, 그렇겠다. 에이, 나 장갑도 안 챙겨 왔는데, 눈싸움은 하지 말아야겠다."

준이는 애써 태연한 척 자세를 고쳐 앉으며 정면을 응시했다. 장갑 하나 사 달라고, 그냥 눈싸움하게 눈 많이 왔으면 좋겠다고 하면 얼마나 좋을까? 윤희는 시야를 가리려는 눈물을 거둬 내려 크게 눈을 깜빡이고는 운전에 집중했다.

시댁 대문 앞에 도착하자, 둘의 방문을 미리부터 알고 계셨는지, 윤희의 시모 금분이 골목을 서성이고 있었다. 윤희는 골목 한쪽에 주차를 마친 뒤, 준이와 함께 차에서 내렸다.

"할머니!"

"아이고, 내 강아지."

"잘 지내셨어요?"

"왔냐?"

금분은 투박한 손으로 윤희의 손을 꼭 잡으며 대문 안으로 들어섰다. 작은 콘크리트 마당을 지나, 현관으로 들어서자 금분과 함께 이 집에 살고 있는 큰동서 해연이 현관까지 나왔다.

"왔어? 동서."

"네, 잘 지내셨어요?"

"얼른 들어와. 점심 먹어야지?"

"네."

준이가 할머니 곁에 앉아서 한참을 재잘거리는 동안, 윤희는 해연과 함께 부엌에서 점심상을 준비했다.

"내가 혼자 해도 된다니까."

"아니에요, 형님. 제가 손님도 아니고……."

그저 빙긋이 미소 지으며 자신을 거드는 윤희를 보고 해연은 목소리를 낮추고는 입을 열었다.

"어머님만 모르셔⋯⋯. 우리 다 알아."

윤희는 수저를 챙기던 손을 멈추고, 국을 뜨고 있는 해연을 바라봤다.

"어떻게 아셨어요?"

"애 아빠한테⋯⋯ 연락이 왔더래. 이러저러해서 그렇게 되었다고⋯⋯."

식탁 위에 국그릇을 옮기며 해연은 한숨을 폭 내쉬었다.

"어떻게 견뎠어⋯⋯. 큰시누한테는 예전에 그전 이야기했다며? 나한테라도⋯⋯. 동서 그동안 뜸해서⋯⋯. 내가 좀 그랬어⋯⋯. 미안하게⋯⋯."

"죄송해요."

"죄송하긴 뭐가 죄송해⋯⋯. 나라도 얘기 못 했을 거야. 힘들고, 창피하고, 억울해서⋯⋯. 서방님, 이제 좋은 데 가셨을 거야."

식탁 위에 수저를 놓는 윤희의 손을 해연이 꼭 잡았다. 윤희보다 15살이나 많은 해연은 눈시울을 붉힌 채로 입을 열었다.

"그동안 힘들었겠지만, 앞으로 더 힘들지도 모르지만⋯⋯. 여기 자주 올 생각하지 마. 나, 이 집 식구 아니고, 같은 여자로 말하는 거야. 원망만 하며 살았을 거고, 그것 때문에 미안하겠지만⋯⋯. 그런 죄책감 느끼지 말고 새롭게 살아라. 응?"

해연의 말에 윤희는 고개를 떨어뜨리고 눈물을 참아 냈다. 때마침 부엌으로 들어온 금분은 해연과 윤희를 흘끔 보며 말했다.

"남편도 없는 애를 동서 시집살이 시키는 게야?"

"아니에요, 어머님. 동서 오랜만에 봐서 반가워서 그러죠."

할머니 뒤를 따라온 준이가 배시시 웃으며 물었다.

"큰엄마, 형이랑 누나는 언제 와요?"

"응, 고등학생들이라 학원 갔다가 늦게 와."

"아…… 눈싸움은 정말 못 하겠네."

식탁 앞에 앉은 네 사람은 조용히 식사를 시작했다.

해연의 솜씨는 변함없이 일품이었다. 부모님께서 멀리 계신 탓에 반찬 얻어다 먹을 친정도 여의치 않은 윤희에게 해연은 때마다 김치를 해서 주고, 반찬을 만들어 주곤 했었다. 여동생만 줄줄이 셋이나 있다는 해연은 막냇동생 같다며, 윤희를 아껴 주기도 하고, 보듬어 주기도 했었다.

오늘따라 그녀가 차려 준 밥이 먹기 아까울 정도로 소중하게 느껴졌다. 이곳에 자주 오지 말라는 그녀의 말이 야속하기도 하고, 자신을 위해 주는 그녀가 고맙기도 하고……. 윤희는 밥을 한 번 삼켰다가, 물을 한 번 삼켰다가, 한숨을 한 번 삼켰다.

식사를 마친 금분은 조용히 자리에서 일어나며 말했다.

"준이 애미, 나 좀 보자."

"네."

윤희는 조용히 금분의 뒤를 따랐다. 아랫목에 앉은 금분은 한숨을 한번 내쉬고는 입을 열었다.

"작별 인사 하려고 왔나?"

그동안 기일이 아니면 제 발로 찾지 않았던 곳에 준이를 데리고 뜬금없이 방문한 며느리에게 금분은 조용히 물었다.

"아니에요."

윤희는 고개를 푹 숙인 채 작은 목소리로 대답했다.

"벌써 3년이다."

금분은 윤희에게 다가와 앉으며, 투박한 손으로 윤희의 손을 꼭 잡아 주었다. 마흔이 넘은 나이에 막둥이로 얻은 정수가 세 살 되던 해, 금분은 남편을 잃었다. 간경변증으로 세상을 떠난 남편을 원망하기도 하고, 그리워하기도 하며 참으로 억척스러운 삶을 살았다.

온종일 시장에 앉아 생선을 팔고 집에 돌아오면, 다른 아이들은 생선 냄새 난다며 엄마를 보고 얼굴을 찡그려도, 정수는 저한테 달려와 살을 비비며 엄마한테서 바다 냄새가 난다고 좋아했었다. 바다를 한 번도 가 본 적 없던 아이가……

윤희를 집에 처음으로 인사시키던 날, 안절부절못하며 얼굴을 붉히던 아들의 모습이 눈에 선했다. 아주 착하다며, 아주 곱다며, 마음씨며, 솜씨며 흠잡을 데 없는 이라며 팔불출 짓을 하는 아들이 야속하기도 했었다.

그 야속함도 잠시, 시집온 막내며느리 윤희는 막내딸 하나 덤으로 얻었다는 기분이 들 만큼 살갑고, 귀여웠다. 아이를 가졌고, 병원에서 오는 길이라며 집에 들렀을 때, 환한 미소를 짓고 있는 며늘아기와 달리 정수의 얼굴엔 그늘이 드리워져 있었다.

부정(父情)을 모르고 자란 아이, 며늘아기가 잠시 화장실에 간 사이, 정수는 제 어미의 손을 꼭 붙들고 말했었다. 엄마, 내가 좋은 아빠가 못 되면 어쩌죠? 아들의 물음에 금분의 마른 눈에는 뜨거운 눈물이 고였다. 우리 정수는 세상에서 제일 좋은 아비가 될 게다. 금분은 거친 손으로 정수의 얼굴을 쓰다듬어 주었다.

하늘이 얄궂기도 하지. 왜 저렇게 곱고 고운 며늘아기한테서 남편을 앗아가고, 그런 아들을 똑 닮은 아이에게서 아버지를 앗아갔을까? 금분은 윤희의 손을 꼭 잡은 채로 물었다.

"수호가 누구냐?"

"네?"

금분의 입에서 흘러나온 이름에 윤희는 화들짝 놀라 그녀를 바라봤다.

"준이가 그러더구나. 자기랑 놀아 주기도 하고, 엄마 아플 때 봐 주기도 하고……. 나한테 말해 놓고 실수했다 싶었는지 누군지 다시 물으니 입을 꾹 다물더구나."

금분은 아직도 생선 냄새를 풍길 것 같은 두꺼운 손으로 고운 윤희의 손을 꼭 잡았다.

"3년이나 아파했으면 되었다. 어떻게든 아파했으면 된 거다. 미안해하지도 말고, 아파하지도 말고. 나도 이제 우리 아들 보내 주련다. 언젠가는 어디선가 다시 만나지겠지."

팔순 노모의 눈에 눈물이 고였다. 모르신다더니……. 금분은 마치 무언가 알고 있는 것처럼 말하는 것 같았다.

"준이한테 아빠 만들어 주어라."

"아니요……. 어머님……."

"우리 정수도 아비 없이 컸는데, 준이는 그리 키우지 말아야지."

"어머님……."

윤희는 금분의 무릎에 얼굴을 묻고 한참이나 울었다. 금분은 투박하고 따스한 손으로 윤희의 등을 쓸어내려 주었다.

"그만 울어. 제 엄마 울린 줄 알고, 준이가 가자미눈 뜨겠다. 꼭 그럴 때는 제 아빠를 닮았어. 명절 때마다 음식 많이 한다고 역성들었을 때랑 표정이 똑같아."

금분은 서러운 울음을 내뱉고 있는 윤희의 얼굴을 두 손으로 감쌌다.

"고마웠다, 아가. 내 며느리로 있는 동안."

작별을 고하듯 말하는 금분의 말에 윤희는 고개를 내저었다.

"인제 자꾸 이렇게 울고 나 찾아오면, 안 고마울 거다. 그럼 나도 우리 아들 좋은 데 못 보내. 산 사람이 슬퍼하면 그 눈물이 밟혀서 죽은 이가 좋은 데 못 가. 그만 울고. 가끔 준이 보내거라."

"같이 올게요."

금분은 고개를 내저었다. 며늘아기를 보면 둘이 곱게 살던 그 시절이 생각날 테고, 가슴에 묻은 아들이 생각나서 견딜 수 없을 것 같았다. 아들이 간 이후 발길을 끊었던 이가 야속하기도 했지만, 고맙기도 했다.

"준이만 보내. 그거면 됐다."

금분은 거친 제 손에 며느리의 고운 피부가 상할까 봐 겁이나 조심스럽게 눈물을 닦아 주었다.

"이만 내려가거라. 길 얼기 전에……."

윤희는 눈물 가득한 눈으로 금분을 바라봤다.

"준이…… 외롭게 하지 마라."

"……네."

윤희가 고개를 끄덕이며 젖은 목소리로 대답하자, 금분은 윤희의 손을 잡고 일어섰다.

"나가자, 이제."

두 사람이 방문을 열고 나가자 눈이 새빨갛게 충혈된 윤희를 보고 놀란 준이가 달려왔다.

"엄마, 왜 그래? 할머니, 울 엄마 혼냈어요?"

"이것 봐라. 요 가자미눈."

금분은 준이를 보고 환하게 웃으며 말했다.

"준아."

"네."

"엄마 말씀 잘 듣고, 할미 집에 또 와."

"네."

금분은 어서 가라며 윤희의 등을 떠밀었다. 대문을 나서려는데, 해연이 달려와 윤희의 손에 커다란 종이 가방을 하나 쥐여 주었다.

"이게 뭐예요?"

"서방님 결혼 전에 쓰시던 방, 1년 전에 둘째 방 만들어 주면서 정리했잖아……. 그때 나온 것들이야. 동서가 가져가."

"감사합니다."

"감사는……."

해연은 아쉬운 눈빛으로 윤희를 바라봤다.

"우리 나중에 웃으면서 보자?"

"네."

윤희는 고개를 숙여 인사를 하고는 골목길로 나와 차에 올랐다. 시동을 걸고 차를 출발시키고 룸미러를 통해 보니, 대문 밖에까지 나오신 어머님은 골목 모퉁이를 돌 때까지 그 자리에 서 계셨다.

집에 도착하니 어느새 짙은 어둠이 내려 있었다. 차 안에서 잠이 든 준이는 윤희의 품에 안겨 엘리베이터에 올랐다. 자신의 목을 꼭 끌어안으며, 얼굴을 이리저리 비비는 준이의 등을 토닥이며 윤희는 집 안으로 들어섰다.

침대에 준이를 눕히고 나오는데, 누군가 현관문을 두드렸다. 마치 이 집에서 인기척이 나기를 기다렸다는 듯이……

"누구세요?"

"저예요."

윤희가 문을 열자, 역시나 그 자리에는 수호가 서 있었다.

"잘 다녀왔어요?"

어디에 다녀왔는지도 모르면서 그렇게 묻는 수호의 말에 윤희는 피식 웃음이 나왔다.

"네, 잘 다녀왔어요."

"저녁은요?"

"설마 저녁 때문에 온 거예요?"

수호는 머리를 긁적이며 대답을 하지 못하고 멀뚱멀뚱하게 서 있었다. 그는 그저 따스한 미소를 지으며 윤희를 바라볼 뿐이었다. 반갑다는 듯, 기다렸다는 듯.

"들어와요. 준이가 아직 자서……"

"엄마, 나 일어났어."

잠들어 있던 준이가 말소리를 들었는지, 눈을 비비며 현관으로 다가왔다.

"엄마, 나 짜장면 먹고 싶어."

"그래, 오늘은 그럼 짜장면 시켜 먹을까?"

윤희는 수호에게 시선을 돌리며 고개를 갸웃했다.

"난 간짜장."

검지를 치켜세우며 고개를 앞뒤로 천천히 끄덕거리는 수호의 장난스러운 표정에 윤희는 또다시 피식하고 웃음이 터져 나왔다.

"아저씨, 간짜장은 양파가 너무 커서 맛없어요."

"아니야. 그냥 짜장보다 간짜장이 더 맛있어."

티격태격 말씨름을 하며 소파에 앉는 둘을 보다 윤희는 휴대전화를 들고 중국집에 전화를 걸었다. 추울 땐 짜장보다 짬뽕이 더 낫지 않나 하는 평범한 생각을 하며……. 그렇게 평범한 생각으로 자신을 이끌고 있는 그를 바라보며…….

14. The end is nigh

인천 공항으로 향하기 위해 리무진 버스 정류장 앞에 서 있는데, 낯익은 차가 다가왔다. 다가온 차는 준이의 손을 꼭 잡고 있는 윤희 앞에 천천히 멈춰 섰다. 멈춰 선 차의 운전석에서 내린 이는 역시나 수호였다.

"놓친 줄 알았네."

"웬일이에요?"

"데려다줄게요, 공항에."

"아니에요. 버스 타면 한 시간 반이면 가요."

"제발 좀 그냥 타요."

수호는 굳은 얼굴로 윤희의 옆에 놓인 커다란 캐리어를 트렁크에 실었다. 윤희는 준이의 손을 꼭 잡은 채로 난감한 얼굴을 하고 서 있었다.

"그냥 버스 타고 가도 돼요."

수호는 준이를 향해 무릎을 굽히고 물었다.

"준아, 버스 탈래. 아저씨 차 타고 갈래?"

준이는 엄마를 한번 올려다보았다가, 수호를 바라보며 말했다.

"아저씨 차 탈래요!"

환하게 웃는 준이를 보며, 수호는 성긋이 웃었다.

"봐요. 준이도 내 차 탄다잖아요. 혼자 버스 타고 갈 거예요?"

수호가 차 문을 열고 준이를 태우고 나자, 윤희도 그 뒤를 따라 뒷좌석에 올랐다. 수호는 차를 출발시키며, 룸미러를 통해 슬쩍 윤희의 표정을 살폈다. 그날 이후, 그녀는 참 많이도 변해 가고 있었다.

원래 웃음이 많은 이는 아니었다지만, 웃는 표정을 마주하기가 힘들었다. 가끔 같이 식사를 하기도 하고, 농담을 주고받기도 했던 둘 사이도 얼어붙어 버린 기분이었다. 서서히 거리가 좁아졌다고 생각했는데, 그와 비교도 안 되는 속도로 빠르게 둘 사이가 멀어져 버렸다.

어제 놀이터에서 만난 준이를 통해 외가댁에 갈 거라는 이야기를 듣고, 공방으로 찾아갔었다. 다녀온 지 오래돼서 오랜만에 친정에 간다는 윤희는 자신에게 눈을 맞추지 못했다. 자신의 시선조차 피하려 드는 그녀를 바라보며, 수호는 가슴 한구석이 찌릿찌릿 아파 왔다.

'몇 시 비행기예요?'

지난밤 자신의 질문에 그녀는 머뭇거리며 대답을 하지 않았다. 온종일 현관문 앞에 서 있으면 된다. 인기척이 들리면 바로 나오면 된다. 수호는 자신이 할 수 있는 부분이 없다는 것을 알면서

도, 그녀에게 무언가를 강요할 수 없는 상황이라는 것을 알면서
도…… 마음의 흐름은 언제나처럼 생각의 흐름을 앞서 가고 있었
다.

인천 공항에 도착할 때까지 그녀는 말이 없었다. 수호는 운전
석에서 내려 가방을 꺼내어 주고는 그녀의 얼굴을 내려다보았다.
안 그래도 마른 사람이 요 며칠 더 수척해진 것 같았다. 툭 건드
리면 울음이 터질 것 같았고, 툭 치면 옆으로 쓰러져 버릴 것 같
았다.

아슬아슬해 보이는 그녀를 품 안 가득 안고 그만 아파하라고,
그만 울라고, 이제 그만…….

수호는 주먹을 꽉 틀어쥔 채, 준이에게 말했다.

"준아, 잘 다녀와."

"네."

"준이, 언제 와?"

"한 달 있다가 온대요. 나 학교 소집일 있기 전에."

수호의 무거운 심장이 버겁게 움직거렸다. 한 달……. 금방 지
나겠지. 금방 지날 거야. 수호는 몸을 일으켜 세워 고개를 푹 숙
이고 있는 윤희를 향해 섰다. 무언가 미안한 듯 자신을 바라보지
못하는 그녀를 향해 말해 주고 싶었다. 나한테까지 미안할 거 없
다고.

"잘 다녀와요. 푹 쉬고, 친정 가서 맛있는 것도 많이 먹고. 그
리고 이거."

수호는 윤희에게 푸른색 종이로 포장된 책을 한 권 건넸다.

"이게 뭐예요?"

"가서 심심할 때 봐요. 그냥 책이에요."

"고마워요. 조심해서 가세요."

"그래요."

출국장으로 들어가는 모습까지 보고 싶었지만, 수호는 무거운 발걸음을 옮겨 차에 올랐다. 자신의 고집대로 그녀를 태워다 주고 나자, 그녀를 또다시 미안하게 만들었다는 자괴감이 갑자기 커다란 파도가 되어 수호를 덮쳐 왔다. 내가 지금 무슨 짓을 한 걸까?

윤희는 멀어져 가는 수호의 차를 바라보며 한숨을 내쉬었다. 애써 괜찮은 것 같은 얼굴을 한 그에게서 느껴지는 감당할 수 없는 감정이 터져 버리지 않도록 윤희는 숨을 죽이고, 시선을 피하고, 몸을 숨기려 노력했다.

그를 알고 지낸 짧은 시간 동안 서로 너무 많은 것을 알게 되었고, 깊은 상처로 인해 만들어진 아슬아슬한 유대감은 기대감으로 변해 갔다. 하지만 물거품같이 아스라이 일어났던 기대감은 커다란 해일을 맞자 스르륵 사그라지어 갔다.

그와 동시에 윤희는 본능적으로 그를 멀리했고, 그는 본능적으로 윤희에게 다가오는 듯 보였다. 불안한 엄마의 모습을 눈치챈 건지, 준이는 날마다 할머니 댁에 가자고 보챘다. 윤희는 준이 핑계를 대며 출국일을 앞당겼다. 그렇게라도…….

비행기에 오른 준이는 이제야 무언가 안심이 되는지, 한숨을 폭 내쉬며 눈을 감았다. 자신의 손을 꼭 잡고 있는 준이의 손을 내려다보는데, 눈물이 핑 돌았다. 이로 잘근잘근 씹어 놓은 아이의 손톱 끝이 윤희의 심장을 할퀴어 내는 것 같았다.

언제쯤 우리는 서로의 아픔을 숨기지 않을 수 있을까?

윤희는 창밖으로 시선을 돌렸다. 발아래 작게 보이는 세상은 여러 가지 작은 빛을 내며 반짝거리고 있었다. 한 발짝 떨어져 생각하면, 사건과 사물과 상황이 가진 속성을 다른 시각으로 바라볼 수 있게 된다.

윤희는 간절히 바라고 바랐다. 자신이 없는 동안, 자신을 향한 그의 마음이 변하게 해 달라고.

❋✱❋

집에 들어선 수호는 커다란 가방에 짐을 챙기기 시작했다. 한 달이면 온다고 했다. 한 달이면……. 온기가 사라진 옆집을 그저 바라보며 한 달을 버텨 낼 수 없을 것 같았다. 도망가는 것처럼 보일지도 모른다. 도망가는 것일지도 모른다. 하지만 수호가 당장 할 수 있는 것은 이것밖에 없는 것 같았다.

커다란 짐 가방과 카메라 가방을 트렁크에 싣고 운전석에 올랐다. 수호는 무작정 차를 출발시켰다.

늦은 밤, 차가 도착한 곳은 충남 서천이었다. 수호는 하얀 간판에 빨간색 글씨로 민박이라 쓰여 있는 집 앞에 차를 세웠다.

"계십니까?"

"누구요?"

"민박할 수 있는 방 있나요?"

"이쪽으로 오쇼."

주인이 나온 방 안에서는 일일 연속극이 방영되는 텔레비전의 불빛이 아련하게 새어 나왔다. 여주인은 추운지 두꺼운 스웨터를 여미며, 디근 자로 된 건물의 가장 오른쪽에 있는 방으로 수호를 안내했다.

"불을 안 넣어서 추워서 어쩌나. 금방 보일러 켤 테니, 쫌만 참으쇼. 총각."

"네, 감사합니다. 혹시 내일 언제 해 뜨는지 아시나요?"

"7시 43분쯤 된다고 합디다."

"감사합니다."

수호는 고개를 꾸벅 숙여 보이고는 방 안으로 들어섰다. 온종일 아무것도 먹지 않았는데, 허기가 느껴지지 않았다. 수호는 한숨을 폭 내쉬며 이불을 깔고 그 위에 몸을 누였다. 마치 갈피를 잡지 못하는 무언가처럼, 수호의 몸이 두꺼운 이불 위를 부유하는 듯했다.

아침이 되자 민박집 마당이 시끄러워졌다. 다들 일출을 구경하러 나가는 듯 분주해 보였다. 수호는 커다란 카메라 가방을 메고 수많은 사람의 뒤를 따라 마량포구로 향했다.

코페르니쿠스의 지동설을 완벽히 부정하듯, 마치 하늘이 움직이는 것처럼 보이는 마량포구는 지리적 특성 탓에 해가 뜨는 모습과 해가 지는 모습을 모두 볼 수 있는 장소였다. 마치 동화 속에 나오는 세상 같은 곳에서 수호는 카메라를 들었다.

뜨겁게 떠오르는 태양이 바다를 물들이고 구름을 데우기 시작하자, 사람들이 탄성을 자아냈다. 수호는 가만히 카메라를 내리고, 태양이 주는 따스한 기운을 온몸으로 담아내려 노력했다. 어두운 밤바다 위에 떠오르는 해같이 따스했던 그녀. 왈칵 눈물이 쏟아져 나오려는 것을 수호는 침을 꿀꺽 삼키며 참아 냈다.

완전한 이별을 맞이한 것도 아니고, 그런 마음 아픈 이별을 할 정도로 깊은 사이도 아니었는데, 자꾸만 슬픔이 몰려들었다. 시작도 하기 전에 끝을 맺어야 할 것 같은 불길한 예감이 수호의 머릿속을 가득 채우고, 심장을 좀먹었다.

해가 뜨는 것과 해가 지는 것을 함께 볼 수 있는 거짓말 같은 장소처럼, 거짓말같이 그녀가 웃으며 돌아오지 않을까?

해가 완전히 떠오르고 나자, 사람들은 뿔뿔이 흩어져 어디론가 발걸음을 옮겼다. 수호는 한참을 그 자리에 서 있다가 근처에 있는 재래시장으로 향했다. 4천 원짜리 국밥을 한 그릇 사 먹고 난 뒤, 시장 구석구석을 돌아다녔다.

엄마 등에 업혀서 잠이 들어 있는 아기, 한쪽에는 엄마 손을 한쪽에는 누나 손을 꼭 잡은 남자아이, 어눌한 우리말로 시어머니의 겨울 신을 고르고 있는 외국인 며느리…….

이제껏 수호가 카메라에 담아 온 것은 흑백의 풍경뿐이었는데, 평범한 삶을 살아가고 있는 이들의 모습에 셔터를 누르고 싶은 충동이 일었다.

시장 풍경 같은 정겹고, 따뜻한 모습들을 그녀에게 보여 주고 싶었다. 무작정 셔터를 누르는 불손한 일을 벌일 수는 없어서 수호는 한참 동안이나 시장을 서성였다.

카메라를 메고 시장을 수십 바퀴 돌기를 며칠, 흰머리가 돋아난 푸근한 인상의 남자가 수호에게 말을 걸었다.

"뭐하는 청년인가?"

"사진 찍습니다."

"아……. 시장 사진 찍으려고 왔나?"

"네."

"나도 한 장 찍어 주게."

수호의 카메라 앞에 서서 대뜸 사진을 찍어 달라는 남자는 입을 꾹 다문 채로 무서운 표정을 짓고 있었다. 수호는 얼떨결에 그의 모습을 담아내는 사진을 찍었다.

"나 여기 시장 번영회 회장인데……. 내가 모델도 해 줬으니, 나 좀 도울 수 있나?"

"그럼요."

수호는 그를 따라 번영회 사무실 안으로 들어갔다. 허름한 사무실 안에는 오래된 컴퓨터 하나가 책상 위에 덩그러니 놓여 있었다.

"이게 오늘 안 되네. 우리 시장 상인 중에 내일모레 돌잔치 하는 집이 있는데, 이게 말썽이야. 안내문 뽑아서 붙여 줘야 하는데."

수호는 낡은 컴퓨터 앞에 자리를 잡고 앉아 이리저리 살펴보았다. 본체와 모니터를 연결하는 케이블 하나가 느슨해져 있었다. 수호는 케이블 나사를 꼭 조이고는 본체의 전원 버튼을 눌렀다. 화면에 윈도우 로고가 나타나자, 남자의 얼굴이 환하게 빛났다.

"고맙네, 그려. 무슨 사진 찍으려고 왔나? 내가 도와줄게."

"감사합니다."

남자는 수호를 이리저리 데리고 다니며 시장 상인에게 인사를 시켜 주었다. 사진 찍는 작가라며, 모델 좀 해 주라는 그의 말에 사람들은 머쓱한 듯 머리를 긁적이거나, 손사래를 치거나, 어색한 모습으로 카메라를 응시했다.

그에게 이끌려 시장 상인들이 그곳을 떠날 때까지 수호는 오랫동안 시장에 머물렀다. 어두운 밤, 시장 번영회장이라는 남자보다 연배가 더 있어 보이는 이가 운영하는 채소가게와 생선가게의 셔터 문을 내려 주고, 작은 트럭에 짐을 실어 준 수호는 이제 그만 민박집으로 돌아가야겠다고 생각했다.

"우리랑 술이나 한잔하지?"

남자의 반강제적 제안에 수호는 그를 따라 어느 식당으로 들어섰다.

"여기 소곡주 한 병이랑, 머릿고기 한 접시 주소."

남자는 수호의 앞에 놓인 잔을 채우며 말했다.

"이 한산소곡주는 백제가 멸망하고 나라를 잃은 슬픔을 달래기 위해 만들어진 술이야. 소복을 입고 곡식으로 빚었다 해서 소곡주지."

술을 한 모금 들이켠 남자는 수호를 푸근한 눈으로 바라보며 물었다.

"자네같이 젊은 청년이 무슨 짐을 그렇게 짊어지고 사나. 젊어서는 한창 즐겁기만 해도 모자랄 것을. 나라가 망한 것도 아니고……"

그는 소곡주 한 잔을 더 들이켜고는 수호에게 어서 마시라 채근했다.

"결혼은 했나?"

"했었습니다."

수호의 대답에 남자는 그저 고개를 끄덕였다.

"내가 시장에 물건을 처음 내다 판 게 아홉 살 때야. 아래로 동생이 줄줄이 넷이나 있었고, 아버지는 전쟁 통에 헤어지고, 어머니 따라 시장에 나와서 온갖 물건 안 팔아 본 게 없네. 그동안 일곱 살짜리 내 여동생은 저도 어린데 동생 셋을 돌보며 집에 있었지."

남자는 한숨을 한번 내쉬고는 말을 이었다.

"그러다 두 살 난 내 동생이 부엌 문지방을 넘다가 넘어졌어. 데구루루 굴렀는데, 운도 참 없었지. 아궁이에 머리가 닿아 버렸어. 지금 같으면 의술이 좋아서 병원 가서 치료 잘 받으면 나았을 텐데……."

소곡주를 삼키는 남자의 표정에 한이 맺혀 있는 것처럼 보였다.

"누구나 어려움이 있지. 그래도 삶은 살아지는 거야. 젊은 나이에 너무 많이 짊어지지 말게."

수호는 그가 따라 준 소곡주를 한 잔 들이켜고는 고개를 끄덕였다.

"이 소곡주는 서천에서 난 찹쌀로 고두밥을 만들고, 그 고두밥에 누룩이랑, 메주콩이랑, 들국화, 생강, 엿기름, 홍고추, 밑술을 넣어서 잘 버무린 다음 100일을 숙성시켜서 만들어. 만든 날짜나 날씨나 순서, 만든 사람에 따라서 맛이 달라질 수도 있지."

수호는 고개를 끄덕이며 그를 바라봤다.

"그래서 난 이게 좋아. 우리네 삶처럼, 맛이 조금씩 다르거든. 해가 좋은 날 만들어졌는지, 바람이 좋은 날 만들어졌는지…….

즐겁게 만들었는지, 짜증내며 만들었는지……."

남자는 어깨가 들썩이도록 한숨을 한번 내쉬며 수호를 바라봤다.

"젊은이 표정이 안타까워서 내 잔소리 좀 해 봤네. 이만 일어나지."

그는 언제 또 보자, 보지 말자는 식의 인사도 하지 않은 채 자신의 집이 있다는 방향으로 터덜터덜 걸어갔다. 그 뒷모습을 바라보며 수호는 한참을 서 있었다.

민박집으로 돌아오는 길, 수호는 몇 번이고 그가 했던 말을 곱씹었다. 자신이 해 줄 수 있는 게 아무것도 없다는 사실이 안타까웠었다. 그녀의 옆에서 뭐라도 하고 싶어서 아등바등했었다.

하지만 그녀가 그 긴 어둠의 터널을 빠져나오는 것은, 수호 자신이 그랬듯 그녀 스스로 걸어 나오고자 하는 의지가 있어야 하는 것이었다. 수호는 오랜만에 까만 하늘을 올려다보았다. 오늘따라 구름 한 점 없는 하늘의 별이 바로 머리 위에 떠 있는 듯 더 반짝거렸다.

❉✱❉

친정에 온 지 일주일. 준이는 까만 눈동자의 떨림이 잦아들었고, 물어뜯은 손톱은 깨끗하게 정돈이 되었다. 준이는 할머니를 따라 마트에 다녀오기도 하고, 할아버지 회사에 따라가기도 했다. 엄마가 누군가의 보호 아래 있는 게 안심이 된다는 듯 아이는 해맑게 웃었다.

저녁 식사 후 윤희는 조심스레 준이를 불렀다.

"준아."

"응."

"엄마가 옛날이야기 해 줄까?"

"응!"

준이는 고개를 끄덕이며 침대 헤드에 등을 기대고 있는 윤희의 곁으로 다가와 앉았다.

"10년 전쯤 봄이었어. 엄마는 대학교 잔디밭에 앉아서 교수님이 내 주신 과제를 하고 있었지."

"과제가 뭐야?"

"응, 숙제 같은 거."

"아."

준이는 고개를 한번 끄덕이고는 윤희의 말에 다시 집중했다.

"잔디밭에 세워진 커다란 종이비행기 모형이 있었는데, 그걸 그리느라 한참을 앉아 있었지. 그런데 어떤 남자가 와서 엄마한테 춥지 않아요? 하면서, 커피를 한 잔 주는 거야. 이게 뭔가 싶어서 엄마는 남자를 올려다봤지? 햇빛 때문에 남자 얼굴이 까맣게 보였어. 인상을 찡그리고 어떻게 생긴 사람인가 하고 관찰하는데, 남자가 엄마 옆에 철퍼덕 앉는 거야."

"엄마 옆에?"

"응. 엄마 옆에 앉아서 뭘 그리고 있느냐고 묻는데, 너무너무 잘생긴 거야. 목소리는 봄바람만큼이나 부드러웠고, 말투는 봄 햇살만큼이나 따뜻했다?"

"그게 누군데?"

"······준이 아빠."

아빠라는 말에 준이의 눈이 커다랗게 뜨였다. 윤희는 빙긋이
웃으며 준이를 끌어안고는 말을 이었다. 어떻게 연애를 했는지,
어떻게 결혼을 했는지, 준이가 태어나던 날, 탯줄을 끊고 나서 준
이를 안고 아빠가 얼마나 많이 울었는지······. 이야기를 하는 내
내 준이는 발갛게 상기된 얼굴로 윤희의 목소리에 귀를 기울였
다.

준이가 잠들 때, 무슨 노래를 불러 주었는지, 무슨 이야기를 해
주었는지 그리고 준이를 얼마나 많이 사랑했는지에 대해서는 이
야기를 또 하고, 또 해도 준이는 다시 들려 달라며 윤희에게 졸랐
다.

"엄마."

"응."

"우리 아빠 되게 멋지다. 그치?"

"응."

윤희는 준이의 머리를 쓰다듬으며 대답했다. 멋진 사람이었어.
좋은 사람이었지. 윤희는 준이의 얼굴을 물끄러미 바라봤다. 준이
는 무슨 말이 하고 싶은 듯 머뭇거렸다.

"엄마."

"응."

"우리 할머니랑 같이 미국에서 살면 안 돼?"

준이의 물음에 윤희는 심장이 쿵쾅거리는 것 같았다.

"그럴까?"

"응."

너무도 많은 것을 담고 있는 아이의 물음에 윤희는 그 이유를 자세히 물을 수 없었다. 아슬아슬한 엄마의 모습을 홀로 감당해 내는 게 두려웠을까? 엄마를 지키는 방법은 이것이라고 생각했을까?

　윤희는 잠이 든 준이 곁을 슬쩍 빠져나와, 수호가 건네준 책을 집어 들고는 책상 앞에 앉았다. 무슨 이야기를 담은 책일까 두려워, 책은 일주일이 지나도록 푸른 포장을 그대로 입고 있었다.

　부스럭대는 소리에 아이가 깨지 않도록 조심스레 종이 포장지를 걷어 내자, 빨간색과 흑백 사진이 대조를 이루는 표지가 눈에 들어왔다.

　〈서울, 모던 타임즈 ― 한영수(사진작가)〉

　윤희는 표지를 넘기고 책에 담긴 사진을 한 장 한 장 살펴보았다. 폐허가 된 건물 사이로 지나가는 노부부의 모습이 담긴 사진, 재건이 한창인 눈 내리는 서울 거리를 걷고 있는 사람들의 사진, 트럭 옆에서 달구지를 끄는 남자의 사진, 한강 모래밭을 열심히 올라가는 어린아이들과 아낙들, 그리고 그 뒤로 동생을 업고 있는 어린 누나의 모습이 담긴 사진.

　전쟁의 상흔(傷痕)이 남아 있는 도시와 그 속에 살아 숨 쉬는 사람들의 모습을 찍은 사진을 바라보며 윤희는 왈칵 눈물이 흘러내렸다.

　세상은 변한다고 말하고 싶은 거구나. 힘내라고.

　이 책을 고르고, 이 책을 건네며, 그의 마음이 어땠을지…….
윤희는 심장 한구석이 묵직해지는 것만 같았다. 욕심이 날 만큼 좋은 사람이었다. 욕심이 날 만큼 가까이에 두고 싶은 사람이었다.

그런데 욕심을 부리면 안 될 것 같았다. 서로의 상처를 안고 아슬아슬하게 지어진 듯한 지푸라기 집은 누가 후 하고 불면 날아가 버릴 것같이 위태로워 보였다. 무슨 특별한 사이가 아닌, 이대로 지내도 좋지 않나 싶은 생각도 예전에는 했었지만, 이제 그를 위해서 윤희는 굳게 마음을 먹어야겠다는 생각을 했다.

❋✱❋

예정된 한 달에서 겨우 2주를 보내고, 윤희는 준이의 손을 꼭 붙잡고 인천 공항 입국장을 빠져나왔다. 아빠 이야기를 들은 후로 준이의 까만 눈동자는 더 깊어진 듯했고, 소중한 무언가를 얻은 듯 아이는 그것을 잃을까 두려워하기도 했다.

이제 엄마 앞에서도 아빠 사진을 마음껏 볼 수 있다며, 윤희가 건네준 사진을 보고 방긋 웃기도 했고, 아빠의 목소리가 듣고 싶다며 시무룩해지기도 했다. 그런 아이의 모습을 보며, 윤희는 지금이라도 아이와 함께 그 사람에 대한 기억을 더듬을 수 있게 되었다는 사실에 그저 감사할 뿐이었다.

언덕 위 아파트에 도착해서 짐을 풀고 저녁을 먹는 동안 옆집에서는 아무런 인기척도 나질 않았다. 그가 집을 비웠는지, 반가운 인사를 해 오지 않는 것이 아쉽기도 했고, 다행이라는 생각도 들었다.

이튿날 아침, 윤희는 부동산에 집과 가게를 내놨다. 목이 좋은 가게는 퀼트 전문가 과정까지 마친 수강생이 인수하기로 했고, 집 구하기 어려운 동네여서 그런지, 부동산에 내놓자마자 신혼부부 한 쌍이 집을 보고 가더니 계약을 하자고 했다.

입을 옷과 준이가 아끼는 장난감 등을 제외하고는 전부 출국 날짜에 맞춰 중고 전문 매장에서 사 가기로 했다. 집과 가게를 처분하고, 집 안 물건을 정리하는 물리적인 일은 아주 쉽게 해결이 되었다.

미국으로 떠날 때 한국으로 돌아오겠다고 했던 한 달이 채워지기 바로 전날, 옆집에서 인기척이 들려왔다. 옆집 현관문이 열리고 닫히는 소리에 윤희는 심장이 쿵 하고 내려앉는 것 같았다.

감정의 정리. 관계의 정리. 마음의 정리…….

"준아, 아저씨 오셨나 봐."

"응, 그런가 봐."

아빠의 이야기를 듣고 준이도 무언가 혼란스러움을 느끼는지, 수호에 관한 이야기는 거의 하지 않았다. 항상 그가 걱정된다고 했던 준이는 아빠의 모습과 수호의 존재가 마음속에서 충돌을 일으키고 있는 것 같았다.

"준아, 있잖아……. 엄마, 잠깐 옆집에 다녀올게."

"……응, 아저씨한테 우리 간다고 말하게?"

"응."

준이는 보고 있던 동화책에 시선을 둔 채로 한숨을 내쉬었다.

"갔다 와, 엄마."

"응."

윤희는 현관문을 나서며 한숨을 폭 내쉬었다.

1605호 앞에 서자, 심장이 쿵쾅거리고 머리가 지끈지끈 울렸다. 윤희는 조심스레 문을 두드렸다. 똑. 똑. 똑. 그 소리와 함께 윤희의 심장은 깊이를 알 수 없는 수렁으로 빠져드는 것 같았다. 아무런 소리도 들려오지 않자, 윤희는 한숨을 한번 내쉬며 가라앉은 심장을 끌어 올리고는 다시 문을 두드렸다.

"누구세요?"

"저 준이 엄마예요."

급하게 현관문 잠금장치가 풀리는 소리가 들려오고, 곧이어 문이 열렸다.

"어떻게 된 거예요? 벌써 와 있었어요?"

"네. 어디 다녀오셨나 봐요."

"사진 찍으러 돌아다녔어요. 내일 온다고 해서……."

그의 얼굴에는 반가운 미소가 가득했다. 윤희는 환한 미소를 지어 보이며 말했다.

"내일 점심 같이 할래요?"

"그래요."

자신의 환한 표정을 보고, 그도 보기 좋은 미소를 지어 보였다.

"그럼, 내일 점심때, 그 연잎밥집에서 봐요."

"같이 안 가고요?"

"내일 아침 일찍부터 일이 있어서, 밖에 있을 거거든요. 12시 반쯤 거기로 갈게요."

"그래요. 그럼."

수호는 환한 미소를 지어 보이며, 어서 들어가라고 윤희에게 말했다. 윤희는 눈인사를 하고는 집 안으로 들어섰다. 현관문을 닫고 나자, 눈가에 눈물이 핑 돌았다. 1606호 문이 닫히고 나서 바로 1605호 문이 닫히는 소리가 들렸다.

윤희의 집 현관문이 닫히는 것을 보고, 수호는 집 안으로 들어섰다. 예정보다 빨리 왔다는 그녀가 반가워서 저절로 미소가 피어올랐다.

따스해진 마음을 안고, 수호는 메모리 카드를 리더기에 꽂고, 그동안 찍은 사진을 훑어보았다. 이것도 보여 줘야지. 이것도 보여 주고. 이것도……. 수호는 그녀를 위해서 만들 사진집을 생각하며 공들여 사진을 골라냈다.

수호는 2주간 서천에 머물고, 그 후로 전국 곳곳에 있는 재래시장을 돌아다니며 사진을 찍었다. 생판 모르는 남의 사진은 찍어 본 적 없는 탓에 셔터를 누르는 것이 어색했다. 그 어색함이 마음을 열지 못해서 생기는 것이라는 걸 깨닫는 건 그리 오래 걸리지 않았다.

노점상에 앉아 있는 할머니의 인생사를 들어 주고, 따스한 두유 한 병을 나눠 마신 후 찍은 사진, 무거운 장바구니를 들고 집으로 향하는 열 살 여자아이와 여덟 살 남자아이의 짐을 집까지 들어다 주고, 둘이 꼭 붙잡은 손을 찍은 사진, 집으로 전화를 하고 싶은데, 국제전화카드 사용법을 모른다는 이주노동자에게 전화 거는 법을 알려 주고 찍은, 고국의 어머니와 그가 통화하는 사진.

그녀에게 보여 줄 온기 가득한 사진을 찍으며, 수호는 이 작업이 비단 그녀를 위한 일만은 아님을 깨달았다. 수호는 마음속 응어리가 풀어지듯 표정이 온화해졌고, 사람을 멀리했던 자신이 어느새 그들의 평범한 삶 속에 들어가 있는 것을 느꼈다.

대강의 사진 분류 작업을 마친 후, 침대에 누웠다. 수줍은 미소를 지으며 내일 점심을 함께 하자는 그녀의 표정이 어딘가 편안해 보였다. 이제 많이 내려놓았나? 이제 많이 아프지 않나? 하는 생각에 가슴 벅찬 감정이 몰려왔다.

서두르지 말아야지, 천천히 다가가야지.

수호는 계속해서 위로 올라가는 입꼬리를 잡아 내리며, 잠이 들었다.

❊✱❊

아침부터 변호사 사무실에 들러 공증받은 서류를 챙긴 윤희는 그와 만나기로 한 식당으로 차를 몰았다. 식당에 가까워질수록 윤희의 마음은 무겁게 가라앉았다.

식당 주차장에는 벌써 그의 차가 자리 잡고 있었다. 윤희는 주차를 마치고 심호흡을 한 뒤, 식당 안으로 들어섰다.

그는 연못이 보이는 창가 그 자리에 앉아 있었다. 윤희는 절벅거리는 발걸음을 옮겨 그에게 다가갔다.

"일찍 오셨네요?"

"네, 여기 풍경이 어떻게 바뀌었나 궁금했는데, 거의 그대로네요."

"네. 주문할까요?"

"그래요."

여느 때처럼 따스한 미소를 짓는 그를 바라보며, 윤희도 함께 미소를 지어 보였다.

"미국에선 왜 이렇게 빨리 왔어요?"

"그냥……. 일이 좀 있었어요."

"준이는 어때요?"

"잘 지내요."

여린 미소를 머금으며 대답하는 윤희의 표정은 확실히 편안해 보였다. 한 달 전 무거운 짐을 짊어지고 있을 때와는 사뭇 달랐다.

그런데 그 편안함에 수호는 불안해지기 시작했다. 아침을 맞이해 굳게 꽃잎을 다무는 그 연꽃처럼, 그녀는 무언가를 닫을 준비를 하고 있는 것 같았다.

색이 없는 하얀 연꽃잎이 펼쳐지듯 상처를 드러내고도 미소 지었던 그녀의 얼굴은 아름다운 색으로 변해 가는 듯했지만, 꽃잎은 다물어졌다. 해가 지고 어둠이 와야 꽃잎을 펼칠 수 있다는 듯, 때가 되어야 자신의 마음을 열 수 있다는 듯 그녀는 아득하게 멀어져 버리는 것만 같았다.

수호는 애써 불안한 마음을 감추려 식사에 집중했다. 오늘따라 연잎 향이 너무 강하게 느껴졌다. 억지로 입안에 밥알을 욱여넣고 삼키자, 그녀는 자신을 흘끔 쳐다보았다가 이내 시선을 돌리는 것 같았다.

식사를 마친 둘은 따뜻한 매실차를 앞에 두고 말없이 앉아 있었다.

"여기 연꽃 필 때 다시 와야겠어요. 그죠?"

자신의 뜻 모를 불안함이 전해지지 않기를 바라며, 수호는 조심스레 물었다. 그 물음에 원하는 대답이 돌아오기를 바라며 수호는 타들어 가는 속을 달랬다.

"저……."

하지만 무슨 이야기를 하려는지, 그녀는 뜸을 들이는 모습이었다.

"여기서 연꽃이 피는 건, 보지 못할 것 같아요."

"왜요?"

그녀는 여린 미소를 한번 머금고는 대답했다.

"미국으로 가요. 친정 부모님과 함께 지내기로 했어요."

그녀의 대답에 수호는 숨이 멎어 버릴 것만 같았다.

"그럼 언제 와요?"

그녀는 수호의 질문에는 답을 줄 수 없다는 듯 고개를 푹 숙이고 말을 이었다.

"수호 씨, 참 좋은 사람이에요. 그럴 자격조차 없는 내가…… 그래서는 안 되는 내가…… 욕심이 날 만큼 좋은 사람이에요."

평점심을 유지하려 노력하는 듯 그녀의 목소리는 미세하게 떨리고 있었다. 그녀는 용기를 내듯 숨을 크게 들이마시고는 말을 이었다.

"혼자 지내지 마시고, 이제 좋은 분 만나세요."

수호는 테이블 아래 내려져 있는 손을 꽉 움켜쥐었다. 제멋대로 눈가에 차오르려는 눈물을 밀어내려 한숨을 내쉬고, 침을 한번 삼켰다. 하고 싶은 말은 많은데, 말문이 막혀 버린 듯 입이 열리지 않았다.

"정말 감사했어요……. 미안하고."

왜 미안하다고 하는 걸까? 내 마음을 알기에 미안하다고 하는 걸까? 수호는 버겁게 차오르는 숨을 자잘하게 내뱉으며 말을 골라내려 노력했지만, 입 밖으로 그 어떤 말도 내뱉을 수 없었다.

그녀를 붙잡아야 할까? 내 옆에 있으라고, 있어 달라고? 그런 용기조차 사치라는 걸 알았다. 수호는 고개를 푹 숙이고 있는 윤희를 바라보며 물었다.

"준이는 뭐래요?"

"할머니랑 같이 지내는 게 좋대요."

그녀의 대답에 수호는 그저 고개를 끄덕이며 겨우 말을 골라냈다.

"……연락할 거죠?"

대답이 없는 그녀에게서 부정의 뜻이라는 걸 알아차릴 수 있었다. 그저 시간이 필요할 거라 생각했다. 미워하고, 원망했던 남편을 그리워하고, 보내 주는 데 많은 시간이 걸릴 것이라고만 생각했다. 그래도, 그렇다 할지라도 수호는 그녀의 곁에서 묵묵히 버텨 낼 자신이 있었다.

평생을 그저 지켜보고만 있어야 할지라도, 아무것도 할 수 없이 바라보고만 있어야 할지라도 그럴 수 있다고 생각했다. 그녀와 무슨 특별한 사이가 되지 않는다고 해도 괜찮다고 여겼었다. 그런데 그녀가 떠난다고 한다.

"언제 가요?"

"……일주일 후요."

"그렇게 빨리요?"

적어도 몇 개월은 걸릴 거라 생각했다. 그동안 그녀의 마음이 바뀌지는 않을까 생각했는데, 수호는 마지막 희망마저 잃은 듯 허탈해졌다. 나한테 희망이 있기는 했을까?

"그만 돌아가요. 준이 데리고 오늘 어디 가야 하거든요."

"어디 가는데요?"

물을 자격도 없는 질문을 하면서 수호는 심장이 얼어붙는 기분이었다.

"봉안당에 다녀오려고요."

상처를 주기로 작정한 것일까? 아니면 그저 평소대로 솔직한 것일까? 수호는 끓어오르는 감정을 이겨 내지 못하고 자리에서 일어났다.

"가죠."

여전히 고개를 숙인 채 자리에서 일어나는 그녀의 얼굴엔 눈물 자국이 선연했다. 수호는 그녀의 눈물을 외면하려 고개를 돌리고는 계산대로 향했다. 급하게 계산을 마치고, 운전 조심하라는 인사를 한 뒤 수호는 차에 올랐다.

그녀의 차가 출발하는 것을 바라보며, 수호는 운전대를 세게 내려쳤다. 마음대로 되지 않는 게 인생사라지만, 그래도 살아지는 게 인생사라지만 받아들일 수 없는 현실이 버거웠다.

한참을 운전석에 가만히 앉아 있던 수호는 어둠이 내리고 나서야 차를 출발시켰다. 내가 욕심이 날 만큼 좋은 사람이라며, 이기적인 욕심 한 번 부리면 안 되는 걸까? 내가 아무한테나 좋은 사람은 아닌데…….

그럴 자격이 없다니? 남편이 간 게 자기 잘못도 아니고, 험한 세상에서 여자 혼자 그렇게 훌륭하게 아이도 잘 키우고 있으면서……. 수호는 그녀 앞에서 전하지 못한 말을 삼키며, 뺨 위로 흐르는 눈물을 닦아 냈다. 하긴 붙잡지도 못하는 내 처지는…….

상처가 있는 두 사람이 만나 나란히 살게 된 게, 운명이라 생각했다. 그런데 그 얄궂은 운명은 수호를 비웃듯 비껴 나가려 했다.

그 날 이후, 일부러 자신을 피하는지, 그녀와 준이를 마주치는 일은 거의 없었다. 다시 퍽퍽했던 과거의 삶으로 돌아간 듯했다. 아니 그보다 더 극심한 외로움이 몰려왔다. 온종일 자신의 옆에서 재잘거리던 아이의 목소리와 그런 둘을 아련한 눈빛으로 바라보던 그녀의 따스한 시선이 사라져 버리자, 수호는 생명력을 잃어버린 듯했다.

끊어질 듯 위태로운 하루하루가 계속되던 어느 날 밤, 그녀가 떠난다고 했던 그 바로 전날 밤, 누군가 현관문을 두드리는 소리가 들려왔다. 작은 손으로 두드리는 것 같은 소리, 굳이 문을 열어 보지 않아도 누군지 알 수 있었다.

문을 두드리는 소리에도 수호는 눈가에 눈물이 고여서 헛기침을 해 가며 울음을 참기 위해 노력했다.

"누구세요?"

"저…… 준이예요."

"무슨 일이니?"

문을 열고 아이의 얼굴을 마주할 용기가 나지 않아, 수호는 평소처럼 반가이 아이를 맞을 수 없었다.

"잠깐 문 열어 주시면 안 돼요?"

아이의 물음에 수호는 조심스레 잠금장치를 풀고 문을 열었다.

환한 미소를 짓고 있는 준이의 손에는 스케치북 한 권이 들려 있었다.

"이거요."

"이게 뭐야?"

"선물이요."

"스케치북?"

"안에 보시면 알아요. 아저씨, 안녕히 계세요."

스케치북을 건넨 뒤 꾸벅 인사를 하고 뒤로 돌아 자신의 집으로 들어가려던 준이는 망설이는 듯하다가 다시 수호에게 달려왔다. 쪼그리고 앉아 있는 수호의 목을 끌어안은 채, 울음이 터진 아이는 엉엉 소리를 내며 한참을 울었다.

아이의 울음소리에 놀랐는지, 그녀가 현관문을 열고 밖으로 나왔다. 일주일 만에 보는 그녀의 얼굴은 더 수척해진 듯했다.

수호는 들어가라며 윤희에게 눈인사를 하고는 준이의 등을 토닥여 주었다.

"미국 가서 할머니, 할아버지 말씀 잘 듣고, 엄마 말씀 잘 듣고 잘 지내야 한다?"

준이는 대답 없이 고개를 크게 끄덕였다.

"선물 고마워."

"네."

수호는 아이를 집에 들어가게 한 뒤, 자신도 집 안으로 들어섰다. 준이가 좋아한다는 또봇 캐릭터가 그려진 표지를 한 장 넘기자, 오려 붙인 듯한 그림이 그려져 있었다. 가운데가 준이, 그 옆엔 엄마, 그리고 다른 쪽엔 누굴까?

「유치원에서 소풍 갔을 때 그린 그림이에요. 아빠가 어떻게 생겼는지 기억이 잘 나지 않아서 아저씨 생각하면서 그렸어요.」

한 장을 더 넘기자, 냄비에 담긴 라면을 그린 그림이 있었다.

「라면 먹지 않기.」

또 한 장을 넘기자, 약봉지와 주사를 그린 그림이 있었다.

「아프면 꼭 병원에 가기. 아저씨, 감기 걸렸는데 귀찮다고 병원 안 가서 많이 아팠잖아요.」

또다시 한 장을 넘기자, 액자 속 사진을 표현해 낸 것 같은 그림이 있었다.

「멋진 사진 많이 찍기.」

야구공과 글러브를 그린 그림.

「캐치볼 하는 법 알려 주셔서 감사합니다.」

엄마를 그렸는지, 그녀를 닮은 그림.

「우리 엄마 지켜 주셔서 감사합니다.」

엄마의 재주를 닮았는지, 녀석은 그림도 참 잘 그렸다. 그리고 따스했던 그녀만큼이나 고운 마음을 지닌 아이였다. 애써 참고 있던 눈물이 무게를 이겨 내지 못하고 바닥으로 뚝뚝 떨어졌다.

처음 이 녀석과 아파트 공동현관에서 마주치지 않았더라면, 이런 가슴 아픈 이별을 하지 않아도 되었을까? 하늘을 올려다보며, 아빠 생각을 했다는 아이를 놀이터에서 마주치지 않았더라면, 아픈 아이를 안고 있는 그녀를 외면했더라면, 여권 사진을 찍어 주지 않았더라면, 놀이터에서 해가 질 때까지 놀아 주지 않았더라면…… 그랬더라면…….

수많은 점이 모여 선을 이루고, 선이 모여 면을 이루고, 면이 모여 형이하학적 형태를 이루듯, 여러 사건과 상황이 모여 만들어진 형이상학적 관계, 감정, 마음.

수호는 정리되지 않는 것들을 가슴 저편에 던져 두고, 준이가 건넨 스케치북을 다시 한 번 훑어보았다.

✳✱✳

그녀가 떠나고 얼마 지나지 않아, 신혼부부로 보이는 이들이 이사 왔다. 텅 비어 있던 집에 낯선 이들의 목소리가 울려 퍼지자, 수호는 그제야 그녀가 사라진 사실에 실감이 났다. 또 그녀의 가게는 간판도, 밖에서 보이는 실내의 모습도, 수강생도 그대로였지만, 그녀의 자리만 다른 사람이 차지하고 있었다.

수호는 퀼트 공방을 물끄러미 바라보다가, 덥수룩해진 머리를 다듬으려 미용실 안으로 들어갔다.

"어서 오세요. 머리 자르시게요?"

"네."

"여기 앉으세요."

단정하게 다듬어 달라는 수호의 말에 미용사는 열심히 가위를 움직였다.

"샴푸 해 드릴까요?"

"아니요. 집에 가서 감으면 돼요."

수호가 계산을 하고 미용실을 나서려는데, 미용사가 조심스레 입을 열었다.

"저기요."

"네?"

"언니, 잘 도착했대요. 잘 지낸대요."

비밀을 속삭이듯 뭉그러진 목소리로 말하는 미용사의 말에 수호는 심장이 벌컥 튀어 올랐다.

"그래요? 고마워요."

"네, 안녕히 가세요."

시간이 지나면 무뎌지겠지만, 그녀가 잘 지낸다는 소식에 슬쩍 미소 지을 수도 있겠지만, 지금 당장은 뺨 위로 흐르는 눈물을 가만히 닦아 낼 뿐, 아무것도 할 수 없었다.

❋❋❋

한국을 떠나온 윤희는 일부러 바쁘게 시간을 보내려 노력했다. 한동안 적응을 하지 못하고 힘들어하던 준이도 학교에 입학하면서 꽤 안정적인 모습을 보이고 있었다. 윤희는 작은 갤러리를 차리고 전시 기획 일을 시작했다.

새로 시작한 일, 새로 만나는 사람들. 윤희는 이곳에 온 것이 잘한 것이라 생각하면서도 이따금 떠오르는 그의 환한 미소와 유쾌했던 목소리와 장난스러운 표정이 그립기도 했다.

이제 1년이다. 그도 자신을 잊어 가고 있을 거란 생각이 들면서도 잊을 만큼 우리가 무언가 있었나 하는 생각을 하기도 했다.

그와 함께 남편에 대한 미안함도 아주 조금씩 누그러들었고, 그에 대한 벅찬 그리움도 감당이 될 정도의 수준으로 잦아들었다.

잘 하고 있다. 잘 지내고 있다. 잘 살고 있다. 윤희는 끊임없이 자신에게 최면을 걸며, 하루하루를 잘 살아가려 노력했다.

갤러리 일을 마치고 퇴근해서 집에 들어섰는데, 준이가 전화기를 붙들고 누군가와 통화를 하고 있었다.

"엄마, 저 왔어요. 준아, 누구랑 통화해?"

자신을 발견하고 깜짝 놀랐는지 수화기를 품에 안은 준이가 머뭇거렸다.

"어, 친구."

"친구 누구? 무슨 일 있어?"

"아냐."

고개를 내젓는 모양새가 이상했다. 준이의 모습을 물끄러미 바라보고 있는데, 준이가 급하게 전화를 끊어 버렸다.

"네가 건 거야?"

"응. 엄마, 나 할머니한테 가서 핫초코 해 달라고 해야겠다. 할머니!"

부엌으로 달려가는 준이를 바라보며, 윤희는 수화기를 들고 Redial 버튼을 눌렀다. 버튼을 누르는 소리가 길게 이어지는 것으로 보아 한국으로 전화를 한 것 같았다. 친할머니와는 일주일에 두 번씩 애플리케이션을 통해 화상 전화도 하고, 분기마다 한국에 나가서 보곤 하는데, 누굴까?

몇 번 이어진 신호가 끊기고 누군가 전화를 받았다.

— 여보세요? 준아. 엄마 들어오신 거 아니야? 혼나면 어쩌려고 전화를 또 걸어.

수화기 너머의 목소리는 그토록 따뜻했던 그의 목소리였다. 그의 따스함을 기억하고 있었던지 윤희의 심장이 터질 듯 두근거렸다. 모든 것이 정리되었다고 생각한 순간, 갑자기 튀어나온 그의 존재감이 윤희를 죄어 왔다. 아프고, 아프게.

윤희는 아무런 말없이 조용히 전화를 끊고, 부엌으로 향했다.

"준아, 엄마랑 얘기 좀 할까?"

준이는 무언가 잘못을 들킨 것처럼 울상이 된 표정으로 윤희를 따라 거실로 나왔다.

"준아, 한국에 전화했어?"

준이는 그저 고개를 끄덕였다.

"전화번호는 어떻게 알았어?"

"외우고 있었어."

윤희는 한숨을 내쉬는 준이의 얼굴을 한번 쓰다듬었다.

"언제부터 전화했어?"

"오늘 처음 했어."

그렇게 말하는 아이의 목소리는 잔뜩 젖어 있었다. 입술을 실룩거리며 울음을 터뜨리기 직전인 준이를 품에 안으며 다시 물었다.

"왜 했어?"

"아까 옆집 애가 아빠랑 캐치볼 하는데……. 작년에 놀이터에서 했던 게 생각나서……."

"그랬구나."

윤희는 준이를 꼭 안은 채로 말했다.

"준아."

"응."

"엄마랑 할까?"

"응."

준이는 소맷자락으로 눈물을 닦아 내며 윤희의 뒤를 따랐다. 이제 그의 삶에 더 이상의 혼란을 주면 안 된다고 생각했다. 준이에게 그 말을 어떻게 전해야 할지 몰라, 윤희는 한숨을 폭 내쉬었다.

✻

숨 쉬는 매 순간 그녀의 모습이 떠올랐다. 깨어 있는 모든 순간 그녀가 그리웠다. 이렇게 해서 도대체 어떻게 살아갈 수 있을까 하는 생각이 들 정도로 삶은 버거웠다.

사진을 찍고, 또 찍어도 피사체에 집중할 수 없었다. 한참 동안 사진을 찍다가 메모리 카드 없이 셔터를 누르고만 있다는 것을 깨달은 적도 있었고, 찍었던 필름을 아무렇지 않게 카메라에 다시 끼운 적도 있었다.

이제 정신을 차려야 하지 않나 하는 순간이 찾아온 것은 1년쯤 시간이 흐르고 나서였다.

이제는 깨어 있는 시간 중 이따금씩 그녀가 그리웠다. 그러다 그리움의 절정은 언제나 밤에 잠들기 전 찾아왔다. 혹시나 꿈에서라도 그녀가 나타나 주지 않을까 하는 어리석은 기대감을 갖게 만들고, 그렇게 야속하게 가 버리다니 독하다는 불평도 할 수 있게 만드는 밤은 지독하게도 어두웠다.

흔히들 말하는 까만 밤은 자세히 보면 날마다 다른 색을 띠고 있다. 공기 중에 물기가 많은 날, 물기가 적은 날, 공해가 많은 날, 공해가 적은 날, 혹은 봄, 여름, 가을, 겨울, 계절의 변화에 따라 어둠의 색은 시시각각 모습을 달리했다.

어쩌면 윤희와 준이가 떠나고 난 뒤, 수호는 언제나 지독한 어둠 속에 갇혀 있었는지도 모른다. 수호는 날마다 다른 색을 보여 주는 밤에 익숙해졌다고 생각했다. 밤에도 해가 지지 않는 백야(白夜)처럼 언젠가 밝은 밤도 오지 않을까 하는 엉뚱한 생각을 하기도 했다.

이전의 삶은 어땠을까? 그토록 따스했던 모자를 만나기전, 마치 자신을 위해 잘 깎아 놓은 퍼즐 조각 같았던 그들을 만나기 전의 삶은 어땠더라?

이토록 자신의 삶에 대해 심도 깊은 고민을 해 봤던 적은 없었던 것 같다. 어쩐지 날마다 청승을 떨고 있는 것 같은 자신의 모습이 우습기도 하고, 추억할 수 있는 소중한 누군가를 둘이나 얻었다는 고무적(鼓舞的)인 생각을 하는 자신을 대견하게 여기기도 했다.

그렇게 수호의 1년은 어둡고 버거웠다. 그날도 그랬다. 후원처를 한 군데 더 늘리고 집으로 돌아오는 길, 운전 중에 울리는 휴대전화를 아무런 생각 없이 받았다.

'여보세요?'

— 아저씨?

전화기 너머에서 울리는, 자신이 누구인지 확인하고 싶어 하는 아이의 목소리에 수호는 급하게 갓길로 차를 세웠다.

'준이니?'

— 아저씨, 잘 지내요?

'어, 준이는 잘 지내?'

엄마도 잘 지내시니? 하고 묻고 싶은 것을 꾹 참았다. 준이는
왜 전화를 했을까?

— 아까 옆집 친구가 마당에서 캐치볼 하길래…….

시무룩한 목소리에 당장이라도 글러브를 들고 달려가고 싶은
마음마저 들었다. 준이가 뭐라 말을 이으려는 찰나, 수화기 너머
에서 누군가의 목소리가 들려왔다.

— 준아, 누구랑 통화해?

희미하게 들려오는 목소리에 수호는 참고 있던 격한 감정이 터
져 나올 것만 같아서 입을 틀어막았다. 친구라 핑계를 대는 준이
의 목소리가 들리는 것으로 보아, 몰래 전화를 한 것 같았다. 야
속하게도 전화는 금세 끊어졌다.

수호는 통화종료 문구가 깜박거리는 휴대전화 화면을 물끄러미
바라봤다. 이 번호로 다시 전화를 건다면, 그녀가 받을까 하는 생
각을 하는 사이 또다시 전화가 울렸다.

'여보세요?'

아무런 대답도 없다. 준이가 몰래 전화를 걸어서 급하게 전화
를 끊었다면, 다시 아이가 전화를 걸어올 리는 만무했다. 수호는
조심스레 입을 열었다. 자연스레 아이에게 말을 걸듯이 그렇게.

'준아. 엄마 들어오신 거 아니야?'

그렇게 내뱉고 나서 수호는 수화기 너머에서 자신의 목소리를
듣고 있는 이가 그녀라는 것을 확신했다. 대답이 없을 거라는 것
을 알지만, 수호는 말을 이어 갔다.

'혼나면 어쩌려고 전화를 또 걸었어.'

이번에는 그녀에게 말을 걸듯이 그렇게 말했다.

'잘 지내니? 아저씨도 잘 지내. 아저씨는 여전히 그 아파트에 살아. 아픈 데도 없고, 밥도 잘 먹고, 멋진 사진도 찍고 잘 지내. 엄마 말씀 잘 듣고, 준이도 잘 지내야 한다?'

잘 지내야 해요. 아프지 말고, 밥도 잘 먹고, 준이 잘 키우며, 그렇게 잘 지내야 해요, 알겠죠? 자신이 하는 말이 그녀를 향한 말이라는 걸 그녀가 알기를 바라며 수호는 숨을 죽여 수화기 너머의 소리에 귀를 기울였다. 역시나 돌아오는 대답은 없었다.

이윽고 전화가 끊어졌다.

아무런 말도 하지 않았지만, 무언가 큰 위안을 얻은 듯 수호는 빙긋이 미소 지었다. 자신의 삶 속에 그들이 녹아들어 있는 것처럼, 날마다 그들을 추억하고 있는 것처럼, 그들의 삶 속에서도 자신이 기억되고 있다는 사실에 미소가 피어올랐다.

언젠가, 어디선가 또다시 우연히 마주치게 될 날이 온다면, 자신의 모습이 그들이 기억하는 것보다 더 멋지기를 바라며 수호는 차를 출발시켰다. 어쩐지 수호의 어둠에 박명(薄明)이 깃든 듯했다.

❋❋❋

전시회가 열리기로 한 장소로 향하는 길, 수호는 꽉 막힌 도로를 바라보며 생각에 잠겼다. 좋은 제안을 마다하며 수호는 온갖 전시를 거절해 왔다. 그러던 중 미혼모가 낳은 미숙아의 치료를 돕고 있다는 단체에서 후원 사업을 진행한다는 선배의 이야기를 듣고, 수호는 흔쾌히 전시를 승낙했다.

난해한 흑백 사진을 제외하고 나니, 2년 전 서천을 시작해 재래시장을 돌며 찍었던 사진이 남았다. 수호는 그녀에게 보여 주려고 따로 저장해 두었던 사진의 폴더를 2년 만에 열어 보았다.

따스함을 느낄 수 있도록 고르고 골랐던 사진들이었다. 그 사진을 선물하고자 했던 그녀는 없지만⋯⋯. 혹시나 어디선가 자신의 사진과 이름을 보면, 그녀가 아파할까 두려워 수호는 익명의 사진전을 요구했다.

수호는 갤러리 지하 주차장에 주차를 마치고 로비로 들어섰다. 프런트 데스크에 앉아 있는 직원이 수호에게 인사를 해 왔다.

"무슨 일로 오셨습니까?"

"미숙아 지원 사업 사진 전시회 때문에 왔는데요."

"아, 5층 06호로 가시면 회의가 준비되어 있습니다."

"네, 감사합니다."

엘리베이터에 오른 수호는 전시회를 소개해 준 대학 선배의 말을 떠올렸다.

'미국에서 들어온 지 얼마 안 된 기획자래. 근데 작년에 아를 국제 사진전에서 미국 쪽 작가 전시 기획 맡았을 정도로 유능하다나 봐. 한국에서 처음 일 시작하는 거라, 이 바닥 잘 모를 거야. 네 이름 밝히지 말래서 숨기느라 혼났다. 네 성질대로 굴리지 말고, 좋은 일 하는 거니까, 잘해라.'

아니, 내 성질이 뭐가 어때서? 일 못하면 좀 굴러야지. 수호는 고개를 절레절레 내저으며, 06호라 쓰인 푯말이 달린 회의실 문을 두드렸다.

"네."

대답과 동시에 문이 열리자, 갤러리 관계자로 보이는 남자가 인사를 하며 수호를 맞았다. 회의실 안에 들어서자 네댓 명의 사람이 자신을 바라보고 있었다.

"안녕하세요?"

수호의 인사에 투실투실한 인상의 여자가 호들갑스럽게 인사를 해 왔다.

"어머, 웬일이야! 이수호 작가님! 안녕하세요? 갤러리 나빛 대표 나하늘입니다. 김 작가님 소개가 있기는 했는데, 솔직히 마지막으로 어떤 분이 오시려나 걱정했거든요. 시원찮은 분이면 저희 쪽에서 거절하려고 했는데, 왜 그렇게 이름 내걸기 싫어하셨어요?"

"죄송합니다. 사정이 있어서요."

전시회는 5명의 작가가 찍은 사진이 옴니버스 형식으로 구성될 거라 했다. 주제는 '따뜻한 세상'이었다. 그중 가장 마지막으로 결정된 작가가 수호였고, 이름을 밝히지 말아 달라는 자신의 부탁을 분명히 어길 거라 생각했던 그는 이곳에 올 때까지 정말 이름을 밝히지 않았다.

사진과 이름은 알려졌어도 얼굴을 아는 이는 많지 않을 텐데, 하필 갤러리 대표는 그를 알고 있는 듯했다. 호들갑을 떨던 그녀는 이제야 정신을 차린 듯 옆에 있는 사람들을 소개하기 시작했다.

그녀의 부산스러움에 정신이 빠져 있던 수호는 눈을 한 번 질

267

끈 감았다가 뜨고는, 소개에 따라 시선을 옮겨 가며 인사를 나눴다.

"마지막으로 이쪽은 우리 이수호 작가님 전시 기획 맡아 줄 강윤희 씨."

상기된 얼굴로 그 자리에 서 있는 그녀를 마주한 순간, 수호는 심장이 멎는 듯했다. 긴 웨이브 머리는 어깨에 닿을 듯 짧아졌고, 수척했던 얼굴에는 생기가 돌았고, 여린 미소는 여전히 아름다웠다.

15. If you wonder why

　호들갑스러운 관장과 다른 관계자들이 나가고, 작은 회의실 안에는 윤희와 수호가 마주 앉아 있었다. 그 누구도 먼저 입을 떼지 않았고, 프로젝터의 팬이 돌아가는 윙, 하는 소리만 적막한 공간을 채울 뿐이었다.

　뜻하지 않은 공간, 뜻하지 않은 시간. 둘의 만남은 또다시 그렇게 갑작스럽게 찾아왔다. 그토록 그리워했던 그녀였는데, 수호의 마음은 갈피를 잡지 못하고 이리저리 흔들렸다.

　"포트폴리오 볼 수 있을까요?"

　어렵사리 입을 연 윤희의 물음에 수호는 말없이 SD 메모리 카드 하나를 테이블 위로 슥 밀었다. 윤희는 그가 밀어낸 메모리 카드를 물끄러미 바라보다 손을 뻗으며 말했다.

　"필름 사진이 아닌가 봐요."

　수호는 대답 없이 윤희를 응시했다. 아무런 대꾸도 할 수 없을

만큼 그녀는 태연한 척했다. 잘 지냈느냐는 인사조차도 하지 않는
모습이 야속하게만 느껴졌다.

"필름 사진이었으면 더 좋았을 텐데."

덧붙인 윤희의 말에 수호는 저절로 헛웃음이 새어 나왔다.

"사진에 대해 되게 잘 아시나 봐요?"

자신도 모르게 흘러나온 목소리는 2년의 외로움이 빚어낸 칼날
처럼 날카로웠다.

"사진작가는 보여 주고 싶은 장면을 사진으로 찍죠."

윤희는 그가 건넨 메모리 카드에 담긴 사진을 한 장씩 넘겨 보
며, 입을 열었다.

"여기 앉아 계신 할머니요. 이 주변에 아마 다른 피사체들이 많
이 있었을 거예요. 그런데 작가님은 이 할머니를 피사체로 삼아서
사진을 찍으셨죠. 그림도 그렇거든요. 눈에 보이는 것 중에 혹은
마음속에 있는 것 중에 보여 주고 싶은 것을 그려 내죠. 그게 사
진작가나 화가의 미장센이라고 할 수 있죠. 사진을 잘 알지는 못
하지만, 어떻게 해서 이런 사진이 나왔을까 하는 작가님만의 미장
센을 이해하려고 노력하는 거예요."

허? 작가님? 자신의 이름을 부르지 않고 작가님이라 부르며 거
리를 두는 그녀의 모습에 수호는 심장이 다시금 죄어 오는 것만
같았다.

"그래서요, 지금 그 사진들에서 내가 추구한 미장센이 뭐예
요?"

수호는 호기로운 눈동자를 빛내며 물었다.

"세상은 따뜻한 곳이다."

윤희의 대답에 수호는 죄어든 심장이 이번엔 바닥을 구르는 듯했다. 그림을 그렸던 사람이라 그런지, 자신이 찍은 사진을 자신과 똑같은 마음으로 읽어 내던 그녀였다. 그런 그녀의 능력이 오늘따라 수호의 심장을 난도질하고 있었다.

어떤 마음으로, 누구에게 보여 주기 위해 그 사진들을 찍었는데, 엑시프(EXIF—Exchange Image File: 사진이 찍힌 날짜, 노출, ISO, 셔터 스피드, 초점 거리 등의 정보) 정보도 그대로 남아 있는 날것 그대로의 사진을 그녀에게 건넨 게 실수였다는 생각이 들었다. 한참 동안 사진을 확인하던 그녀가 물끄러미 화면을 바라보다 입을 열었다.

"……잘 지내셨어요?"

잘 지냈다고 해야 할까? 잘 못 지냈다고 해야 할까? 어울리는 대답을 생각해 내는 동안 수호의 입에서는 의지와 다르게 엉뚱한 대답이 툭 하고 튀어나왔다.

"그런 안부를 물을 수 있을 만한 사이였나요?"

자신의 되물음에 예전보다 훨씬 밝았던 그녀의 얼굴이 다시 잿빛으로 변해 갔다. 심장을 토해 낼 수 있었으면 좋겠다고 말했던 그녀의 심정을 이해할 수 있을 것 같았던 2년이었다. 어디서든, 누구와 함께든 그저 그녀가 잘 지냈으면 하고 바랐는데…….

생각지도 못한 장소에서 나타난 그녀의 아무렇지 않은 모습은 수호에게 바보 같은 열패감을 안겨 주었다.

"죄송해요."

'미안하다'도 아니고, '죄송하다'라. '수호 씨'도 아니고, '작가님'이라. 차라리 '수호 씨, 반가워요. 잘 지냈어요? 그때 정말

271

미안했어요.' 라고 그녀가 말했더라면, 지금 그녀와 웃으며 마주 앉아 있을 수 있었을까?

잔뜩 표정을 굳힌 자신 앞에서 그녀는 그럴 수 없었을 것이다. 그녀가 어떤 성격인지, 어떤 마음인지 뻔히 알면서도 이렇듯 얄궂게 구는 자신의 태도에 수호는 신물이 올라오는 것 같았다.

어쩔 수 없는 선택이었다는 것도 알고, 그녀가 받았던 상처의 깊이와 크기는 가늠할 수 없을 정도의 것이라는 것도 알았지만, 머리로 아는 것을 가슴으로 받아들이는 것은 항상 어려운 일이었다.

"편집도 필요 없을 거고, 표구는 알아서 해 줘요. 사진 제목은 파일명에 다 붙어 있으니, 전시는 그대로 진행하면 될 거고. 연락처 안 바꿨으니까, 필요하면 연락해요. 그럼."

수호는 자리에서 일어나 그대로 회의실을 나섰다. 엘리베이터를 기다리는 동안 혹시나 그녀가 쫓아 나와 자신을 붙잡을까 싶어서 수호는 일부러 계단으로 향했다. 회의실이 있던 5층에서 지하 1층으로 향하는 동안 심장이 왈칵 솟아오를 것만 같았다. 몸 전체가 위태롭게 두근거리는 심장에 동화되기라도 한듯, 다리가 후들거렸다.

차라리 잘 지냈느냐고, 이제 많이 괜찮아졌느냐고, 준이는 잘 지내느냐고 되물을걸. 수호는 꺼내지 못했던 말들을 집어삼키며 한숨을 내쉬었다.

운전석에 앉은 수호는 차에 시동을 걸 수가 없었다. 그저 그녀를 그리워했던 그 공간, 그 아파트로 다시 되돌아가고 싶지 않았다. 어디로 가야 할지 망설이다가 수호는 종화의 표구점으로 향했다.

"웬일이야? 너 전시회 한다며?"

"어. 그렇게 됐어. 나 며칠 여기서 신세 좀 질게."

"무슨 일 있어?"

"일은 무슨."

소파에 털썩 걸터앉는 수호를 바라보며, 종화는 슬쩍 한숨을 내쉬었다.

푹신한 등받이에 몸을 기댄 수호는 지그시 눈을 감았다. 어린 애보다도 못했던 자신의 행동거지를 되돌아보며 복잡한 감정을 추스르려 노력했지만 허사였다. 어지럽게 얽혀 있는 감정 속에서 벗어나고자 눈을 떴는데, 종화의 표구점에 항상 걸려 있던 사진이 보이지 않았다.

"저거 어디 갔어?"

"뭐?"

"저기 걸려 있던 내가 찍은 사진."

"누구 줬어."

"뭐?"

구멍가게 같았던 표구점이 잘돼서 이곳으로 이사 올 때 준 선물이었는데, 그걸 대체 누굴 줬다는 것인지, 수호의 표정이 단박에 구겨졌다.

"누굴 줘? 저거 형한테 선물로 준 거잖아."

"줄 만한 사람 줬어. 나중에 얘기해 줄게."

종화는 바쁜 척 몰딩 재료들을 다듬으며 며칠 전 표구점을 왔다 간 여자의 얼굴을 떠올렸다.

전시 기획팀과 함께 표구점 투어를 하고 있다며, 표구해 놓은 작품들을 둘러보던 그녀는 수호의 사진 앞에서 멈춰 섰다.

바닷물이 빠져나간 뒤 쩍쩍 갈라져 버린 거친 갯벌을 흑백의 사진으로 표현해 낸 작품. 짠물에 대한 갈증을 느끼는 것처럼, 다시 바닷물이 돌아와 자신을 흠뻑 적셔 주기를 바라는 갯벌의 염원을 담고 있는 듯한 사진은 보는 사람으로 하여금 숨이 턱 막힐 듯한 공허함을 안겨 주곤 했다.

똑같은 풍경, 똑같은 사물, 똑같은 상황이어도 수호는 늘 그것을 공허하고 애잔하게 그려 내는 재주가 있는 작가였다.

"저기요, 사장님."

"네."

"이 사진 저한테 파실 수 있나요?"

"그거 제가 선물 받은 거라 어려울 것 같은데요."

"아……."

여자는 안타까운 얼굴을 하고는 시선을 옮겨 다시 사진을 바라봤다. 그녀의 스산한 표정을 마주하자, 종화는 2년 전 수호가 자신에게 들고 와 표구를 해 달라고 했던 사진 속 그녀의 얼굴이 불현듯 떠올랐다.

"저, 그거 마음에 드세요?"

"네. 정말 파실 수 없나요? 값은 얼마든지 치를게요."

"작가가 누군지도 모르는데 값을 비싸게 치르시게요? 사진 그냥 드릴게요. 대신 저희 표구점이랑 계약하셔야 해요."

사진을 받아 든 그녀는 유리 없이 검은색 나무로만 몰딩 처리가 된 액자를 받아 들고는 한참을 가만히 서 있었다. 작은 손으로 사진을 한번 쓸어 본 그녀가 물었다.

"이거 필름 인화한 거죠?"

"네, 그럴 거예요. 작가가 고집이 세서 꼭 전통 인화방식만 따르거든요."

"아……. 감사합니다. 정말 감사합니다."

아련한 눈빛으로 사진을 바라보던 그녀의 눈빛이 안타까웠던 것처럼 소파에 앉아 있는 수호 역시 종화의 눈에 안쓰럽기는 매한 가지였다.

수호는 자신의 액자가 있던 곳이 텅 비어 있는 것을 바라보며 한숨을 내쉬었다. 대체 누가 저걸 가져갔을까? 미간을 구긴 채로 종화를 노려보는데, 휴대전화가 울렸다.

"여보세요?"

— 안녕하세요, 작가님? 전시 기획 담당자가 바뀌어서 연락드렸습니다.

"뭐라고요?"

소파 위에 심드렁하게 앉아 있던 수호가 자세를 고쳐 앉으며 전화기 속 남자의 목소리에 귀를 기울였다.

— 아, 나빛 갤러리에서 전시 예정이신 작가님 아니신가요?

"맞는데요. 기획 담당자가 바뀌었다니, 그게 무슨 말이죠?"

— 작가님께서 전시와 관련한 일체의 작업을 저희 기획팀에 새로 들어온 직원한테 맡기셨더라고요. 아직 한국에 들어온 지 얼마 되지 않은 기획자라 본인이 맡기엔 역부족이라고 생각했던 것 같

아요. 그래서 제가⋯⋯.

"기획자 바꿔 달라고 한 적 없는데요?"

— 예?

"작업 일체를 전부 맡긴 게 원인이라면, 제가 관여하면 되는 거죠? 내일 회의 다시 잡죠. 내일 아침 10시에 갤러리 회의실로 가겠다고 전해 주시죠. 강윤희 씨한테."

수호는 상대방이 뭐라 대답하는 것도 듣지 않고 전화를 끊어 버렸다. 2년 전에도 그렇게 떠나 놓고, 이번에도 이렇게 피하시겠다! 수호는 비비 꼬인 속을 풀어내지 못하고 한숨을 내쉬었다.

❊ ✿ ❊

그날 표구점에서 액자를 받아 들고 집에 온 윤희는 자신의 방, 가장 잘 보이는 곳에 그것을 걸어 두었다. 윤희는 표구점에서 그랬던 것처럼 또다시 그의 사진을 한번 쓸어 보았다. 그가 그리워서 미쳐 버릴 것 같던 어느 날부터, 윤희는 그의 사진을 바라보기 시작했다.

많은 작품을 보고, 또 봐서 이제 그의 작품 세계를 줄줄 외울 수 있을 정도였기에 표구점에서 사진을 마주한 순간, 단번에 그의 사진이란 걸 알 수 있었다. 그가 직접 찍고, 그가 직접 인화한, 그의 손길이 닿아 있는 사진을 윤희는 소중한 보물을 다루듯 보듬었다.

비자 문제 해결을 위해 투자이민 시범 프로그램 (Immigrant Investor Pilot Program)을 이용하여 미국에서 시작했던 갤러리가 여러 전시로 주목을 받았다. 그 후, 윤희의 갤러리에서 사진전을 열었던 작가의 요청으로 그녀는 프랑스 아를에서 열린 국제 사진전에도 기획자로서 참여했었다.

전시회를 잘 열지 않는 작가라지만, 혹시나 한국에서 일을 하면서 그와 마주칠 수 있지 않을까 싶었는데, 거짓말처럼 그가 자신의 앞에 나타나자 윤희는 반가웠던 반면, 당황스러움에 고개를 푹 숙일 수밖에 없었다.

그렇게 정을 나눠 놓고, 매정하게 떠났던 자신을 꾸짖듯 그의 태도는 냉랭했다. 언젠가, 어디선가 마주치게 된다면 어떤 모습일까를 상상했었는데, 윤희의 상상 속 모습 중 가장 나빴던 것보다 그의 모습은 더 차가웠다.

그가 떠난 회의실에 가만히 앉아 있던 윤희는 두 뺨으로 흘러내리려고 안간힘을 쓰고 있는 눈물을 집어삼키고, 기획팀장에게 전화를 걸었다.

"여보세요, 팀장님. 저 강윤흽니다."

― 어, 윤희 씨. 무슨 일이야? 회의는 잘 했어?

"저, 마지막 작가님은 제가 맡기 어려울 것 같아요."

― 대체 누구야? 얼마나 고매한 작가기에 그렇게 이름을 공개 안 하겠다고 뻗대는 거야?

"그런 건 아니고요. 다 알아서 하라고 하셔서……. 제 실력으로는 맡기 어려울 것 같아서요……."

윤희의 말에 팀장은 알겠다며, 연락처를 문자로 보내 달라고 하고는 전화를 끊었다. 그의 작품이라면 누구보다 잘 알았고, 그가 어떤 마음으로, 누구에게 보여 주기 위해 그 사진을 찍었을지 너무도 잘 알고 있는 그녀였지만, 불편해하는 그의 앞에 자신이 계속 나타나는 일은 피해야 할 것 같았다.

팀장과 통화를 하고 얼마 지나지 않아, 윤희의 휴대전화가 울렸다.

"네, 팀장님."

— 어오. 이수호 작가, 소문대로 까칠하네. 누구 맘대로 기획자 바꾸냐고 난리야. 힘들겠지만, 수고 좀 해 줘. 그래도 이번 전시 넘기면 다음엔 더 수월해질 거야.

통화를 마친 윤희는 길게 한숨을 내쉬었다. 삶의 한가운데 토막토막 이어지는 한숨의 행렬은 언제쯤 끝을 마주하게 될까? 더 이상 폐에서 산소를 받아들일 수 없는 날이 되어야 이 길고 긴 날숨의 끝을 마주할 수 있을까? 윤희는 다잡아 놓은 마음의 문을 여미듯 손깍지를 꼈다. 부디 우리 중 누군가 더 아파할 일은 생기지 않기를 바라며……

❊✸❊

이튿날, 수호는 그녀에게 차갑게 등을 돌렸던 그 회의실로 향했다. 얼어붙은 수면을 가르듯 회의실 문을 열고 들어가자, 어제 그 자리에 앉아 있던 그녀가 자리에서 벌떡 일어나 경직된 모습으로 고개를 숙이며 인사를 해 왔다.

"안녕하세요, 작가님……"

차라리 예전처럼 '왔어요, 수호 씨?' 하고 따스한 인사를 건넸더라면, 심술맞게 꼬불거리는 속이 좀 풀렸을까. 수호는 미간을

찌푸리며 자리에 앉았다. 자신의 표정을 읽은 듯, 그녀는 깃털 같
은 목소리로 입을 열었다.

"실은 제가 다른 작가님과 먼저 약속이 되어 있었어요. 그분도
워낙 바쁘신 분이라, 약속 시각을 바꾸실 수 없다고 해서……. 오
늘 시간이 많지 않아요. 죄송해요."

"시작하죠."

수호는 윤희의 말에는 아랑곳하지 않고, 빨리 시작하자며 그녀
를 채근했다. 윤희는 전시 공간의 도면을 프로젝터 화면에 띄우
고, 작품을 어떻게 구성하는 게 좋을지 물었다.

"어떻게 했으면 좋겠어요?"

수호의 되물음에 윤희는 디귿 자로 배치된 공간을 바라보며,
사진의 순서를 배열하기 시작했다.

"진부한 설정이네?"

윤희의 제안이 마음에 들면서도 수호는 그녀에게 투정을 부리
는 어린아이라도 된 것처럼 그녀의 의견을 반박하고 나섰다. 그녀
는 평정심을 유지하려고 노력하는 것처럼 보였다. 대체 이렇게 그
녀를 괴롭혀서 내가 얻는 게 뭘까? 수호가 한숨짓는 사이, 회의실
문이 벌컥 열렸다.

"어이쿠, 회의 중이었나?"

"교수님, 벌써 오셨어요?"

회의실 문을 연 이는 학부 시절 작가론 교수였던 천일영 작가
였다. 일어나며 인사하는 윤희를 따라 고개를 돌린 수호는 그의
얼굴을 확인하자마자, 자리에서 일어나 고개 숙여 인사했다.

"안녕하세요, 교수님? 잘 지내셨어요?"

"이게 누구야? 이수호? 네가 그 베일에 싸여 있던 작가였어?"

교수의 물음에 수호는 머쓱한 듯 머리를 긁적였다. 광고 사진과 디지털 사진의 트렌드에 빠르게 대처해야 한다는 다른 교수들과 달리, 그는 작가만의 고유한 세계를 먼저 가지는 것이 중요하다며, 사진가로서 세상을 바라보는 자세와 태도를 늘 강조했던 분이셨다.

"회의 아직 안 끝났나? 내가 회의 끝나고 계절학기 강의가 있어서…… 좀 바쁜데."

"먼저 하세요, 교수님."

"그래도 될까?"

"예, 그럼요."

수호는 자신이 앉아 있던 자리를 가리키며, 일영에게 자리를 양보했다.

"자넨 어디 가게? 같이 들어. 뭐 숨길 게 있다고."

"예."

일영의 말에 수호는 그의 옆자리에 놓인 의자에 조용히 앉았다.

"밀착 스캔본은 받았지요?"

"네, 받았습니다."

"봅시다. 하나씩."

윤희가 화면 가득 띄운 사진은 어느 노인이 길거리 부랑자로 보이는 여자의 발에 입을 맞추는 장면이었다.

"스페인에 출사를 갔는데, 한 노인이 거리의 부랑자인 저 여인에게 다가가 삶을 축복해 주며, 발에 입을 맞추고 있었지. 양해를 구하고, 사진을 찍고 나서 노인에게 물었어. 왜 그랬느냐고."

윤희와 수호는 가만히 노 교수의 말에 귀를 기울였다.

"저 노인이 나한테 라만차의 남자에 대해 아느냐고 묻더구먼."

"돈키호테요?"

윤희의 되물음에 일영은 맞다며 고개를 끄덕였다.

"기사가 사라진 시대에 자신을 기사라 칭하던 돈키호테는 둘시네아(Dulcinea)라는 가상의 여성을 만들어 내서 그녀를 칭송하지만, 현실 속 둘시네아는 천한 신분의 알돈자라는 여성이었어. 그노인은 젊은 여인의 떠도는 삶이 안타까웠던 거야. 자신을 둘시네아라고 불러 줬던 돈키호테를 보며 정말 자신이 고귀한 여성일지도 모른다고 여겼던 알돈자처럼, 그녀도 그런 이상을 품고 자신의 현실을 바꿔 나갔으면 좋겠다며, 노인은 유쾌하게 웃었지."

사진 속 노인은 더러운 바닥에 두 무릎을 꿇고 있었고, 여자는 당황한 듯 그 노인을 일으키려 하는 모습이었다. 윤희는 울컥하는 감정을 이겨 내려 자잘하게 숨을 내뱉었다.

"돈키호테는 그런 말이 하고 싶었을 걸세. 자신을 미쳤다고 생각하는 세상의 잣대에 휘둘리지 말고, 스스로를 위한 삶을 살라고 말이지. 다음 사진 보지."

다음 사진은 프랑스 파리에 있는 노트르담 대성당의 일부를 찍은 사진이었다. 일영은 건물 가운데 사람의 모양을 하고 있는 석상 하나를 가리켰다.

"저게 누군지 알겠나?"

수호에게 묻는 일영의 말에 수호는 모르겠다며 고개를 저었다.

"빅토르 위고의 소설 노트르담 드 파리에 나오는 종탑 지기 콰지모도라네. 사실 노트르담 대성당은 지금처럼 사랑받는 곳이 아니었지. 빅토르 위고의 소설 이후 재건이 되면서, 그 소설의 주인 공인 콰지모도와 에스메랄다가 저곳에 만들어졌어. 그런데 안타깝 게도 그 둘은 여전히 서로를 바라보고 있지 않아."

여전히 서로를 바라보고 있지 않다. 일영의 말을 곱씹으며 수 호는 사진 속 콰지모도의 모습을 물끄러미 바라봤다.

"콰지모도가 원한 것은 단 하나였어. 집시 여인 에스메랄다의 사랑이었지. 하지만 에스메랄다는 페뷔스를 사랑했어. 그런데 안 타깝게도 에스메랄다는 그녀를 짝사랑했던 프롤로 신부의 계략으 로 사랑하는 페뷔스를 죽이려 했다는 살인미수죄를 쓰게 돼. 불공 평한 세상에 대한 분노와 자신을 돌아봐 주지 않는 에스메랄다에 대한 안타까움이 콰지모도의 표정에 그대로 남아 있어."

일영의 설명에 두 사람은 그저 화면을 응시한 채 숨을 죽이고 있었다. 수백 년 전 파리나, 지금의 서울이나. 사람이 살아가는 현 실은 그다지 다를 게 없는 것일까?

"소설을 보면 에스메랄다가 죽고 한참 후에, 그녀의 해골과 얽 혀 있는 꼽추 콰지모도의 해골이 발견돼. 불멸의 사랑이었지…….
에스메랄다가 교수형을 당하기 전 이런 생각을 하지. 내 삶은 나 의 것이다. 나의 자유로운 영혼은 그 누구도 막을 수 없다. 나는 그저 사랑하고 싶고, 살고 싶다."

일영은 화면을 응시한 채 다음 사진으로 넘기라며 손짓했다.

미혼모가 낳은 미숙아를 돕기 위한 전시회, 사회적 편견과 불 공평한 세상에 맞서서 그저 돈키호테처럼 이상을 추구하는 삶을 살라는 것은 아니지만, 꿈이 있는 삶은 행복하다는 말을 전하고 싶은 것일까?

불멸의 사랑을 했던 콰지모도의 절절 끓는 감정보다는 세상의 시선 앞에 당당했던 에스메랄다의 의연함을 전하고 싶었던 걸까?

일영이 사진 하나하나에 담긴 뜻을 설명하는 동안, 윤희는 그가 하는 말을 메모하며 정리했다. 꿈, 자유, 사랑, 그리고 세상에 대한 의연함.

작품 설명에 관한 회의를 마치고, 일영은 자신이 일러 준 내용을 바탕으로 전시도록(展示圖錄) 제작에 신경 써 달라며 자리를 떴다. 수호는 다음에 찾아뵙겠다는 인사를 하고는 일영이 나가고 난 뒤, 다시 자리에 앉았다.

다시 회의를 시작하려는데, 테이블 위에 놓여 있던 윤희의 휴대전화가 요란하게 울려 댔다. 윤희는 잠시만 실례하겠다는 말을 하고는 회의실 밖으로 나가 전화를 받았다. 조용한 회의실과 복도, 수호는 자기도 모르게 그녀의 작은 목소리에 귀를 기울였다.

"여보세요? ……네, 엄마……. 검사 결과는요?"

'검사?'

"그래요? 다행이다……. 네, 끝나면 바로 저도 병원으로 갈게요. 네. 끊어요."

'병원?'

회의실 안에 들어선 그녀의 표정은 담담했다. 병원에 대체 누가 있는 건데? 수호는 답답한 심정을 감출 수 없었다.

"누가 병원에 있어요?"

수호의 물음에 윤희는 당황한 듯 시선을 피했다.

"누가 병원에 있느냐고 묻잖아요."

수호의 목소리에는 안타까움이 가득 묻어났다.

"아버지요."

"하아……."

커다란 한숨이 수호의 입에서 불거져 나왔다. 윤희는 그저 시선을 피한 채 고개를 떨어뜨렸다.

"어디가 아프신데요?"

"뇌경색으로 쓰러지셨거든요. 오늘 정기 검진이 있는 날이라……."

"그래서 한국에 온 거예요? 아버님께서 아프셔서?"

윤희는 그저 슬쩍 고개를 끄덕였다. 시선을 피한다며 다른 곳을 바라보고는 있지만, 파르르 떨리는 그녀의 눈동자에는 악착스런 서글픔이 자리하고 있었다.

"그런 아픈 눈으로 보지 마요."

여린 미소를 지으며 말하는 윤희의 담담한 목소리에 수호는 벌컥 튀어 오르는 심장을 붙잡으려는 듯 자리에서 일어나 그녀가 앉아 있는 곳으로 다가갔다. 그저 아무렇지 않게 잘 지냈을 거라고 생각했다. 그렇게 아무렇지 않게 자신의 앞에 나타난 그녀의 모습에 자괴감마저 들었었다.

"내가 어떤 눈으로 봤는데요?"

수호는 앉아 있는 윤희를 내려다보며 물었다.

"늙고, 병들고, 죽고……. 살면서 누구나 겪는 일이에요."

아무렇지 않은 척하기 위해 그녀는 얼마나 많은 노력을 해 왔을까? 수호는 끓어오르는 감정을 이겨 내지 못하고, 윤희를 일으켜 세워서는 자신의 품에 끌어안았다. 순식간에 일어난 일에 놀란

듯 윤희는 수호를 밀어내려 했고, 수호는 그녀가 꼼짝 못 하도록
팔에 힘을 주었다.

"이러지 마세요, 작가님."

"작가님? 왜 자꾸 피해요? 내가 겨우 그만큼 못되게 굴었다고
피하는 거예요? 윤희 씨가 날 어떻게 떠났는데, 난 그 정도 투정
도 부리면 안 돼요?"

윤희는 계속해서 수호를 밀어내려 노력했다. 수호는 그녀의 몸
부림을 견뎌 내지 못하고, 팔에 힘을 풀었다. 윤희의 얼굴에서 그
어떤 감정도 읽어 낼 수 없었다. 악착스러웠던 서글픔조차도 내비
칠 수 없다는 듯 그녀의 얼굴은 무감했다.

"내가 아끼는 사람들이 아파하는 모습…… 보고 싶지 않은데,
이젠 그들이 내 옆에 있어서 안 좋은 일만 일어나는 것처럼 느껴
져요. 이런 나약한 생각은 하고 싶지 않지만……."

아끼는 이가 아파하는 모습을 더는 보고 싶지 않다? 그녀는 고
개를 푹 숙인 채로 곤란한 듯 머리를 쓸어 넘겼다.

"죄송해요. 내일부터 다른 분이 작가님 전시 맡게 할게요. 이해
해 주세요."

"이해 못 하겠는데요?"

물기가 가득 어린 수호의 목소리에 윤희는 고개를 돌려 그를
바라봤다.

"당신이 없으면 내가 잘 못 지내니까. 당신이 없으면, 내가 아
프니까. 당신이 없으면 내가 죽을 것 같으니까. 당신이 있어서, 당
신 때문에 내가 아파질 거라는 말 이해 못 하겠다고요."

수호의 말에 윤희의 뺨 위로 눈물이 후드득 떨어져 내렸다. 수

호는 윤희의 곁으로 한 발짝 다가가 그녀의 뺨을 커다란 손으로 쓸어내렸다.

"잘 지냈느냐는 물음에 대한 대답이에요. 잘 못 지냈어요. 죽도록 힘들었어요. 그러니까 나 피하려고 하지 마요. 응?"

세상에 아름다운 여자는 참 많아요. 나처럼 사연이 깊은 여자 말고, 나처럼 음울한 분위기를 가진 여자 말고, 밝고, 예쁘고, 당찬 여자들. 그런데 왜 당신은 내가……. 이토록 아프기만 한 나를……. 천하디천했던 알돈자를 사랑한 돈키호테를 떠올리며 윤희는 고개를 떨어뜨렸다.

불공평한 세상에서 콰지모도를 친구로 여겼던 에스메랄다. 그저 그녀의 사랑을 바랐을 뿐인데 언제나 다른 곳을 향하고 있었으며, 노트르담 성당의 석상조차도 콰지모도를 바라보고 있지 않은 에스메랄다. 그들을 떠올리며 수호는 윤희의 가녀린 어깨를 끌어안았다.

"부탁이니까, 이제 그만 밀어내요. 제발."

심장을 뚫고 나온 희망의 가지를 단번에 쳐내려는 그녀의 움직임을 막으려는 듯 수호는 제 품에 그녀를 더 꼭 끌어안았다.

16. Crazy for you

회의를 마치고 돌아오는 길, 윤희의 머릿속에는 수호의 떨리는 목소리가 끊임없이 울려 퍼지고 있었다.

'계속 밀어내요. 근데 난 이제 절대 당신 놓아줄 생각 없으니까, 각오해요.'

한 번도 보이지 않았던 저돌적인 그의 모습에 윤희는 헛웃음이 났다.

'그래요. 그렇게 어이없는 웃음이라도 짓든가.'

이어진 그의 말에 윤희는 눈 안 가득 고여 있던 눈물을 떨궜다.

'그만 울어요. 아니, 울고 싶으면 내 앞에서만 울어요.'

눈물을 훔쳐 내며, 팀장에게 보고해야 해서 회의를 계속해야 한다는 윤희의 말에 그는 눈을 흘기며 대꾸했다.

'암튼 말 돌리는 데는 선수야.'

그는 자리로 돌아갈 생각이 없는 듯 윤희의 옆에 앉아, 그녀가 앉아 있는 의자 등받이에 팔을 올렸다.

'아까 그 배치 마음에 들어요. 그렇게 가요.'

윤희는 알겠다며 고개를 끄덕였다.

'내 이름도 그냥 공개해요. 혹시나 어디선가 이 사진들 보고 마음 아파할까 봐 이름 공개하지 말자고 한 거였어요. 어차피 다 봤는데, 보다 못해 이러고 있는데, 뭐.'

너스레를 떠는 그의 얼굴에 천진함이 가득했지만, 천진함 속에 숨겨진 억센 번뇌의 흔적이 윤희의 마음을 쓰라리게 했다. 미안하다며 사과를 하는 윤희에게 수호는 고개를 갸웃하며 말했다.

'이제 죄송하다가 아니라 미안하다네? 계속 작가님이라고 부르기만 해 봐, 아주.'

눈을 흘기는 그의 얼굴엔 전처럼 장난기가 어려 있었다. 표구는 자신이 아는 곳에서 하겠다는 수호의 말에 윤희는 계약된 곳이 있어서 그건 어렵겠다고 하자, 그는 심드렁한 표정을 지으며 말했다.

'그러든지. 내일 같이 가 보죠, 한번. 표구 실력은 직접 봐야겠으니.'

그의 사진을 갖고 있던 표구점 주인이 수호를 알고 있을지도 모른다는 생각을 하면서도, 윤희는 그러자며 회의 시간을 잡고 랩톱을 닫았다. 병원까지 태워다 주겠다는 그의 제안을 거절하면서는 걱정이 되었다. 혹여 자신의 뜻이 곡해되지 않기를 바랐다.

수호는 대뜸 윤희의 어깨를 끌어당겨 자신의 품에 안았다. 이제 더 이상 밀어낼 수도 없을 만큼 그는 당연하다는 듯 행동했다.

'언제쯤 나한테 기댈 수 있을까요?'

수호의 물음에 윤희는 아무 대답도 하지 못하고 가만히 있었다. 떨리는 그의 목소리에 동요(動搖)하듯 윤희의 심장이 파르르 떨렸다. 그는 따스하게 감쌌던 팔을 풀어내며 커다란 손으로 윤희의 어깨를 감싸 쥐었다.

'안 기대도 좋으니까, 이제 피하지 마요. 알겠죠?'

윤희에게서 아무런 대답도 나오질 않자, 수호는 고개를 갸웃하며 그녀의 눈을 물끄러미 바라봤다. 윤희는 슬쩍 고개를 끄덕였다. 그 떨리는 동요가 빚어낸 작은 움직임에 수호의 얼굴이 환하게 빛났다.

'그럼, 조심해서 가요. 내일 봐요. 내일 뭐 갑자기 담당자가 바뀌었다느니 이상한 말 들리면, 나 전시 엎어 버릴 거예요.'

으름장을 놓는 수호의 뾰로통한 표정에 윤희는 살짝 웃음을 터뜨렸다.

'내일 봐요, 우리.'

'그래요. 조심해서 가요, 수호 씨.'

윤희의 부름에 수호의 표정이 환하게 빛났다.

'그 이름 참 반갑네.'

나지막했던 그의 목소리와 나긋나긋했던 말투와 따스했던 그의 미소가 윤희의 가슴속 작은 울림을 만들어 낼 무렵, 전철은 어느새 아버지가 계시는 병원이 있는 역과 가까워지고 있었다.

병실에 들어서자, 침대에 비스듬히 몸을 기댄 채 책을 보고 계시는 아버지의 모습이 눈에 들어왔다. 뇌혈관 MRI 결과는 양호하

다고 했고, 1박 2일 동안 혈전 용해제를 맞은 뒤, 퇴원하면 된다
고 의사는 말했다.

"아버지, 저 왔어요."

"응. 왔나?"

"네. 준이랑 엄마는요?"

"잠깐 요 앞에 나간다고."

"뭐, 필요하신 건 없으세요?"

"없어."

인석은 자신의 손을 따스하게 잡아 주는 딸애의 얼굴을 살폈
다. 아무리 제 자식이라 할지라도 행복을 강요할 수는 없었다. 그
저 이 아이의 마음에도 따스한 봄날이 찾아오기를 바랄 뿐이었
다.

인석이 응급수술을 받고 난 후, 혜경은 인석을 붙들고 한참이
나 울었다. 그러면서 자기 욕심으로 딸에게 은근히 행복을 강요했
던 지난날이 후회스럽다고, 그 마음을 어떻게 헤아릴 수 있겠느냐
며, 마음 아파했었다.

인석은 아무 말 없이 미소 짓고 있는 딸애의 이름을 불렀다.

"윤희야."

"네."

"인생은 두 번 살아지지 않는다. 딱 한 번이야. 해도 후회되고,
안 해도 후회될 거라면, 이 아빠는 해 볼 거다. 또 해서 후회 안
될 수도 있으니까."

주먹을 불끈 쥐어 보이는 아버지를 보고 윤희는 빙긋이 미소
지었다.

"일은 할 만해?"

"네, 할 만해요."

간호사가 들어와 혈전 용해제가 섞인 수액의 투약 기계 속도를 조정하는 동안, 준이와 혜경이 병실 안으로 들어왔다.

"엄마! 언제 왔어?"

"응, 방금."

"어디 갔다 오세요?"

"아이고, 이 녀석이 붕어빵 먹고 싶다고 해서."

"미국에는 붕어빵 없었잖아. 이게 얼마나 먹고 싶었는데."

윤희는 준이의 머리를 쓰다듬으며 물었다.

"맛있어?"

"응. 근데 예전에 우리 동네에서 팔던 게 더 맛있다."

입안 가득 붕어빵을 넣고 오물거리는 준이는 흰 우유에 빨대를 꽂아 달라며 윤희에게 내밀었다.

"이런 건 이제 스스로 해야지. 벌써 10살인데."

할머니의 다그침에 준이는 배시시 웃으며 대답했다.

"엄마한테 나는 계속 아기랬어요. 할머니도 엄마 볼 때 맨날 아기 보듯 하면서."

"허이구, 녀석. 당해 낼 수가 없다니까."

윤희는 흰 우유에 빨대를 꽂아서 준이에게 건네며 말했다.

"오늘 병실엔 누가 있어요?"

"윤수가 이따 온다고 했어."

"혼자 있어도 된다니까."

"그래도 아들이 달려온다는데, 그냥 좀 있어요."

투닥거리시는 두 분의 모습을 보며, 윤희는 슬쩍 미소를 머금 었다. 누군가와 함께 일생을 공유하고, 함께 늙어 가며, 그 사람의 일부가 되는 일이 눈물 나도록 행복한 일이라는 것을 사람들은 잊 고 살곤 한다. 그것이 얼마나 소중한 삶인지를…….

"전 준이 데리고 먼저 집에 갈게요."

"그래, 그럼."

준이의 손을 잡고 병실을 나서는 길, 준이는 고개를 푹 숙이고 땅만 보며 걸었다. 두 사람의 바로 옆에서 양쪽에 아빠, 엄마의 손을 각각 잡은 아이가 그들이 해 주는 손 그네에 까르륵거리며 웃고 있었다.

윤희는 입술을 꼭 깨물고는 준이의 손을 더 꼭 잡았다.

"엄마."

"응."

"저녁은 뭐 먹을까?"

"준이 뭐 먹고 싶어?"

"그냥…… 붕어빵 먹었더니, 매운 거 먹고 싶어."

"그럼, 떡볶이 사 먹을까?"

"그래!"

떡볶이라는 말에 금세 얼굴이 환해진 준이지만, 아이의 배 속 허기를 달래 줄 음식 대신, 마음의 허기를 달래 줄 무언가가, 혹 은 누군가가 필요하다는 사실을 더는 외면하는 것이 버거워지고 있었다.

그리고 그를 만난 이후로 두근거리는 심장은 고장이라도 난 듯 제멋대로 날뛰었다. 차갑게 대하는 그를 마주했을 때, 그저 자신을 보고 싶지 않을 거라고만 생각했다. 그런데 자신을 품에 안은 그를 마주했을 때는 덜컥 겁이 났다.

아버지가 쓰러지시고 난 후, 윤희는 자신이 불행한 일에 대한 인력(引力)이라도 지니고 있는 건 아닌가 하는 생각을 하기도 했었다. 그 인력이 수호에게도 작용할까 두려웠다. 나약하다고, 겁쟁이라고 누군가 욕한다 할지라도, 그 트라우마는 쉽게 지워지지 않았다.

밀어내지 말아 달라는 그의 목소리가, 그저 이름을 불렀는데 환하게 웃었던 그의 얼굴이 계속 윤희의 눈앞을 스쳐 갔다.

준이와 함께 떡볶이 가게 안에 앉아 있는데, 가게에서 키우는 강아지인지, 작은 말티즈 한 마리가 테이블 아래를 이리저리 돌아다녔다.

"으악! 저리 가! 싫어, 저리 가!"

작년 여름 옆집 아이와 공놀이를 하고 있던 준이의 바짓가랑이를 그 집 강아지가 물어뜯어 놓은 적이 있었다. 공을 가지고 씨름하는 모습이 제 주인과 싸우는 모습인 줄 알았는지, 준이의 바지를 물고 늘어진 강아지 때문에 아이는 한참을 울었다.

준이는 그때의 기억이 고스란히 되살아나는 듯, 집에 가자며 울먹였다. 윤희는 애처롭게 자신을 바라보고 있는 하얀색 말티즈를 안아 들었다.

"준아, 봐. 이 강아지는 안 물어. 준이 아프게 하지 않아. 준이가 반갑고, 좋아서 여기 온 거야."

"……정말?"

준이는 두 눈에 그렁그렁 매달린 눈물을 참아 내려 눈을 길게 늘여 보였다.

"아주머니, 강아지 이름이 뭐예요?"

윤희의 물음에 접시 가득 떡볶이를 담던 주인이 대답했다.

"흰둥이요. 애가 하얘서."

"어? 짱구에 나오는 강아지 이름이랑 똑같다!"

"만져 볼래?"

"응."

준이는 배시시 웃으며 윤희의 곁으로 다가섰다. 조심스레 손을 뻗은 준이는 강아지의 머리를 한번 슥 쓰다듬었다. 그 손길에 강아지가 준이의 손을 할짝 핥아 내며 혀를 날름거렸다. 깜짝 놀란 준이는 까르륵 웃으며, 윤희의 품에서 강아지를 가져다 제 품에 안았다.

"우리 준이 용감하다."

"그럼, 나 엄마 닮아서 고집도 세고, 깡다구도 있다고 할머니가 맨날 그러셨어."

윤희는 준이를 물끄러미 바라보았다. 그래, 엄마가 고집이 센가 봐, 바보같이……. 준이가 엄마보다 훨씬 용감하네. 엄마는 아직도 겁이 나나 봐.

"우와, 엄마 강아지 안으니까 따뜻해. 되게 부드러워."

"응, 그렇지?"

따뜻하고 부드러운 그 무언가를 품으려면, 엄마도 용기를 내야 겠지, 준아?

윤희는 환하게 웃고 있는 준이의 얼굴을 바라보며 여린 미소를 지었다.

집으로 향하는 길, 서울 하늘에 웬일로 별이 반짝이고 있었다.
밤하늘에 반짝이는 별을 바라보며, 윤희는 마치 누군가에게 허락
을 구하듯 속으로 되뇌었다. 내가 다가가도 될까? 내가 그 귀한
마음을 받아도 될까?

✳✱✳

다음 날, 약속 시간보다 더 빨리 도착했다고 생각했는데 갤러
리 앞에는 그가 벌써 와서 기다리고 있었다.

"일찍 왔네요?"

윤희의 물음에 수호는 두 팔을 활짝 펼쳐 보이며 선선히 웃었
다. 윤희는 고개를 갸웃하며 그를 바라봤다.

"언제쯤 뛰어와서 안기려나?"

얼굴이 발갛게 달아오르는 것을 느낀 윤희는 헛기침을 해 대며
물었다.

"혹시 차 가져오셨어요? 표구점까지 거리가 좀 있거든요."

"가져왔어요. 지하에 있는데, 가죠."

"네."

그는 윤희의 옆에 나란히 서서 보폭을 맞추며 걸었다.

"이사하셨어요?"

"아니요."

"그런데 이렇게 일찍 올라오신 거예요?"

"아니요, 그게, 선배네 집에 있어요."

"아……."

짧은 대화를 나누는 사이 둘은 어느새 지하 주차장에 도착했고, 수호는 조수석 문을 열어 주며 윤희에게 타라고 고갯짓했다. 깔끔한 그의 차는 2년 전과 크게 달라진 것이 없었다. 윤희가 차에 올라타자, 수호는 경쾌한 걸음으로 보닛 앞을 돌아 운전석에 앉았다.

"표구점 어디에 있어요?"

"종로요. 길은 가면서 알려 드릴게요."

"그래요, 그럼."

윤희의 안내에 따라 도착한 종로의 도로변 주차 구역에 차를 세운 수호는 고개를 갸웃하며 묘한 표정을 짓고 있었다.

"왜요?"

"표구점이 혹시 저기예요?"

"네."

"……일단 들어가죠."

차에서 내린 둘은 종화의 표구점 안으로 나란히 들어섰다.

"어?"

둘의 등장에 깜짝 놀란 종화는 어떻게 두 사람이 같이 오냐는 듯 수호를 바라보며 빙긋이 웃었다. 윤희는 가게를 들어서며 종화에게 인사를 건넸다.

"사장님, 안녕하셨어요? 아침 일찍 약속 잡아서 죄송해요."

"아, 예. 안녕하세요?"

"저, 사장님, 최근에 표구하신 작품 좀 볼 수 있을까요? 작가님이 보시고 싶어 하셔서……."

"아, 예. 보여 드려야죠. 작. 가. 님!"

종화의 요상한 눈빛을 눈치챈 수호는 윤희를 돌아보며 말했다.

"저기 미안한데요, 윤희 씨. 여기 좀 둘러볼 동안, 커피 좀 사다 줄 수 있어요?"

"그럴게요. 아메리카노 연하게 맞죠? 사장님은요?"

"저도 같은 거요."

윤희가 표구점에서 나가는 것을 보고 종화는 오오, 하는 입 모양을 만들어 내며 수호의 옆구리를 쿡 찔렀다.

"어떻게 둘이 같이 와?"

"내 전시 담당자야."

"우와. 인연이네."

"근데 왜 그렇게 눈치를 줘. 민망하게. 여기 계약하러 왔었어, 우리 윤희 씨?"

우리 윤희 씨? 하고 되물은 종화는 눈을 커다랗게 뜨고 묻는 수호에게 눈썹을 들썩이며 흑백 사진이 걸려 있던 곳을 가리켰다.

"뭐?"

"저기 걸려 있던 네 사진 보자마자, 그거 자기한테 팔 수 있겠느냐고 묻더라. 처음엔 안 된다고 했는데, 내가 눈썰미가 있잖아? 그때 그 액자 만들어 줬던 그분 맞지?"

순간 수호의 눈이 커다래졌고, 그런 그의 반응에 종화는 쿡 하고 웃음을 터트렸다.

"어. 형, 센스 있다?"

"이놈 봐라. 누구 줬느냐고 도끼눈을 뜰 때는 언제고?"

종화는 한 대 칠 것처럼 손짓하다가, 아야야 하며 엄살을 부리는 수호를 보고 환하게 웃으며 말했다.

"액자 떼서 줬더니, 작가분이 직접 인화한 사진 맞느냐고 묻더라고. 그래서 맞다고 했더니, 사진을 한번 슥 쓸어 보더라. 표정이 너무 애틋해서 내가 다 울 뻔했다, 야."

과장된 표정을 짓는 종화를 보고 수호는 터져 나오려는 웃음을 참아 내며 말했다.

"뭐, 잘 줬네."

둘이 키득거리고 웃는 사이, 윤희가 커피 석 잔이 담긴 캐리어를 들고 가게 안으로 들어섰다.

"보셨어요?"

"네, 봤어요. 이만 가죠."

"벌써요?"

되묻는 윤희의 등을 떠밀며, 수호는 '사장님, 잘 부탁합니다.' 하고 인사했고, 종화는 '네, 알겠습니다, 작가님.' 하며 고개를 숙였다.

수호의 손에 이끌려 가게 밖으로 나와 그의 차에 올라탄 윤희는 어리둥절한 표정을 지으며 수호를 바라봤다. 오늘 아침에도 표정이 밝기는 했지만, 이렇게 해맑지는 않았는데, 윤희는 고개를 갸웃하며 입을 열었다.

"수호 씨, 표구점에서 뭐 좋은 일 있었어요?"

그는 차를 출발시키며 무언가 골똘히 생각에 잠긴 듯했으나, 표정은 꿈을 꾸듯 다채로웠다.

"저기, 수호 씨."

윤희의 부름에 수호는 응? 하는 표정을 지으며 윤희를 흘끔 쳐다봤다.

"무슨 일 있었어요?"

"저기."

"네?"

"나 이번에 전시할 사진이 좀 마음에 안 들거든요? 내일 급하게 출사를 나가야 할 것 같은데. 한 두어 점 바꾸게요."

심각한 듯 미간을 좁히는 수호를 바라보며 윤희는 조심스레 되물었다.

"그래서요?"

"전시가 너무 오랜만이라, 어떤 사진이 좋을지 감이 안 서요. 기획팀에서 좀 같이 가 줬으면 좋겠는데……. 담당하고 있는 전시 많아서 안 되겠죠? 나 말고도 작가가 네 분이나 더 계신데, 형평성에 어긋나기도 하고……."

"사실 다른 작가님들은 벌써 작품이 다 정해졌어요. 표구 작업도 미리 해 놓으셨거나, 진행 중이고요. 수호 씨가 진행이 제일 더디긴 한데……. 일정 맞추려면 뭐든 해야죠. 어디로 가시게요?"

윤희의 되물음에 수호는 또다시 심각한 표정을 지으며 대꾸했다.

"생각 좀 해 볼게요. 내일 하루 시간 비울 수 있는 거죠?"

"네, 팀장님께 말씀드려 놓을게요. 안 그래도 수호 씨가 이름 공개할 수 있게 해 주셔서, 팀장님 얼마나 좋아하셨는데요. 고마워요."

"고마우면, 내일 나 좀 도와줘요."

"그래요."

수호는 팀장에게 무언가 메시지를 보내고 있는 윤희를 흘끔 쳐다보며 성긋이 미소 지었다.

갤러리 앞에 그녀를 내려 준 수호는 곧장 집으로 향했다. 오래 머물 생각은 아니어서 렌즈를 제대로 갖추지 않고 서울로 왔던 탓에 제대로 된 장비를 갖추기 위함이었다.

차로 오를 때면 언제나 침울했던 아파트 언덕이 오늘따라 반가웠고, 높이 올라갈수록 마음은 깊게 가라앉았던 엘리베이터 안은 오늘따라 아늑했고, 마주 보고 있는 1605호와 1606호의 현관문 사이에 서자 피식 웃음이 났다.

집에 들어서자마자 수호는 제습함을 열고 카메라 보디를 챙기고, 렌즈를 정리했다. 수호는 손에 든 렌즈를 보며 또다시 피식 웃음 지었다. 캐논에서 나온 85.8mm, f1.8 렌즈, 조리갯값(f)이 낮아서 아웃포커싱 성능이 좋아 인물이 돋보이도록 하는 특성을 가진 렌즈였다.

후배 경석이가 제발 자기 아들 돌잔치에 와서 사진 한 번만 찍어 달라고 난리를 쳤을 때 산 렌즈였는데, 그날 이후 수호는 이 렌즈를 거들떠보지도 않았다. 렌즈마다 사람들이 붙여 놓은 별칭이 있었는데, 이 렌즈의 별칭이 바로 '여친 렌즈'였기에.

수호는 손에 들린 여친 렌즈를 바라보며 속삭였다.

"이제 네가 쓰일 때가 됐구나."

배낭 가득 카메라 보디 두 개, 화각을 고려한 렌즈 세 개, 스트로보, 여분의 배터리와 메모리 카드를 챙겨 놓았다. 그리고 그녀

가 좋아하는 필름 카메라 세트도 따로 크로스 백에 넣어 두고 수
호는 오랜만에 떨리는 가슴을 안고 침대에 누웠다.

수호는 빙그레 웃으며 휴대전화를 집어 들고 문자 메시지를 보
냈다.

[내일 엄청 춥대요. 따뜻하게 입고 와요.]

[네, 그럴게요. 내일 봐요.]

[잘 자요.]

[네, 수호 씨도 잘 자요.]

고작 며칠 사이에 수호의 삶에 다시 노란 빛깔 따스한 햇볕이
비추는 것만 같았다.

❋✽❋

갤러리 앞에 서서 추위에 발을 동동 구르고 있는데, 수호의 차
가 다가왔다. 그는 길가에 차를 세우자마자 운전석에서 내려서는
급하게 조수석 문을 열어 주었다.

"따뜻하게 입으라니까, 이게 따뜻하게 입은 거예요?"

"네."

수호는 걱정스러운 눈으로 윤희를 바라보며 얼른 타라고 손짓
했다. 운전석에 앉은 수호의 얼굴엔 환한 미소가 넘쳐흐르고 있었
다.

"어디로 가요?"

윤희의 물음에 수호는 가 보면 안다며, 또다시 환하게 웃었다.
밝게 빛나는 그의 얼굴에 윤희의 마른 심장이 따스한 기운으로 젖

어 드는 것 같았다.

서울에서 출발한 차는 한 시간 반을 달려 충남 서산의 벌천포 해수욕장에 도착했다. 무료 주차장에 차를 세운 수호는 차에서 내리기 전 자신의 목에 둘러 있던 목도리를 풀어서 윤희의 목에 둘러 주었다.

"저기."

윤희가 뭐라 막을 틈도 없이, 회색 목도리는 윤희의 목에 단단히 매어졌다.

"감기 걸려요. 목이 휑하면."

"그럼, 수호 씨는요?"

"난 이거 올리면 돼요."

수호는 점퍼에 달린 지퍼를 턱 밑까지 올리고는 푸시시 웃었다.

"내려요."

차에서 내린 윤희는 수호의 안내에 따라 발걸음을 옮겼다.

"이쪽이에요."

수호가 가리킨 곳을 바라본 순간, 윤희는 허탈한 웃음을 지었다.

"사진을 하나 잃어버렸거든요. 여기서 찍은 사진인데, 대체 누가 가져갔는지. 똑같은 작품이 나오려나 모르겠네?"

고개를 갸웃하며 장난스럽게 묻는 수호의 얼굴을 마주한 윤희는 옅은 미소를 지으며 물었다.

"표구점 사장님이랑 아는 사이죠?"

"어? 내가 그 사장이랑 아는 사인 줄 어떻게 알았을까?"

능청스러운 수호의 되물음에 윤희는 피식 웃음이 났다. 수호는 장갑도 끼지 않아서 차가운 윤희의 두 손을 맞잡은 뒤 자신의 얼굴에 가져다 댔다. 그 바람에 윤희는 깜짝 놀라서 수호를 올려다보았다.

'그 여자, 애틋하게 네 사진을 어루만지더라. 그분이 나보다는 네 작품에 더 높은 가치를 매기는 것 같아서 드렸어. 사진이든, 인연이든 그걸 소중히 해 줄 수 있는 사람의 곁에 있어야 하는 거잖아?'

종화의 말이 떠오른 수호는 능청스럽게 말했다.

"애틋하게 사진을 만지지 말고, 여기 있는 나를 보듬어 주면 되잖아요."

그녀의 손은 차가운 온도와 달리 따스한 봄날의 꽃잎처럼 부드러웠다.

"나 그리웠죠?"

수호의 물음에 윤희는 아무런 대답도 하지 못하고 고개를 떨어트렸다. 그녀의 두 손은 수호의 손에 붙잡혀서 여전히 그의 얼굴에 닿아 있었다. 수호는 윤희의 차가운 두 손을 커다란 손으로 꼭 쥔 뒤, 호오, 하고 입김을 불며 말했다.

"돈키호테가 죽고 나서, 카라스코가 뭐라고 했는지 알아요?"

"아뇨."

여전히 고개를 떨어뜨리고 있는 윤희에게 눈을 맞추려 수호는 무릎을 굽혔다. 그러자 윤희가 슬쩍 고개를 들어 그를 바라봤다.

"미쳐서 살았고, 미치지 않아서 죽었다."

윤희는 장난기 가신 진지한 그의 얼굴을 물끄러미 바라봤다.

"미쳐야만 살 수 있는 세상이라면, 난 당신한테 미칠 거예요."

수호의 고백에 윤희는 심장이 왈칵 솟아오르는 것 같았다.

"그렇게 알라고요. 난 이미 미쳐서 아무리 밀어내도 들러붙을걸?"

또다시 장난스럽게 웃는 그의 표정은 벌써 온 세상을 다 얻은 이처럼 밝았다.

"이제 사진 좀 찍을게요."

"그래요."

윤희는 그가 사진 찍는 모습을 물끄러미 바라보다가, 그의 렌즈가 향해 있는 곳을 향해 돌아섰다.

하늘과 맞닿아 있는 바다와 바닷물이 빠져나간 갯벌의 풍경은 한참이나 윤희의 시선을 사로잡았다. 아름다운 것을 볼 때 느껴지는 행복. 윤희는 가만히 두 눈 가득 겨울 바다의 풍경을 담았다.

"저쪽으로 가 볼까요?"

"네."

수호의 안내에 따라 들어선 벌천포 해수욕장에는 모래가 아닌 몽돌이 해안가를 채우고 있었다. 동글동글한 돌멩이에 부딪혔다가 쓸려 나가는 파도 소리가 이채롭게 느껴지기까지 했다. 아름다운 소리를 들을 때 느껴지는 행복. 윤희는 가만히 귓가를 울리는 파도 소리를 마음에 담았다.

그러면서 그가 사진 찍는 모습을 물끄러미 바라보는데, 어디선가 진한 커피 향이 풍겨 왔다.

"추운데 커피 사 올까요?"

윤희의 물음에 수호는 그러라며 고개를 끄덕였다. 윤희는 겨울의 찬 대기 속에서 꽃향기를 머금은 듯한 커피 향을 따라 걸었다.

커피 향을 따라간 그곳에는 전국 곳곳을 돌아다닌다는 분홍색 커피 트럭이 있었다.

"아메리카노 연하게 두 잔 주세요."

"네."

꽃향기를 지닌 듯한 커피 향을 들이마시며, 윤희는 슬쩍 미소를 머금었다.

커피 두 잔을 받아 들고 그에게 향하는 길. 윤희는 종이컵을 통해 손끝에 퍼져 나가는 온기에 꽁꽁 얼었던 손이 따스하게 녹아드는 것을 느꼈다.

"수호 씨, 커피 마시고 해요."

윤희의 부름에 수호는 촬영을 멈추고, 윤희를 바라봤다.

"고마워요."

그는 커다란 카메라를 옆으로 메고는, 종이컵을 받아 들었다.

커피를 마시기 위해 턱 바로 아래까지 올라와 있는 목도리를 끌어 내리자, 부드러운 촉감이 윤희의 손끝을 감싸 왔다. 윤희는 뜨거운 커피를 한 모금 들이마셨다. 혀끝을 감싸 오는 쌉싸름하고 달콤한 맛에 기분이 좋아지는 것 같았다.

아름다운 것을 보고, 좋은 소리를 듣고, 향긋한 향기를 맡고, 따스하고 부드러운 것을 만지고, 달콤함을 맛보고, 인간이 느낄 수 있는 다섯 가지 감각이 주는 원초적 행복에 젖어 들며, 윤희는 조심스레 입을 열었다.

"빅토르 위고가 그랬대요."

바람결에 떨리는 윤희의 목소리에 수호는 고개를 돌려 그녀를 바라봤다. 가만히 바닷가를 응시하고 있는 모습이 너무 아름다워서 수호는 다시 카메라를 들고 그녀의 옆모습을 렌즈 가득 담은 뒤, 초점을 맞췄다.

"인생에서 행복은 우리가 사랑받고 있다는 확신이다."

셔터를 누름과 동시에 그녀가 카메라를 바라보며 말했다.

"……우리가 함께한다면…… 행복할 수 있겠죠?"

17. 이런 행복

찰싹이는 파도 소리가 분명 귓가를 간질이고 있었고, 태양 빛에 온 세상이 환하게 빛나고 있었는데, 지금 수호의 귀에는 그녀의 목소리만 들렸고, 눈에는 그녀의 여린 모습만 들어왔다.

수호는 들고 있던 카메라를 어깨에 둘러메며 그녀의 곁으로 한 발짝 다가섰다. 자신을 바라보고 수줍은 미소를 짓고 있는 그녀의 얼굴이 그 어느 때보다 아름다웠다. 투명하도록 맑은 그녀의 뺨이 차가운 바닷바람 때문인지, 아니면 가슴 떨리는 고백 때문인지 붉게 물들어 있었다.

처음엔 자신이 잘못 들었나 싶었다. 그녀의 마음을 얻고 싶어서 안달이 난 자신이 만들어 낸 파도 거품과 같은 신기루가 아닌가 하는 생각마저 들었다.

"다시 말해 봐요."

미간이 좁혀지고, 눈시울이 뜨거워지는 게 느껴졌다. 심장을 시작으로 목구멍까지 뜨겁게 차오른 감동은 분명 그녀가 말한 문장들을 똑똑히 들었다고 알려 주고 있었지만, 뷰파인더를 통해 들여다본 모습이 아닌, 제 눈으로 똑똑히 그 말을 하는 그녀의 모습을 다시 보고 싶었다.

"우리가 함께하면 행복하겠죠?"

자신의 지나친 기대감이 만들어 낸 착각이 아니라면, 그녀는 조금 전보다 더 예쁘게 웃고 있었고, 목소리에 찾아들었던 떨림은 확신으로 바뀐 것 같았다.

수호는 손에 들고 있던 종이컵을 커다란 바위 위에 올렸다. 그녀의 손에 들려 있는 종이컵도 빼앗아 그 옆에 나란히 두었다. 윤희는 왜 그러느냐는 듯 고개를 갸웃했고, 수호는 두 손으로 예쁘게 달아오른 그녀의 볼을 감쌌다. 커다란 손이 그녀의 뺨과 귀와 목과 뒷머리에까지 닿았다.

"수호 씨, 내가……."

윤희의 입에서 흘러나온 문장은 완성될 수 없었다. 수호는 자신의 가슴속에서 들끓고 있는 뜨거운 감동을 공유하려는 듯 윤희의 입술에 자신의 입술을 겹쳤다. 매혹적인 향으로 블렌딩 된 원두의 향을 품은 아메리카노의 흔적이 그녀의 입안에서 느껴졌다.

그 흔적을 전부 제 것으로 만들려는 듯 수호는 빨아들이고, 또 빨아들였다. 그녀의 가녀린 손이 자신의 팔 언저리를 꽉 움켜쥐는 게 느껴졌다. 행복? 행복을 정의할 수 있는 것은 많지만, 사랑받고 있는 확신이 행복을 만들어 내는 원천이라면, 자신은 그녀에게 평생 그 행복을 안겨 줄 수 있다고 확신했다.

얼마나 기다려 온 순간인지, 수호는 이제 자신의 온 마음을 다

해 그녀를 보듬어 주고, 사랑해 주고, 안아 주고, 행복하게 해 줄
수 있다는 생각에 눈물이 솟아났다. 눈물이 솟아나는 곳은 분명
눈인데, 왜 그 격렬한 감동은 입안에서도 흘러나오는 것인지, 수
호가 서러운 울음을 삼키자 입술을 떼어 낸 윤희가 그를 올려다봤
다.

"수호 씨."

"……."

아무 말 없이 말갛게 부풀어 오른 그녀의 입술을 엄지손가락을
훑고는 다시 짧고 자잘하게 여러 번 입을 맞췄다.

"내가 하는 말…… 다 안 들을 거예요?"

호흡을 고르려는 듯, 자잘하게 숨을 내뱉으며 예쁜 미소를 짓
는 그녀의 눈가도 젖어 있었다. 수호는 투명한 핑크빛을 내는 그
녀의 뺨 위로 흐르는 눈물을 닦아 주며 겨우 입을 열었다.

"말해 봐요."

"수호 씨…… 내가……."

자신이 하는 말 다 듣지 않을 거냐고 했던 그녀는 정작 말을
이으려니 부끄러운지, 슬쩍 시선을 내린 채로 말을 잇지 못했다.
수호는 가만히 그녀의 입에서 어떤 말이 흘러나오기를 기다렸다.
윤희는 용기를 내듯 크게 숨을 들이마신 뒤, 여린 미소를 지으며
수호를 올려다봤다.

"……수호 씨 행복하게 해 주고 싶어요."

수호는 자신의 품에 그녀를 가두듯 끌어안았다. 작고 여린 그녀
는 수호의 품에 완전히 파묻혔고, 그녀의 입술 또한 그의 입안에 파
묻혀 버렸다. 그녀가 자신을 외면할 수밖에 없었던 그 인고(忍苦)의

시간을 보상받으려는 듯 끊임없이 그녀의 입안을 맛보고, 입술을 깨물고, 달콤한 타액을 들이마셨다. 이것으론 부족하다 할지라도……

수호는 달콤하게 자신의 품에 안겨 있는 여자의 얼굴을 내려다보려 슬쩍 입술을 떼어 냈다. 긴 입맞춤으로 숨이 가쁜지, 자잘하게 숨을 고르는 그녀의 눈동자는 물기와 열기가 동시에 어려 있었다.

"사랑해요."

수호는 조용한 목소리로 그녀의 귓가에 속삭였다.

수호의 목소리가 귓가에 울리자, 꾹 다물고 있던 그녀의 입술이 가슴속 깊은 곳에서 끓어오르는 격한 감정을 이겨 내지 못하듯 작게 울음을 토해 냈다.

수호는 윤희를 꼭 끌어안고 그녀의 등을 슬며시 쓸어내려 주었다. 절대 울리고 싶지 않은 여자인데, 자신의 고백이 그녀를 울리고 말았다. 그런데도 수호의 입가엔 미소가 머물렀다.

"울지 마요. 이제 그 눈물은 마를 때도 되지 않았나?"

수호는 자신의 품에 안겨 있는 윤희를 내려다보며, 고개를 갸웃하고는 응? 하고 되물었다. 그 물음에 윤희는 알겠다는 듯 고개를 끄덕였다.

"자, 사진은 찍을 만큼 찍었으니, 이제 갈까요?"

수호의 물음에 뜨거운 감정으로 목이 꽉 막힌 윤희는 또다시 고개만 끄덕였다.

서울로 향하는 길, 서산으로 향했던 아침과는 다른 빛깔의 공기가 차 안을 가득 메우고 있었다. 그 긴장감과 떨림을 풀어 헤치

듯 수호가 물었다.

"준이는 잘 지내요?"

"네."

"보고 싶네. 많이 컸겠어요."

윤희는 고개를 끄덕이며 미소 지었다.

"준이 볼래요?"

"어디 가면 볼 수 있어요?"

수호의 물음에 윤희는 아랫입술이 저절로 말려 들어가도록 수줍게 웃었다.

윤희가 살고 있다는 동네에 차가 들어서자, 그녀는 휴대전화로 어디론가 전화를 걸었다.

"어, 준아, 엄마. 어디야? ……응. ……그래, 엄마가 거기로 갈게."

전화를 끊고 고개를 돌려 생긋 웃는 윤희에게 수호가 물었다.

"어디 있대요?"

"놀이터요."

"그래요. 가요, 우리."

그녀와 자신을 묶어 우리라 칭할 수 있는 상황이 왔다는 데에, 수호는 또다시 가슴이 벅차올랐다. 윤희가 길을 안내하는 대로 차를 몰아 놀이터 근처에 차를 세운 수호는 숨을 크게 들이마셨다.

"긴장돼요?"

"그럼요. 나 이제 준이한테 더 잘 보여야 하잖아요."

수호는 손을 뻗어 그녀의 하얀 뺨을 어루만지며 빙그레 웃었다.

손끝에 감겨 오는 부드러운 감촉에 수호의 심장이 또다시 내달렸다. 입술을 가져가 그 부드러움을 마음껏 탐하고 싶은 욕망을 억누르며, 그는 차에서 내려 조수석 문을 열어 주었다.

그녀와 나란히 걸어 놀이터 안으로 들어서는데, 신이 난 아이들의 목소리가 여기저기서 울려 퍼졌다. 아이들의 드높은 목소리만큼이나 수호도 오늘 하루는 오랜만에 신이 나고, 오랜만에 마음껏 기쁘고, 오랜만에 눈물겨울 만큼 행복했다.

푹신한 바닥을 밟으며 해적선 모양의 조형물 앞을 지나는데, 준이가 그 앞을 스치고 지나쳤다.

"준아."

윤희의 부름에 준이는 다급한 목소리로 외쳤다.

"어, 엄마! 잠깐만, 술래가 쫓아와!"

저 달리기 잘해요! 하고 발끈했던 일곱 살 준이를 떠올리며, 수호는 장난스러운 목소리로 되물었다.

"그럼 빨리 도망가야겠다? 준이 달리기 잘하나?"

그 목소리를 듣고 등을 보인 채 도망가던 준이가 우뚝 멈춰 섰다. 숨을 고르듯 아이의 어깨가 크게 들썩였다. 한참을 가만히 서 있던 아이가 고개를 돌려 두 사람을 바라봤다.

"아저씨? 수호 아저씨?"

준이의 되물음에 수호는 고개를 끄덕이며, 무릎을 굽히고 팔을 활짝 펼쳐 보였다. 그러자 준이가 큰 소리로 외쳤다.

"나 달리기 잘한다고 말했잖아요!"

그걸 증명이라도 해 보이겠다는 듯, 준이가 힘껏 달려 수호의 품에 안겼다. 추운 겨울인데도 이마에 송골송골 땀이 맺힐 정도로 뛰어다닌 준이를 수호는 커다란 손으로 보듬었다.

"아저씨, 어떻게 왔어요? 여기 나 있는지 어떻게 알았어요? 엄마가 알려 줬어요? 지금 어디 살아요? 엄마 어떻게 만났어요?"

수많은 질문을 한꺼번에 쏟아 내던 준이는 불현듯 무언가 떠올랐는지 질문을 멈추고 고개를 푹 숙였다. 수호는 아이의 머리를 쓰다듬으며 대답했다.

"준이 보고 싶어서 왔어. 엄마가 알려 주셨어. 엄마는 전시회 준비하면서 갤러리에서 만났어."

수호의 대답에 머뭇거리던 준이가 다시 입을 열었다.

"아저씨, 나 안 미워요?"

"응? 준이가 왜 미워?"

준이는 고개를 푹 숙인 채로 손끝을 바라보며 울먹였다.

"내가 미국 가자고 엄마한테 졸라서⋯⋯. 그래서⋯⋯."

입술을 달싹이고, 이리저리 흔들리는 목소리로 말을 잇다가 끝내 울음이 터진 아이를 수호가 꼭 끌어안았다.

"안 미워. 하나도 안 미워. 우리 준이가 얼마나 보고 싶었는데. 절대 안 미워."

밉지 않다는 그의 말에 준이는 얼룩진 얼굴을 소매로 슥 닦아 내며 배시시 웃었다.

"아저씨 이제 계속 볼 수 있어요?"

수호는 그렇다며 고개를 끄덕였다.

"엄마, 그래도 돼?"

윤희도 그렇다며 고개를 끄덕이자, 준이는 와! 하는 환호성을 지르며 수호의 목을 또다시 끌어안았다. 자신이 밉지 않냐며 수호를 반기는 아이의 순수한 마음처럼 자신도 그랬어야 했다는 생각이 들었다. 아주 잠시였을지라도, 또다시 이어진 인연(因緣) 앞에서 주저하며 그에게 상처를 줬다는 생각에 윤희는 고개를 떨어뜨렸다.

수호는 그런 윤희의 마음을 안다는 듯이 옆에 서 있는 그녀의 손을 꼭 잡아 주었다. 그 모습을 발견한 준이가 환한 미소를 지으며 물었다.

"엄마, 아저씨 우리 집에서 저녁 먹으면 안 되겠지? 할머니, 할아버지 계셔서?"

"다음에. 준아."

"알겠어."

또다시 시무룩해진 준이는 수호를 향해 신신당부하듯 말했다.

"아저씨, 다음에 꼭 우리 집에 저녁 드시러 오세요. 꼭이요. 꼭!"

"응, 그럴게."

"내려가 봐야죠?"

수호는 고개를 끄덕이고는 준이의 손을 잡으며 몸을 일으켰다.

"사진 고르는 건 내가 형이랑 알아서 할게요. 오늘 힘들 텐데, 푹 쉬어요."

윤희가 고개를 끄덕이자 수호가 편안한 미소를 지으며 말했다.

"전화해요."

단지 그 네 음절이 둘 사이가 어떻게 달라졌는지를 증명하듯 윤희의 목소리가 떨렸다.

"그럴게요."

"잘 가, 준아. 또 보자. 곧 보자!"

"네, 아저씨. 안녕히 가세요."

손을 꼭 맞잡은 채로 집으로 향하는 두 사람의 뒷모습을 바라보며, 수호는 운전석에 올랐다.

윤희는 준이의 손을 붙잡고 집으로 향하다 말고, 그의 차가 세워져 있는 쪽을 한번 바라봤다. 차 안에서 손을 흔들며 환하게 웃고 있는 그의 모습에 저절로 미소가 피어올랐다.

✽ ✽ ✽

전시회 시작 날, 수호의 사진을 보려는 관람객들로 갤러리는 인산인해를 이루었다. 다른 네 사람도 유명한 작가였지만, 평소 전시회를 여는 일은 거의 없는 그의 이례적인 전시였던 것이다. 게다가 후원회에서 요청한 작가와의 만남도 흔쾌히 승낙해 갤러리 한쪽에 마련된 강당 한가운데에 서 있는 그의 존재감에 사람들의 이목이 쏠렸다.

전시회에 출품된 10점의 사진을 프로젝터에 띄우고 사진에 담긴 의미를 천천히 풀어 나가는 그의 빛나는 모습을 강당 가장 뒤쪽에서 바라보던 윤희는 가슴이 벅차올랐다.

그가 출품한 사진에는 각기 다른 긴 제목이 붙어 있었고, 처음 그가 전해 준 짧은 제목은 그의 요청으로 수정되었다. 윤희는 그가 강의에 들어가기 전 전해 준 쪽지를 펼쳐 보았다.

[사진은 아래의 순서대로 볼 것]

1. 서로를 바라보고 있는 고부간의 사진 ── 어려웠던 우리가 서로를 바라봅니다.

2. 두 손을 꼭 붙잡고 걸어가는 어린 남매의 사진 ── 꼭 잡은 두 손 절대 놓치지 마요.

3. 채소 노점상 할머니의 사진 ── 깊게 주름이 팰 만큼 오랜 세월이 지나도.

4. 똑같은 옷을 입은 쌍둥이가 유모차에 앉아 있는 사진 ── 같은 모습으로 늘 함께한다 해도.

5. 전화기를 붙든 외국인 노동자의 사진 ── 당신은 항상 나에게 그리운 사람입니다.

6. 짐이 잔뜩 실린 할머니의 리어카를 청년들이 밀고 있는 사진 ── 고단한 삶의 한가운데.

7. 막걸리 잔을 부딪치고 있는 할아버지들의 사진 ── 술 한 잔 기울일 친구가 되어 주고,

8. 귓속말을 속닥이며 걷고 있는 여고생들의 사진 ── 당신이 하는 이야기에는 언제나 귀를 기울여 주고,

9. 환하게 웃고 있는 어린아이의 사진 ── 지금 이 행복이 영원할 수 있도록.

10. 나란히 걷고 있는 노부부의 사진 ── 언제나 우리 함께.

윤희는 수호가 건넨 쪽지의 순서에 따라 사진의 제목을 읽어 내려가다, 단상 위에 있는 수호에게 시선을 옮겼다.

"이 사진들은 누군가에게 보내는 메시지였습니다. 그 메시지가 잘 전달되었으면 합니다."

수호의 마지막 말에 사람들의 박수가 터져 나왔다. 윤희는 단상에 있는 그의 얼굴을 바라보며 성긋이 웃었다.

강의가 끝나고, 강당을 메웠던 사람들이 빠져나가는 틈을 타, 윤희는 그의 곁으로 다가갔다.

"강의 다녀도 되겠어요. 말 정말 잘하네요."

"내 능력치가 예상했던 것보다 높아서 감동한 눈친데?"

능청스러운 수호의 대답에 윤희가 피식 웃음을 터뜨리는데, 전시도록을 손에 든 사람들이 그의 곁으로 몰리기 시작했다.

"작가님, 사인 부탁드려요."

사람들에게 떠밀려 저 뒤로 물러난 윤희는 밖에 나가 있겠다며 손짓했다. 수호는 그러라며 고개를 끄덕였다.

"윤희 씨."

"네?"

수호가 전해 준 쪽지를 다시 한 번 펼쳐 보며 강당을 빠져나오는데, 갤러리 대표가 윤희를 불러 세웠다.

"3층 전시실 닫혀 있는 거 맞지?"

"네."

"거기 뭐 문제가 생겼나 봐. 얼른 올라가 봐."

심각한 대표의 표정에 윤희는 빠르게 발걸음을 옮겨 3층으로 향했다. 두꺼운 호두나무로 된 문을 있는 힘껏 밀고 들어가자, 전시실 한가운데 붙어 있는 커다란 사진이 눈에 들어왔다.

사진이 걸려 있는 곳에 다가갈수록, 윤희는 숨이 벅차올랐다. 멀리서 봐도 윤희의 키를 넘길 것 같은 세로 길이, 그와 비슷한 가로 길이의 사진은 바로 자신의 얼굴이었다. 그날 바닷가에서 그에게 고백할 때, 그 순간 찍힌 사진인 듯했다.

그런데 사진을 가까이에서 보니 단순히 인화된 사진이 아니었다. 그동안 그가 작가로 활동하면서 찍었던 모든 작품이 마치 모자이크 조각처럼 작게 인화되어 윤희의 모습을 만들어 내고 있었다.

"11. 사랑했으면 합니다. 내 모든 삶의 흔적이 만들어 낸 결과가 지금 이 순간이라면, 나는 내 삶을 후회하지도, 원망하지도 않을 거고, 오히려 당신을 만나게 해 준 그 모든 일을 감사하며 살 거예요."

등 뒤에서 들려온 나지막한 목소리에 윤희는 고개를 돌려 그를 바라보았다. 자신에게 성큼성큼 다가오는 그의 손에는 보라색 국화꽃 한 다발이 들려 있었다.

"내 모든 것을 그대에게."

꽃을 내밀며 그렇게 말하는 수호의 목소리에 윤희는 감정을 이겨 내지 못하고 울음을 터뜨렸다.

"이 보라색 국화 꽃말이에요. 다른 꽃들은 봄에 피는데, 국화는 서리가 내린 추운 늦가을까지도 꽃망울을 터뜨려요. 봄이 지나고, 여름이 지나고, 서늘한 가을에 찾아온 꽃은 그동안 꽃망울을 터뜨리고 싶어서 얼마나 많이 참고 견뎠을까요? 이제 마음껏 그 향기와 아름다움을 즐겨도 되겠죠?"

윤희는 세 발자국 정도 떨어져 있는 수호의 곁으로 단숨에 다가가 그의 허리를 꼭 끌어안았다.

"정신이 쏙 나갈 만큼, 말 정말 잘하네요."

"와, 이제 달려와서 안기기도 하네? 그냥 말 잘하는 거에만 감동한 거예요?"

윤희는 세차게 고개를 저었다.

"고마워요."

"그게 다예요?"

뾰로통한 목소리로 묻는 그를 올려다보며, 윤희가 조심스레 입을 열었다.

"……사랑해요."

수호는 자신이 가장 듣고 싶었던 말을 내뱉은 붉은 입술을 고개를 숙여 그대로 머금었다.

18. Two become one

목요일에 시작된 전시는 주말이 되자 관람객들의 수가 기하급
수적으로 늘어났다. 윤희는 전시장의 전반적인 상황을 살피기 위
해 촉각을 곤두세우고, 관람객들의 면면을 살폈다. 그러던 중 낯
익은 얼굴이 눈에 들어왔다. 윤희는 사무실 직원을 호출한 후, 노
부부에게 다가갔다.

"저, 실례합니다."

"네."

윤희의 목소리에 고개를 돌린 노부부는 성긋이 웃고 있는 그녀
를 발견하고는 활짝 웃었다.

"준이 엄마?"

"안녕하세요? 어떻게 지내셨어요? 전시 보러 오신 거예요?"

"응, 아는 사람이 여기서 사진전 한다고 해서."

언덕 위 아파트에 살던 시절, 수호가 이사 오기 전까지 옆집에 살았던 효천은 윤희의 손을 꼭 붙잡고 다시 한 번 인자한 미소를 지었다.

"준이는 많이 컸겠다!"

"네, 이제 열 살 됐어요."

"그렇구나."

"제가 안내해 드릴게요."

"준이 엄마가?"

"제가 여기 전시 기획 담당이거든요."

순간 효천의 얼굴에 묘한 미소가 떠올랐다. 윤희는 그저 자신이 뜻하지 않은 장소에서 새로운 일을 시작했기에 놀랐을 거라고 생각했다.

"놀라셨어요?"

"아니, 안내해 줘요."

효천은 손사래를 치며 윤희의 손을 꼭 붙들고 전시실을 돌았다. 그녀의 옆에 있던 병주는 조용히 두 여자의 뒤를 따라 걸어왔다.

수호의 사진이 전시된 구간에 멈춰 섰을 때, 효천은 눈시울을 붉히며 사진을 응시했다. 윤희는 조용조용한 목소리로 설명을 이어 갔다.

"흑백 풍경 사진이나 정물 사진만 찍으시던 작가님이에요. 원래 전시는 잘 하지 않으시는 분인데……. 기회가 닿아서 전시에 참여하셨어요."

효천은 작가가 달아 놓았다는 제목을 살피며 가슴 한가운데 가만히 손을 얹고 한참 동안이나 사진을 바라봤다.

"따뜻하네."

"그렇죠? 사진만큼이나 마음도 따뜻한 작가님이세요."

윤희의 덧붙임에 효천은 피시식 웃었다. 윤희는 그 웃음이 무엇을 의미하는지 몰라 고개를 갸웃했다.

"아무것도 아니야. 우리 잠깐 어디서 이야기 좀 할까? 오랜만에 만났는데……."

효천은 윤희의 손을 놓지 않은 채로 말했다.

"네. 그럼, 저 직원한테 잠시 자리 비운다고 전하고 올게요."

"그래, 그럼."

효천은 꾸벅 고개를 숙여 인사를 하고는 멀어져 가는 윤희의 뒷모습을 물끄러미 바라봤다.

갤러리 근처 작은 카페에 마주 앉은 세 사람은 김이 모락모락 나는 허브차를 앞에 두고 옛이야기를 꺼내 보고 있었다.

"준이가 참 똘똘하고 기특했는데……. 엄마 혼자 키웠다는 게 놀라울 정도로 심성도 고왔고……."

효천의 말에 윤희는 괜히 얼굴이 간지러워 미소를 머금은 채 고개를 숙이며 국화꽃 한 송이가 예쁘게 담겨 있는 유리잔을 들어 입에 가져다 댔다. 향긋한 차 한 모금을 입에 머금자, 며칠 전 국화꽃 한 다발을 내밀며 환하게 웃던 그의 얼굴이 떠올라 간지러운 얼굴이 더 붉어지는 것 같았다.

"어떻게 지내셨어요? 연락도 안 주시고……. 준이가 두 분 떠나시고 한동안 많이 찾았어요."

"연락할 수 있는 상황이 못 됐지. 좀 오지에 있었거든."

줄곧 가만히 대화를 듣고 있던 병주의 대답에 윤희는 눈을 동

그렇게 뜨며 되물었다.

"오지요?"

윤희의 되물음에 효천은 서글서글한 웃음을 지으며 말을 이어 갔다. 은퇴 전 외과의사와 간호사였던 두 부부는 좋은 일에 뜻을 두고 네팔로 향했다고 했다.

"이민 가신 거 아니셨어요?"

"아니야. 봉사활동이었는데, 괜히 부끄러워서 이야기를 제대로 못 했지."

"이제 들어오신 거예요?"

"아니, 우리가 더 필요한 곳은 거긴데……."

인자한 미소를 띤 채, 윤희를 물끄러미 바라보던 효천이 이제 까지와 다른 목소리로 윤희를 불렀다.

"준이 엄마."

"네."

목소리에서 느껴지는 어떤 떨림과 울림에 윤희는 괜히 가슴이 두근거렸다.

"이제 정말 준이 혼자 키우지 말고, 아빠 만들어 줘야지."

윤희는 수줍게 고개를 숙이며, '네.' 하고 대답했다. 무릎 위에 가지런히 놓인 손끝을 바라보고 있는데, 등 뒤에서 낯익은 목소리가 들려왔다.

"갤러리에서 한참 찾았어요. 문자 말고 전화를 주시죠."

수호는 테이블 앞에 서서 투정을 부리듯 효천에게 말했다. 그 모습을 보고 효천은 우리 투덜이 아들 왔다며 반겼고, 윤희는 그 저 입을 다물지 못하고 수호를 바라봤다. 수호는 윤희의 옆에 앉으며 그녀의 손을 끌어다 꼭 잡았다.

"며느릿감 궁금하셔서 몰래 오신 거예요?"

수호의 너스레에 효천은 슬쩍 눈을 흘기며 아들을 나무랐고, 병주는 그저 따스한 눈길로 수호와 윤희를 바라봤다.

"그래, 그랬다. 왜?"

"아무리 그래도 아들 없이 이러시면 곤란해요, 어머니."

효천을 어머니라 부른 수호는 윤희를 바라보고는 '놀랐어요?' 하고 물었다. 윤희는 놀랐다고도 못 하고, 그렇다고 놀라지 않았다고도 못 하고 그저 두 눈만 끔뻑거렸다.

윤희의 손을 꼭 붙잡은 채로 몇 년 만에 환한 미소를 보여 주며 살갑게 구는 아들의 얼굴을 효천이 물끄러미 바라봤다. 괜히 눈물이 핑 도는 것 같아서, 눈가를 길게 늘였다가 조심스레 입을 열었다.

아들이 아픈 일을 겪은 후 이리저리 떠도는 동안 부부는 일부러 연고가 없는 도시로 이사를 했다고 한다. 그러다 옆집에 이사 온 윤희와 준이를 만나게 되었고, 씩씩하게 살아가는 두 모자를 보고 힘을 얻기도 했다고.

퀼트 무료 강좌를 했던 준이 엄마를 따라서 갔던 보육원 봉사 활동에서 두 부부는 남을 돕는 일이 비단 그들을 위한 일만은 아님을 느꼈고, 팁팁하게만 살았던 자신들의 인생에 대한 사죄의 의미로 해외의료봉사를 지원하게 되었다고 했다.

그사이 부모님의 눈을 피할 수 있었기 때문이었는지, 아니면 운명의 이끌림이었는지 그 집에 수호가 들어와서 살기 시작했다고. 윤희는 효천의 말에 귀를 기울이다 수호를 한번 바라봤다. 그는 피식 웃으며, '아마 운명일걸?' 하고 말했다.

"네팔에서 봉사 활동할 때, 한 마을에 우물을 파고, 펌프를 설치해 주는 사업을 한 적 있었어. 펌프를 설치하고 나면 지하에 있는 물을 끌어 올리기 위해서, 물을 마중하러 나간다는 의미의 마중물을 마른 펌프에 한 바가지 부어 줘야 해. 그 한 바가지의 물이 콸콸 흐르는 물을 길어 올릴 수 있게 해 주지."

효천은 테이블 위로 손을 뻗었다. 윤희는 조심스레 손을 올려 그녀의 손을 잡았다. 투박한 손이 따스하고 또 따스했다.

"두 사람이 서로에게 그런 마중물 같은 존재가 된 거겠지? 인생의 참된 행복과 이어 주는 그런 사이. 콸콸 흐르는 물처럼 행복 가득한 삶을 살았으면 해. 두 사람 어려웠던 만큼. 뭐, 인생이 항상 좋을 수만은 없겠지만, 서로 어려운 일이 있을 때, 서로에게 마중 나온 물이었던 사이라는 걸 꼭 기억하고."

윤희의 뺨을 타고 뜨거운 눈물이 한 줄기 흘러내렸다. 효천도 퍽퍽한 눈가를 적시는 눈물을 닦아 내며 웃었다.

"근데, 준이는 우리 수호 좋아하나? 이 녀석이 워낙 철이 없어서, 준이가 더 어른스러울 것 같은데?"

병주의 물음에 수호는 뾰로통한 목소리로 대답했다.

"준이가 절 얼마나 좋아한다고요. 아마 이제는 아버지보다 날 더 반길걸?"

수호의 거드름 아닌 거드름에 효천은 피시식 웃었다. 수호는 손목에 있는 시계를 한 번 확인하고는 물었다.

"식사하고 가실 거예요?"

"아니, 점심때 봉사자 모임 있어서, 거기 가 봐야 해. 우리 곧 또 봐."

"네."

윤희가 성긋이 웃으며 대답하자, 효천은 윤희의 등을 한 번 꼭 안아 주고는 카페를 나섰다. 두 분이 카페를 나서 저 멀리 사라지는 것을 확인한 윤희는 고개를 홱 돌려 수호를 올려다봤다.

"왜 말 안 했어요? 두 분 아들인 거?"

"뭐, 말할 기회가 있었나? 내 코가 석 자였는데?"

수호는 윤희의 어깨를 끌어당겨 자신의 왼쪽 품에 품고는 만족스럽게 웃었다.

"그래도 미리 말이라도 해 줬으면 좋았잖아요."

"왜요? 예비 시어른 만날 마음의 준비를 좀 해야 했나?"

수호의 물음에 윤희가 눈을 동그랗게 뜨고 그를 바라보자, 수호는 진지한 얼굴로 되물었다.

"고작 연애나 하자고, 내가 그렇게 낯간지러운 말 해 가면서 이벤트 한 줄 아는 건 아니죠?"

"그게……."

머뭇거리는 윤희의 두 눈을 바라보며, 수호가 미소를 머금은 채 말했다.

"딱 한 달만 연애해요, 그럼. 나 그 이상은 못 기다리겠는데? 준이 학교 개학하는 3월 되기 전에, 나 준이 아빠 되고 싶어요."

물론 당신 남편도. 그렇게 덧붙인 수호는 윤희가 미약하게나마 고개를 끄덕이는 모습을 보고는 푸시시 웃었다.

"아이고, 어려워라. 이 여자 뭐가 이렇게 어려워?"

수호의 너스레에 윤희는 곱게 눈을 흘겼다.

"쉬는 날 언제예요?"

"다음 주 월요일이요."

"그럼, 그날이 공식적인 첫 데이트가 되겠네."

고개를 갸웃하며 윤희를 내려다보는 그의 눈빛은 뜨겁고, 뜨거웠다.

✳✷✳

주말이 끝나 가는 일요일 밤, 윤희는 준이가 잠이 든 것을 확인하고 나와 책상 앞에 앉았다. 첫 데이트라 공지해 놓은 시간이 다가올수록 심장이 벌렁거려서 쉬이 잠이 오질 않았다. 첫사랑의 열병을 앓는 소녀도 아니고, 이렇게까지 떨릴 게 뭐람? 하는 생각을 하면서도, 내일 뭘 입어야 할까, 어딜 가게 될까 하는 생각들로 머릿속이 복잡해졌다.

드로잉 북에 이런저런 스케치를 해 보며 생각을 떨쳐 내려 하는데, 연필 끝이 만들어 낸 그림은 그의 얼굴이었다. 윤희가 중병에라도 걸린 듯 끙 하는 신음을 내뱉으며 드로잉 북을 덮으려는 찰나, 휴대전화가 울렸다.

"여보세요?"

— 뭐 하시나? 우리 예비 마누라는?

수호의 능청스러움은 시시각각 그 몸집을 불려 가는 것 같았다. '당신 얼굴 그리고 있었어요.' 하고 말하기는 싫어서 윤희는 그저 평범한 목소리로 대답했다.

"이제 자려고요."

— 그래요. 일찍 자요. 내일 정말 따뜻하게 입어요. 꽤 추울 수도 있으니까.

"내일 어디 가려고요?"

— 미리 말해 주면 재미없게?

윤희는 피시식 웃으며 알겠다고 대답하고는 전화를 끊었다. '따뜻하게 입으면 예쁘게 입을 수 없는데.' 하는 생각이 들자 얼굴이 화끈 달아오르는 것 같았다. 옆집에 살면서 화장도 하지 않은 맨얼굴을 거의 매일 보다시피 한 적도 있었는데, 늘어진 트레이닝복을 입고 있던 모습도.

갑자기 그때의 그 모습들이 부끄러워져 윤희는 두 팔을 포개고 책상 위에 엎드렸다. 내일 뭘 입나?

❀✱❀

윤희의 집 앞에 멈춰 선 수호의 차 안에는 보사노바풍의 재즈 음악이 흐르고 있었다. 둘이 밥도 같이 먹고, 둘이 거리를 거닐기도 하고, 둘이 출사를 나가기도 했었지만, 공식적인 데이트라는 타이틀을 붙여 놓고 보니, 이것저것 신경이 쓰여서 수호는 차 안을 맴도는 음악도 고르고 또 골랐다.

약속 시각이 가까워 오자, 손끝까지 열이 오르는 것 같았다. 윤희가 대문을 열고 나오는 것을 확인한 수호는 얼른 운전석에서 내려 조수석 문을 열어 주었다.

"따뜻하게 입었네. 말도 잘 듣지."

수호의 말에 윤희가 피식 웃었다. 두꺼운 다운 점퍼에 까만 가죽

부츠를 신고 목도리를 한 그녀의 머리를 수호가 스윽 매만졌다.

"얼른 타요. 추운데."

윤희는 고개를 끄덕이며 차에 올랐다.

"우리 어디 가요?"

배시시 웃으며 묻는 그녀의 목소리가 너무 좋아서, 수호는 그토록 신경 써서 고른 음악 소리를 줄이며 대답했다.

"꽃 보러 가요."

"꽃? 이 겨울에 꽃이 어디 있어요?"

"가 보면 알아요."

수호는 운전을 하며 그녀의 모습을 힐끗 쳐다보기도 하고, 손을 뻗어 뺨을 어루만지기도 했다.

"더우면 점퍼 벗어요."

"아니에요. 그냥 입고 있을래요."

따스한 차 안에서 두꺼운 점퍼를 입고 고집을 피우는 그녀의 양 볼은 예쁘게 달아올라 있었다.

"그러다 쪄 죽겠는데?"

수호가 미간을 좁히며 묻자, 윤희가 하는 수 없다는 듯 두꺼운 점퍼를 벗어서 뒷좌석으로 넘겼다. 수호는 신호대기에 걸려 차가 멈춰 선 틈을 타 조수석 쪽으로 고개를 돌렸다.

"하?"

그의 반응에 윤희는 고개를 숙인 채로 수줍은 미소를 짓고 있었다. 몸에 딱 달라붙는 연노랑과 연핑크가 섞인 니트 원피스를 입고 있는 그녀의 모습에 수호는 심장이 콩닥콩닥거렸다.

너무 과했나? 자신의 몸에 딱 맞도록 붙어 있는 니트 원피스

덕에 가슴 선과 허리선이 그대로 드러났다. 곱게 화장한 얼굴은 그녀의 파스텔 톤 니트만큼이나 화사했다.

"예뻐요."

예쁘다는 그의 목소리에 윤희는 심장이 더 크게 두근거리는 것 같았다.

"그래서 큰일이네."

수호는 갑자기 한적한 도로변에 차를 세운 뒤 조수석 쪽으로 몸을 틀고는 윤희의 뒷목을 잡아채서 끌어당겼다. 순식간에 일어난 행동에 깜짝 놀랄 틈도 없이 윤희의 입술이 그의 입술에 닿아 있었다.

말캉하게 머금었다가, 뜨거운 혀를 들이밀고는 입안을 유영하는 그의 움직임에 윤희는 몸을 바르작댔다. 숨이 벅차 가슴이 오르락내리락하고, 밭은 숨이 서로의 코끝에서 오갔다. 끈적하게 붙었다가 떨어지고, 서로를 빨아들이는 소리가 조용했던 차 안을 순식간에 붉게 만들었다.

"하아."

수호가 입을 떼어 내자, 윤희가 가쁜 숨을 몰아쉬었다. 수호는 얼굴을 붉힌 채 몽롱한 눈으로 자신을 바라보는 윤희의 어깨에 턱을 얹으며 새하얀 목에 입술을 가져다 댔다. 다시 한 번 윤희가 숨을 고르며 몸을 비틀자 수호는 그녀의 허리를 팔로 감으며 말했다.

"결혼 전까지는 참으려고 했는데, 너무 예뻐서 미치겠네."

그의 숨결에 목을 타고 솜털이 오소소 일어났다.

"그렇다고 차에서 이러는 건 위험해요."

윤희의 떨리는 목소리에 수호는 피시식 웃음을 흘렸다.

"누가 뭐, 더 어떻게 한다고 했나?"

그의 물음에 얼굴이 새빨개진 윤희는 입술을 뾰족하게 만들고
는 뾰로통한 표정을 지었다.

"뭐, 더 원하는 표정인가?"

"수호 씨!"

짓궂은 장난에 빽 하고 소리치며 노려보는 윤희의 볼에 입을
한 번 더 맞춘 수호는 가슴이 들썩이도록 한숨을 내쉬며 운전대를
잡았다.

"걱정 마요. 차에서 초야를 치를 만큼 내가 하드코어는 아니니
까."

차를 출발시키며 즐거운 듯 웃고 있는 수호가 얄밉다는 생각이
들면서도 초야라는 단어가 주는 기묘한 두근거림에 윤희는 자잘
하게 숨을 고르며 도로를 응시했다.

서울을 출발한 지 2시간 만에 도착한 곳은 춘천의 소양강 가녘
이었다. 어스름 해가 뜨는 시각, 주위는 붉은 여명(黎明)으로 물들
어 가고 있었다.

"여기 꽃이 있어요?"

윤희의 물음에 수호는 그렇다며, 뒷좌석에 놓인 그녀의 점퍼를
건네주었다.

"입어요. 밖에 상당히 추울 거예요. 내가 나오라고 하면 나와
요. 카메라 세팅해 놓고 올게요."

"그래요."

그는 트렁크에서 짐을 챙겨서는 어디론가 열심히 걸어갔다. 5분쯤 흘렀을까, 코끝이 빨개진 수호가 다가와 조수석 문을 열어 주었다.

"가요."

"네."

수호가 이끈 곳은 소양 3교 주변의 돌무더기 위였다. 붉은 햇발 아래 자욱한 물안개가 낀 소양강은 가슴속에 뭉근한 감동을 불러일으켰다.

"자, 여기 봐요."

수호는 삼각대 위에 설치된 카메라의 뷰파인더를 들여다보라며 윤희에게 손짓했다. 윤희가 가만히 눈을 가져다 대자, 수호가 뒤에서 윤희를 꼭 끌어안았다.

"꽃 보여요?"

"와. 보여요."

뷰파인더 가득 2월의 소양강변에 새하얗게 핀 상고대가 눈에 들어왔다. 윤희는 카메라 렌즈를 통해 보이는 예쁜 눈꽃 무리에 시선을 빼앗긴 채 한참을 들여다보았다. 영하 15도의 매서운 날씨 속에서도 제 몸으로 차가운 바람을 막고 서 있는 수호 덕분에 추위는 문제가 되지도 않는 듯했다.

"예쁘죠?"

"네."

"앞으로 이렇게 예쁜 것만 보고, 예쁜 것만 느끼고 살아요. 이런 추위쯤은 내가 막아 줄 테니까."

윤희는 자신의 허리를 감싸고 있는 수호의 팔을 풀어내고는 뒤

돌아서서 그를 올려다봤다. 날은 추운데, 눈가는 뜨거웠다. 몸은 시린데, 가슴은 뜨거웠다. 발끝은 꽁꽁 얼 것 같은데, 몸은 둥둥 떠다니는 것만 같았다. 이런 감동을 주는 고백을 이 남자는 평생 달고 살 생각인가?

"또 감동했네. 어쩌나, 나란 놈은 이렇게 생겨 먹어서 평생 감동시킬 것 같은데?"

윤희가 장갑을 벗고 손을 뻗어 그의 얼굴을 감싸고는 발뒤꿈치를 들어 올렸다. 그의 입에 쪽 소리가 나도록 입을 맞추자, 수호가 배시시 웃으며 말했다.

"열심히 감동시켜야겠네? 지난번엔 달려와 안기더니, 이번에는 뽀뽀를 하고. 다음에는 뭐가 나오려나?"

윤희를 품에 꼭 안은 채, 수호는 올겨울은 전혀 춥지 않다고 생각했다. 앞으로의 겨울도 전혀 춥지 않을 거라 생각했다.

✳✲✳

'내일 저녁에 준이랑 같이 저녁 먹어요. 준이한테도 허락받아야죠, 우리.'

그 어느 때보다 진중했던 그의 목소리를 떠올리며, 윤희는 거실에서 그녀의 부모님과 마주 앉았다.

"저 만나는 사람이 있어요."

얼굴을 붉히며 조심스레 운을 뗀 딸애의 말에 혜경은 그저 묵묵히 그녀를 응시했다.

"이번 주말쯤 인사드릴게요."

"그래."

긴 물음도 없었다. 그저 짧은 대답을 하고 가슴이 벅차오른 혜경은 안방으로 향했다. 화장대 의자에 가만히 앉아 있는데, 눈가 가득 눈물이 차올랐다.

한국에 돌아와서 일하는 동안 딸애가 유독 밝아진 거라고 생각했다. 그래, 그렇게 일에라도 몰두하면 좋겠다 싶었다. 그런데 누군가에게 마음을 열었다는 딸애의 짧은 말에 혜경은 두 손에 얼굴을 묻고 하염없이 눈물을 흘렸다.

혜경이 눈시울을 붉히며 방 안으로 들어간 후, 인석이 조심스레 입을 열었다.

"뭐 하는 사람이냐?"

"사진작가예요."

"일하다 만났어?"

"아니요."

준이를 데리고 칩거 아닌 칩거 생활을 하던 시절 만난 인연이었는데, 또다시 만나게 되었다는 윤희의 말에 인석은 빙그레 웃었다.

"잘해 주고?"

"네."

고개를 끄덕인 인석은 피곤할 텐데 그만 들어가 쉬라는 말을 전하고 안방으로 향했다. 아니나 다를까 어깨가 들썩이도록 울음을 토하고 있는 아내를 인석이 조심스레 감쌌다.

"좋은 일에 왜 울어?"

"너무 감사해서요. 너무 벅차서……."

인석은 아내의 등을 쓸어내리며, 제 눈가에 고인 눈물을 슬쩍 닦아 냈다.

한편, 어른들의 대화를 몰래 엿들은 준이는 방문에 기대어 서서 쿵쾅거리는 심장 소리를 느끼고 있었다. 수호가 아버지가 되는 건 좋지만 얼마 전 로봇교실에서 새로 만난 친구의 말이 자꾸만 머릿속을 맴돌아서 얼굴이 저절로 일그러졌다.

'우리 엄마가 재혼을 해서 난 방학 때는 할머니 댁에 와 있어. 문어같이 생긴 새아빠가 엄마랑 둘이 있고 싶은가 봐.'

새아빠의 등장으로 방학 때는 할머니 댁에서 지낸다는 친구는 아빠가 생겨서 좋은 건 그저 어디 제출해야 하는 서류에 아빠 이름 석 자를 적어 낼 수 있는 것뿐이라며 고개를 내저었다.

덜컥 겁이 난 준이는 방학이 되면 여기서 지내야 할지, 아니면 친할머니를 찾아가야 할지 고민되었다. 아무리 그래도 엄마가 숙제는 다 했느냐는 잔소리를 하지 않으면, 엄마가 채소도 골고루 먹어야 한다고 잔소리하지 않으면, 자기 전에 이 닦으라고 닦달하지 않으면, 나는 혼자서 숙제도 하고, 편식도 하지 않고, 자기 전에 이도 잘 닦을 수 있을까?

불안하게 쿵쾅거리는 심장이 제 귓속에서 느껴졌다. 한참이나 문에 기대서서 호흡을 고르는데, 누군가 방문을 똑똑 두드렸다.

"준아, 엄마 들어간다."

"응."

새하얗게 얼굴이 질려서는 문 앞에 서 있는 아이를 바라보며, 윤희는 걱정스레 물었다.

"준아, 왜 그래? 어디 아파?"

"아니. 안 아파."

"준아, 내일 엄마랑 같이 밖에서 저녁 먹을까? 수호 아저씨가 준이 보고 싶다고 하시는데?"

준이는 말없이 고개를 끄덕였다.

"이제 그만 자야지. 얼른 이 닦고 와."

"네."

욕실로 향하며 준이는 생각했다. 엄마의 잔소리가 없으면 절대 안 될 것 같다고.

❄✸❄

온종일 준이의 머릿속에는 엄마를 따스하게 바라보던 수호의 얼굴이 가득했다. 그가 자신과 엄마를 돌봐 주고 아껴 준다는 것은 알고 있었지만, 그 눈빛이 무엇을 의미하는지는 알기 어려웠다. 그저 엄마를 좋아해 주고, 엄마를 웃게 해 주는 그가 고마웠는데…….

엄마는 준이에게 가장 멋진 옷을 입히고, 준이의 머리를 빗겨 주며 단정히 해 주었다.

"아저씨 오셨대. 나가자, 준아."

"응."

준이는 상기된 얼굴을 한 엄마를 따라 대문 밖으로 나섰다. 환한 미소를 짓고 서 있는 수호의 모습이 무척이나 반가웠다. 온종일 고민했던 게 바보처럼 느껴질 만큼 그는 따뜻하게 준이의 머리를 쓰다듬어 주었다.

"준아, 안녕? 잘 지냈어? 아저씨 안 보고 싶었어?"

"안녕하세요? 보고 싶었어요."

어딘가 거리를 두고 있는 녀석의 태도에 수호는 고개를 갸웃하며 물었다.

"준이 뭐 먹고 싶어? 준이 먹고 싶은 거 먹으러 가자!"

이쯤 되면 눈동자를 굴리며 발그레한 얼굴로 대답해야 하는데, 준이는 '뭐든 잘 먹어요.' 라는 대답을 하고 가만히 서 있었다. 수호는 일부러 준이의 손을 이끌고 아이를 앞좌석에 태웠다. 무언가 공허한 눈빛을 한 아이의 모습에 수호는 가슴이 철렁 내려앉는 것만 같았다.

"그럼, 준아. 우리 맛있는 거 먹으러 가자."

"네."

룸미러로 뒷좌석에 오른 윤희를 흘끔 바라보자, 그녀 역시 얼굴이 어두웠다. 준이를 걱정스러운 눈으로 바라보는 그녀의 표정에 가슴이 시렸다. 그 어떤 이유에서건, 그녀의 표정이 어두워지는 걸 맞닥뜨리는 일은 싫었다. 그녀는 이제 행복해야만 한다. 그래야만 한다.

패밀리레스토랑에 들어선 아이는 주위를 한번 둘러본 뒤, 한숨을 폭 내쉬었다. 수호는 또다시 준이의 손을 꼭 잡고 아이의 옆에 앉았다. 아이와 마주 보고 앉은 윤희는 준이의 앞으로 메뉴판을 내밀었다.

"준아, 먹고 싶은 거 골라 볼래?"

"네."

짧게 대답하며 스테이크 중 하나를 손가락으로 짚어 보인 준이는 고개를 숙인 채로 제 손끝만 바라보고 있었다. 서버가 주문을 받아 간 뒤, 수호는 조심스레 입을 열었다.

"준아."

"네."

"아저씨, 준이한테 허락받아야 할 게 있어."

"내가 허락 안 하면요?"

말간 눈을 동그랗게 뜨며 공허히 묻는 아이의 질문에 수호는 미소 지었다.

"준이가 허락 안 하면, 아저씨가 못 하지."

"밥부터 먹고요."

준이는 테이블 위에 시선을 고정한 채로 대답했다.

"그래, 그럼."

식사를 마친 셋은 후식으로 나온 초콜릿 바나나 아이스크림을 앞에 두고 조용히 앉아 있었다.

"내가 뭘 허락해야 해요?"

준이의 물음에 수호는 크게 숨을 들이마시고는 입을 열었다.

"아저씨가 준이 아빠가 되고 싶어. 학교 끝나고 오면 같이 캐치볼도 하고, 주말엔 같이 목욕탕도 가고, 방학 때는 엄마 떼 놓고 준이랑 단둘이 캠핑도 가고."

방학 때는? 준이는 고개를 갸웃하며 수호를 바라봤다. 그러고 보니 그랬던 것 같다.

'아저씨는 엄마도 좋아했지만, 나를 더 좋아했어. 엄마가 가게에 있는 동안 나랑 매일 놀아 주고, 아빠 사진도 몰래 보여 주고, 나랑 같이 있는 시간이 아저씨는 좋다고 했어.'

준이의 얼굴에 그제야 빙그레 미소가 떠올랐다.

"그래도 엄마 떼 놓고 가지 마요. 엄마 서운하잖아요."

"준이, 허락한 거야?"

수호의 물음에 아이는 고개를 끄덕이며 대답했다.

"네, 아저씨."

"이제 나 아저씨 아닌데, 그럼?"

고개를 갸웃하며 눈을 가늘게 뜨고는 장난스러운 표정을 짓는 수호에게 준이가 어렵게 입을 열었다.

"……네, 아빠."

수호는 준이의 입에서 흘러나온 '아빠'라는 호칭에 환하게 미소 지으며, 아이의 머리를 쓰다듬었다.

"대신 조건이 있어요."

"응? 무슨 조건?"

비장하게 얼굴을 굳히는 준이가 무슨 말을 내놓을까 싶어, 수호는 윤희와 눈빛을 주고받았다. 무슨 조건? 몰라요. 수호는 고개를 돌려 다시 준이를 바라봤다.

"도……. 그러니까."

도, 돈? 용돈을 많이 달라는 건가? 수호가 또다시 고개를 갸웃했다.

"동생 낳아 주세요."

눈을 질끈 감고 외치는 준이의 말에 수호는 웃음이 터지고 말았다.

"동생?"

"네."

준이의 말에 윤희는 얼굴을 붉힌 채, 떡 벌어진 입을 다물지 못했고, 수호는 유쾌한 웃음을 연신 터뜨리며 물었다.

"그게 조건이야?"

"네. 꼭 낳아 줘요. 동생 갖고 싶어요."

"몇 명?"

한술 더 뜬 수호의 물음에 준이는 심각한 표정을 지으며 고민에 빠졌고, 윤희는 턱이 빠진 듯 입이 더 크게 벌어졌다.

"한…… 두 명?"

"왜?"

"남동생 한 명, 여동생 한 명."

"그래, 엄마랑 아빠랑 열심히 노력해 볼게."

수호가 굳은 결의를 다지듯 대답하자, 준이는 와! 하며 손뼉까지 쳤다.

"열심히 노력해야겠네, 우리?"

수호의 물음에 윤희는 입을 꾹 다물고 침을 꼴깍 삼켰다. 윤희가 '애 앞에서.' 하고 조용히 입 모양으로 읊조리자, 수호는 '뭐가요? 왜?' 하며 고개를 갸웃했다.

19. The meaning of
my life is······

　칸쿤 국제공항 입국장을 빠져나오는 윤희의 얼굴에는 피곤함이
가득했다. 나리타와 댈러스를 거쳐 인천을 떠나온 지 꼬박 하루가
다 되어 가는 것 같았다. 윤희는 호텔로 향하는 리무진에 올라타
자마자 휴대전화 전원을 켰다.

　"집에 전화해 보려고요?"

　"네, 준이가 걱정돼요."

　요란한 결혼식은 내키지 않는다는 윤희의 의견에 따라 두 사람
은 양가 부모님을 모시고 저녁 식사를 하는 것으로 식을 대신했
다. 그래도 신혼여행은 가야 하지 않겠느냐는 수호의 의견을 따라
남미로 날아오기는 했지만, 자신의 출장 때마다 떨어져 있는 것을
힘들어했던 준이 걱정에 윤희는 마음이 놓이질 않았다.

　"지금 한국 새벽이에요. 이따 호텔 가서 전화해요."

　윤희는 고개를 끄덕이며, 아무런 메시지도 들어오지 않은 휴대전화 화면을 물끄러미 바라봤다. 지금쯤 엄마, 어디야? 도착했어? 언제 전화해? 하는 메시지가 수도 없이 들어왔어야 하는데…….

칸쿤 현지 시각으로 오후 3시가 다 되어 리조트 로비에 도착한 두 사람은 체크인을 마치고 나란히 방 안에 들어섰다. 허니문 분위기가 물씬 풍기는 방 안 풍경에 윤희는 심장이 콩닥콩닥거렸다. 따스한 포옹과 뜨거운 키스. 지금까지 두 사람의 스킨십은 거기까지였다.

장미 꽃잎이 흩뿌려진 침대를 흘끔 쳐다봤는데, 심장이 쿵쿵 울렸다. 수호도 무언가 잔뜩 긴장한 듯 말했다.

"오자마자 피곤할 것 같아서, 스파 예약해 놨어요. 마사지부터 받고 올래요?"

"그러죠."

그의 손을 잡고 도착한 곳은 고급 호텔이나 리조트에만 입점해 있다는 M스파였다. 마치 이집트 신전처럼 생긴 커플 스파 룸에 들어서자, 재스민과 라즈베리가 섞인 듯한 향긋한 내음이 코끝을 간질였다.

직원의 안내에 따라 스파에 비치된 아주 작은 팬티만 하나 입고 마사지용 침대에 엎드리자, 부드러운 천이 윤희의 몸을 덮었고 뭉근한 손길로 마사지가 시작되었다.

"남자는 좀 일찍 끝나나 봐요. 나 먼저 나가 있을 테니, 끝나면 나와요."

"그럴게요."

솔솔 잠이 쏟아질 무렵, 수호가 스파 룸 밖으로 나가는 소리가 들렸다. 커플 마사지에 먼저 나가는 경우도 있나? 하는 생각이 들었지만, 노곤한 몸을 풀어 주는 손길에 윤희는 이내 잠이 들었다.

마사지를 마치고 파우더 룸으로 향하자, 입고 온 옷은 온데간데없고 하얀색 민소매 원피스 한 벌이 걸려 있었다. 윤희는 실크 옷걸이에 걸린 연보랏빛 카드를 펼쳐 보았다.

「이걸로 갈아입고 나오면, 직원이 안내해 줄 거예요.」

단정하고 믿음직한 그의 글씨체를 마주하자 빙그레 미소가 피어올랐다. 평생 감동만 시키겠다더니, 이것도 그 일부인가?

원피스로 갈아입고 났더니, 스파 직원이 다가와 윤희에게 예쁜 화관을 하나 건네주었다. 이게 뭐냐고 물으니, 커플 스파를 마친 이들에게 주는 선물이라고 한다. 모두 하나씩 받아 가니 머리에 쓰면 된다고.

하얀색 히비스쿠스가 빙 둘린 화관을 물끄러미 바라보다가, 윤희는 거울을 보며 머리에 써 보았다. 그래, 신혼여행도 왔는데, 기분이다. 하얀 원피스에 하얀 화관을 쓴 윤희의 하얀 얼굴이 핑크빛으로 물들어 갔다.

스파 룸을 빠져나왔지만 수호의 모습은 보이지 않았다. 윤희가 이리저리 두리번거리자, 직원이 윤희를 보고는 고개를 까딱 숙여 보이며, 자신이 안내하겠다고 했다.

직원의 안내에 따라 건물 밖으로 나가서 수영장을 지나고, 비치 레스토랑을 지나, 해변에 도착하자 사람들의 환호성과 박수 소리가 들려왔다. 저도 모르게 윤희의 입에서 탄성이 흘러나왔다.

끝도 없이 펼쳐진 푸른 바다 위에는 햇살이 부서지고 있었고, 고운 백사장 위에는 아치 모양의 꽃 터널이 자리 잡고 있었다. 터널 양쪽에는 하얀 실크와 연보랏빛 쉬폰 리본으로 장식된 의자들이 놓여 있었고, 그곳엔 준이와 혜경, 인석의 모습이 보였다. 그리고 반대편에는 효천과 병주가 자리하고 있었다.

"와, 엄마 예쁘다."

준이의 목소리가 들려오자 윤희의 얼굴에 환한 미소가 떠올랐다. 어디선가 음악 소리가 들려오고, 수호가 연보랏빛 수국으로 만들어진 부케를 들고 윤희의 곁으로 다가왔다.

"놀랐어요?"

"미리 좀 알려 주지. 이런 법이 어디 있어요."

윤희의 목소리가 희미하게 떨렸다.

"연애 시절 고왔던 기억이랑, 결혼식 날 아름다웠던 장면을 곱씹으며 평생을 산다는데, 연애도 못 한 우리가 결혼식도 안 하면 안 될 것 같아서요."

수호가 말을 마치자마자, 인석이 윤희의 옆에 섰다.

"자네는 물러서야지. 내가 우리 딸 넘겨줘야 하는 거야."

'네, 장인어른.' 하며 허리까지 숙여 보인 수호는 신랑 입장 음악이 나오자, 성큼성큼 꽃 터널 아래를 지나 작은 단상 위에 올라섰다.

"윤희야."

"네, 아버지."

"고맙다."

그리 말씀하시는 아버지의 목소리가 미세하게 떨리고 있었다. 아버지의 팔 위에 올린 윤희의 손도 파르르 떨렸다.

신부가 입장해야 하는 순서에는 흔한 입장곡이 아닌 팝송이 흘러나오기 시작했다. Elvis Costello가 부른 She, 영화 노팅 힐의

삽입곡이었던 노래가 윤희의 입장곡이 되었다. 노래가 흘러나오자, 수호가 환한 미소를 지으며 윤희를 바라봤다. 윤희는 아버지의 손을 잡고 한 걸음씩 그에게 다가갔다.

She May be the reason I survive 내가 사는 이유는 바로 그녀입니다.
The meaning of my life is······ she. 내 인생의 의미는 그녀니까요.

수호 씨, 누가 더 불쌍한가에 대해 소주 한 잔을 놓고 말씨름을 하던 그저 이웃 사이였던 우리가 부부가 되었어요. 따스한 햇살처럼, 반짝이는 별처럼, 향긋한 봄바람처럼, 드높은 가을 하늘처럼 우리는 행복할 거예요.

그럼요. 뜨거운 태양으로 인해 그림자가 생기는 거고, 밤이 어두울수록 별은 반짝거리고, 춥고 움츠러드는 지독한 겨울이 지나야 싱그러운 봄바람이 더욱 반갑고, 지루한 장마와 무더운 여름이 지나야 선선한 가을이 온다는 것을 알기에.

우리는 그렇게 행복할 겁니다.

그림 같은 풍경 속에서 아름다운 결혼식을 마친 둘은 해변에 마련된 선셋 바비큐 파티에서 가족들과 함께 저녁 식사를 했다. 해가 뉘엿뉘엿 넘어감에 따라 하늘은 주황빛이었다가, 붉은빛이었다가, 연보랏빛이었다가, 이내 진한 보랏빛으로 변해 갔다.

효천은 얼른 들어가라며 두 사람을 채근했다.

"그만 들어가서 쉬어. 우리도 피곤하네."

"왜요? 난 안 피곤한데, 우리 여기서 더 있다가 들어가면 안 돼요?"

준이의 천진한 물음에 어르신들은 피식 웃음을 터뜨리셨다.

"준아, 여기 호텔 지하에 엄청 맛있는 아이스크림 가게 있다는데, 할미랑 가 볼까?"

혜경의 물음에 준이는 함박웃음을 지으며 고개를 끄덕였다.

"할머니, 나 아이스크림에 토핑 추가해도 돼요? 많이?"

"그럼."

윤희가 뭐라 잔소리를 하려는 찰나, 수호는 분위기 깨게 그러지 말라며 윤희의 손을 꼭 잡았다.

"그럼, 들어가세요. 저희도 들어갈게요. 준이는 장모님하고 같은 방에 있는 거죠?"

"응, 그럴 거야. 걱정 말고 볼일들 봐."

네엡! 편히 쉬세요! 하고 크게 대답하며, 고개를 꾸벅 숙여 인사하는 수호를 보고 모두 일제히 웃음을 터뜨렸다. 좋은 밤 보내라는 인사를 건네며 어르신들이 각자 방으로 향하시고 난 뒤, 윤희는 괜한 어색함에 쭈뼛거리며 입을 열었다.

"좀 걸을까요? 바다가 너무 예쁜데……."

"바다는 오늘 밤 아니라 내일 밤에도 여기 있을 거고, 모레 밤에도 여기 있을 거예요."

무슨 말이냐는 듯 윤희가 고개를 갸웃하자, 수호가 윤희의 입에 대뜸 입을 맞춰 왔다. 가볍게 시작한 듯했던 입맞춤이 점점 짙어졌다. 수호의 커다란 손이 윤희의 허리를 안았다가, 등을 오르내렸다가 아쉬운 듯 방향을 잡지 못하고 이리저리 헤맸다.

이마를 맞댄 채, 슬쩍 입술을 떼어 낸 수호가 잔뜩 쉰 음성으로 말했다.

"들어가요, 우리. 내가 또 사람 많은 해변에서 초야를 치를 만큼 반사회적인 인간은 아니니까."

수호의 능청스러운 말에 윤희의 입가에 피식 미소가 걸렸다.

호텔 방 안에 들어서자, 수호는 윤희의 어깨를 감싸 안으며 물었다.

"결혼식에 감동을 좀 받았나?"

그의 질문에 윤희는 빙그레 웃으며 고개를 끄덕였다.

"그럼?"

이어진 그의 질문에 윤희는 아랫입술을 지그시 깨물었다. 윤희를 채근하는 수호의 눈동자에는 장난기로 둔갑한 뜨거운 열기가 녹아 있었다.

"먼저 씻고 나올게요."

"누구 맘대로?"

수호는 욕실로 향하려는 윤희를 그대로 끌어당겨 목덜미를 감싸더니 그녀의 입술을 덥석 물었다. 지금까지 해 왔던 키스와는 비교도 안 될 정도로 그의 움직임은 저돌적이고, 음란했다. 그녀의 입안 구석구석을 훑어 내고, 그 사이로 흐르는 타액을 핥아 내며 그녀의 턱 끝을 집어삼킬 듯 빨아들였다.

그 덕에 살짝 벌어진 윤희의 입에서는 더운 숨이 연신 터져 나왔다. 그 달콤한 숨소리에 자극받은 듯 수호의 손이 급하게 윤희의 원피스 자락을 걷어 올리고는 그녀의 탐스러운 엉덩이를 움켜잡았다.

턱 끝을 맴돌던 그의 입술은 어느새 목선을 따라 쇄골에 자리하고 있었다. 가슴 가운데를 시작으로 치마 끝단까지 촘촘히 박혀 있는 단추가 거추장스럽다는 듯 그는 한 손으로 단번에 앞섶을 잡아당겼고, 작은 진주알 같은 단추가 이리저리 튕겨 나갔다.

"수호 씨……!"

윤희가 깜짝 놀라 그의 이름을 부르자, 수호는 그녀를 번쩍 안아서 장미 꽃잎이 흩뿌려진 폭신한 침대 위에 눕히며 말했다.

"언제까지 그렇게 내 이름 부를 거예요?"

윤희의 탐스러운 머리칼이 침대 위를 넘실거리며 흩어졌고, 앞섶이 뜯어진 원피스가 위태롭게 너풀거렸다. 수호는 윤희의 다리 사이에 무릎을 꿇고는 그녀의 허리 아래로 미처 떨어져 나가지 않은 단추를 하나하나 풀어내며 말했다.

"우리 이제 부부인데, 호칭 정리는 해야죠."

그의 미소는 따스했지만 눈빛은 뜨거웠고, 문장은 평범했지만 목소리는 강렬했다.

"뭐라고 불러 줬으면 하는데요?"

단추를 모두 풀었다는 듯 그녀의 원피스 자락을 단번에 확 펼친 수호는 가슴이 들썩이도록 크게 한숨을 한번 내쉬었다. 하얀색 레이스 브래지어와 손바닥만 한 팬티 하나를 입은 윤희는 그의 시선 아래 갇힌 듯 살갗이 따끔거리는 것 같았지만, 꿈쩍도 할 수 없었다.

"예술 한다는 사람이 창의성 정말 떨어지네."

수호는 이번에는 자신이 입고 있는 흰색 반소매 드레스 셔츠의 단추를 하나씩 풀어내며 피식 웃었다. 단추가 차례로 풀려서 드레스 셔츠 앞섶이 벌어짐에 따라 그의 단단한 몸이 위용을 드러냈다.

"운동은 여전히 열심히 하나 봐요?"

"그렇게 내 몸에 대한 칭찬을 해 주신다면, 감사히 받아들이고."

수호는 왼쪽 팔꿈치로 침대 매트리스를 짚으며 윤희의 위로 몸을 포개었다. 단단하고 뜨거운 그의 몸이 자신의 몸 위로 무게감을 더하자, 윤희는 저도 모르게 숨을 멈췄다.

"잘 생각해 봐요. 날 뭐라고 부를 건지, 이제."

말이 끝나기가 무섭게 수호는 그녀의 입안을 파고들었고, 그의 손은 부드러운 불망 레이스가 감싸고 있는 봉곳 솟아오른 가슴을 움켜잡았다. 윤희는 단단한 그의 어깨를 끌어안으며 몸을 바르작거렸다. 그 바람에 허리와 매트리스 사이에 작은 공간이 생겨나자, 그곳을 수호의 왼팔이 차지했다.

어느새 브래지어 훅이 풀어졌고, 속옷이 미처 벗겨지기도 전에 그는 윤희의 가슴으로 입술을 옮겨 가고 있었다. 혀로 분홍빛 유두를 할짝대고, 입술로 이를 감싼 뒤 슬쩍 깨물었다가 윤희가 몸을 비틀자, 달아나지 못하게 하려는 듯 덥석 입에 물고는 거세게 빨아들이기 시작했다.

다부진 어깨를 감싸고 있던 윤희의 손은 그의 부드러운 머리칼을 휘감았고, 얌전히 자리하고 있던 두 다리는 넓게 벌어져 있었다. 그는 윤희의 어깨에 걸려 있는 원피스 끈과 브래지어를 완전히 벗겨 내며 입술을 점점 아래로 옮겨 갔다.

가슴 밑동을 빨아들이고, 명치를 지나 오목한 배꼽에 키스를 퍼붓던 그는 한숨을 한번 내쉬고는 두 손으로 윤희의 허벅지를 쓰다듬으며 더 넓게 벌렸다. 레이스가 뒤덮인 하얀 면 위에 입술을 올린 그는 뜨거운 입김을 한번 불었다가 그 위에서 천천히 입술을 움직이기 시작했다.

"……하아. 수호 씨."

"아직 결정을 못 했나 보네."

잔잔한 밤바다에 풍랑이 일듯 그의 목소리는 거칠었다. 갑자기 몸을 일으킨 그는 양손 검지를 윤희의 팬티에 걸고는 단번에 내려 버렸다. 그 움직임에 깜짝 놀란 윤희는 저도 모르게 엉덩이를 들썩여 그가 수월하게 속옷을 벗길 수 있도록 했다.

윤희의 움직임에 수호는 피식 웃으며 그녀의 비부를 손바닥으로 감쌌다. 그저 그가 손바닥을 한번 미끄러뜨렸을 뿐인데, 윤희는 몸을 바르작거리며 허리를 비틀었다. 수호는 그런 반응이 마음에 든다는 듯 웃음 섞인 한숨을 내쉬며 그녀의 사타구니에 입을 맞추기 시작했다.

윤희는 훅 하고 터져 나오려는 열기를 막아 내려 아랫입술을 지그시 깨물었다. 조심스레 입술을 옮겨 가던 그는 엄지로 그녀의 중심을 한번 쓱 훑어 냈다. 윤희는 눈을 질끈 감은 채 더운 숨만 내쉴 뿐이었다.

그와 동시에 그곳에서 말캉한 그의 입술이 느껴졌다. 뜨거운 혀가 이리저리 움직이며 간질이는 듯싶더니 별안간에 쭉 빨아들이는 통에 윤희는 처음으로 야릇한 신음을 쏟아 냈다. 그 소리가 마음에 드는 것인지 그는 끊임없이 빨아들이며 그녀를 자극했다.

"하아…… 수호 씨, 제발……."

"그렇게 불러서는 안 될 텐데?"

그는 호기로운 표정으로 몸을 일으키며 입고 있던 바지와 팬티를 단번에 벗어 던졌다. 옷 속에 가려져 있던 그의 엄청난 존재가 드러나자, 윤희는 흡, 하고 숨을 들이마셨다.

"왜 이건 칭찬 안 해 줘요?"

위풍당당한 모양을 드러내며 윤희의 앞에 무릎을 꿇고 있는 그의 모습에 윤희는 계속해서 숨을 몰아쉬었다.

"보기만 해서 어떻게 알아요?"

제법 도발적인 말을 해 보인 윤희를 수호는 피식 웃음을 흘리며 노려봤다.

"도발한 거예요, 지금?"

그는 어디서 났는지, 콘돔 포장을 벗겨 내며 물었다.

"그건 아니에요."

"듣는 사람은 도발 같은데? 뭐, 그런 귀여운 도발쯤이야 받아들일 능력이 되는 남자니까, 나는."

그는 몸을 숙이며 윤희의 안이 충분히 젖었는지 확인하듯 손가락으로 더듬었다. 단지 그 움직임만으로도 윤희는 몸을 움찔움찔했다.

"그런 도발을 받아들인 나를 당신이 전부 받아들일 수 있느냐가 문제죠, 지금은."

말이 끝남과 동시에 수호는 윤희의 안을 단번에 파고들었다. 그는 뜨겁게 녹아내린 그녀의 안을 음미하듯 가만히 있었다. 그녀 역시 숨을 몰아쉬며 묘한 기대감에 집중했다.

분홍빛으로 달아오른 윤희의 뺨에 입을 한번 맞춘 그는 마치 제로백 신기록에 도전하는 자동차처럼 질주하기 시작했다. 그 바람에 윤희의 입에선 끊임없이 쉰 음성이 터져 나왔다.

"하읏."

질척거리는 야하디야한 소리와 그 소리 사이사이를 수놓듯 터져 나오는 야릇하고 여린 음성과 그가 숨을 몰아쉬는 소리가 방 안을 가득 채웠다.

한참을 내달리던 그는 허리를 천천히 한 바퀴 빙 돌리더니, 윤희를 바라봤다. 속도를 조절하듯 느리게 움직이는 그의 몸짓에 윤희는 애가 탔다.

"아아……. 수호 씨."

"그렇게 부르지 말라고 했을 텐데, 아직도 결정 못 했어요?"

"하아……."

그는 그 자신도 버거운지 그르렁거리는 소리를 내며 천천히 움직이고 있었다. 윤희는 간신히 입을 떼 그를 불렀다.

"아앗…… 여……보."

"하아."

수호는 윤희의 부름이 만족스럽다는 듯 미소 짓더니, 팔에 그녀의 왼쪽 허벅지를 걸고는 더 깊숙이 파고들며 허리를 돌렸다.

"한 번…… 더……."

"아아……. 여보……. 아아……."

"하아……."

수호는 그르렁거리는 신음을 삼키며 느릿하게 돌리던 허리에 속도를 더했다.

끈적끈적한 땀이 온몸을 뒤덮었고, 그가 영리하게 완급을 조절한 덕분에 윤희는 속도가 빨라지자마자 금세 절정에 다다랐다. 배속 깊숙한 곳까지 떨림이 찾아들어서 눈을 질끈 감을 무렵 수호가 윤희의 귓가에 나지막이 속삭였다.

"큰일이네. 난 아직 멀었는데."

그녀의 떨림이 잦아들기를 기다렸다는 듯 윤희의 안에서 조용한 맥박의 움직임만을 허했던 그가 이번에는 윤희의 두 다리를 곱게 모아서 한쪽 어깨에 걸치고는 탁탁 허릿짓을 높여 갔다. 두 다리가 그의 손에 잡혀서 꼭 모아져 있는 탓에 마찰력과 마찰범위가 증가했고, 윤희는 손이 하얗게 되도록 침대 시트를 움켜잡으며 고개를 뒤로 젖혔다.

처음 찾아들었던 절정의 높이와는 비교도 되지 않을 정도의 고도가 윤희에게 찾아들었다. 그 높이가 높아진 탓인지 숨이 턱턱 막히고, 그 깊이가 깊어진 탓인지 눈앞이 캄캄해졌다.

너무 빠르게 뛰는 심장이 이대로 터져 버리면 어쩌나 걱정이 되는 순간 그가 신음을 내뱉으며 윤희의 다리를 풀어 주고는 몸을 숙여 그녀를 꼭 끌어안았다. 예민하게 달아오른 안쪽에서 그가 내뱉는 쾌락의 증거가 느껴졌다.

미세한 움직임이 잦아들고 서로의 맥박이 느껴질 정도로 온몸의 신경이 그곳에만 집중된 것 같은 정적의 순간, 그가 상체를 일으켜 윤희를 바라봤다. 심장이 아직도 제 속도를 찾지 못한 탓인지, 윤희의 가슴이 크게 오르락내리락했다.

수호는 윤희의 젖은 앞머리를 쓰다듬어서 뒤로 넘기며, 땀이 촉촉이 맺힌 이마에 입을 맞췄다.

"내 아내, 내 마누라. 평생 내가 이렇게 가질 수 있는 내 여자."

그는 깃털처럼 부드럽게 윤희의 얼굴 이곳저곳에 입술을 가볍게 눌렀다.

"땀이 많이 났네. 씻을래요?"

그의 물음에 윤희는 그저 슬쩍 고개를 끄덕였다.

금빛 테를 두른 초콜릿색 욕조 안, 하얀 거품 속에 몸을 숨긴 두 사람은 말없이 입을 맞추고, 서로의 몸을 꼭 끌어안았다. 뜨거운 물이 온몸을 감싸 왔지만 서로의 체온보다 뜨겁지는 않았고, 보글보글 부드러운 거품이 몸을 간질였지만 서로의 손길만은 못했다.

둘은 긴 목욕을 끝내고 난 뒤에도 여러 차례 서로의 몸에 스민 뒤, 잠자리에 들었다.

❀✱❀

오르골을 열어 놓은 듯 아름답게 지저귀는 새소리에 윤희는 눈을 떴다. 상앗빛 천장을 바라보다 시선을 돌렸더니, 수호가 팔을 괴고 윤희를 바라보고 있었다.

"좋은 꿈 꿨어요?"

그의 물음에 윤희는 빙그레 웃으며 고개를 끄덕였다.

"햇볕은 커튼으로 막았는데, 새소리는 못 막겠더라고요. 테라스에서 어찌나 크게 울어 대는지, 우리 예쁜 마누라 더 재워야 하는데."

"수, 아니, 당신도 잘 잤어요?"

"못 잤어요."

심통이 난 얼굴로 못 잤다고 이야기하는 수호에게 윤희는 눈을 동그랗게 뜨고 물었다.

"왜요? 어디 불편해요?"

"흠……."

수호는 윤희를 끌어당겨 품에 안고는 속삭였다.

"밤새 당신 또 덮치고 싶어서 한숨도 못 잤어요."

그는 윤희의 어깨에 코를 비비며 한숨을 들이쉬었다.

"그럼, 내가 재워 줄까요?"

"누가 잔대요?"

그의 목소리가 음흉하게 느껴지는 건 단지 기분 탓만은 아닌 것 같았다. 그녀의 다리 사이를 파고드는 그의 단단한 허벅지 한가운데는 이미 감동적인 수준으로 부풀어 있었다.

"우리 근데 나가 봐야 하는 거 아니에요?"

"다들 크루즈 타러 갔어요. 결혼식에는 참석하셔야 하고, 당신이랑 둘이 있고는 싶고. 내가 이 계획 세우느라 얼마나 머리가 아팠는지 알아요? 감동하면 달려와서 안기기도 하고, 뽀뽀도 해 주더니. 어제는 새침데기, 요조숙녀처럼 얌전히 굴고. 나 삐쳤어요."

수호의 어깃장에 윤희가 장단을 맞추듯 피식 웃으며 물었다.

355

"그럼, 새침데기 요조숙녀처럼 굴지 않으면 풀릴 거예요?"

"어떻게 할 건데요?"

이미 그의 목소리에는 장난기 가득한 기대감이 어려 있었다.

"이렇게?"

윤희는 그의 가슴을 손바닥으로 밀어내어 그의 등이 매트리스에 닿도록 눕히고는, 그의 몸 위로 올라탔다. 수호의 얼굴엔 어느새 환한 미소가 걸려 있었다.

길고 긴 아침 인사가 끝난 뒤, 테라스에 앉아 수평선을 바라보며 늦은 아침 식사를 하는 두 사람의 입에선 연신 웃음이 새어 나왔다.

"행복해요."

"나도 행복해요."

크루아상을 베어 물고 빙긋이 웃는 윤희의 뺨에 수호가 입을 맞췄다.

"사랑해요."

"나도…… 사랑해요."

"그리고."

수호는 뭔가 덧붙일 말이 있다는 듯 고개를 갸웃했다.

"고마워요."

"내가 더 고마워요."

윤희의 대답에 귀엽다는 듯 수호는 그녀의 코끝을 살짝 잡아다 놓았다. 푸시시 웃음이 터지고, 동시에 눈물이 찔끔 흘러나왔다.

평생 사랑하고, 평생 고맙고, 평생 행복하게……. 우리 그렇게 살아요.

응, 그래요.

두 사람의 얼굴에 걸린 미소는 이제 이곳에 영원히 머물겠다는 듯 안온했다.

— *The end*

에필로그 I
그녀의 웃는 모습은

국화꽃 향기 그윽한 가을이 묵묵히 지나가고 있었다. 차창 밖
으로 보이는 풍경은 눈이 시릴 만큼 다채롭고 아름다웠다. 윤희는
차창의 3분의 1을 차지하고 있는 청명한 하늘에 마음을 빼앗겨
그 푸름을 마음속 깊이 담아냈다.

한참을 달린 차가 봉안당 주차장에 멈춰 섰다. 수호는 운전석
에서 내려 조수석 문을 열어 주며 따스하게 웃었다. 그의 미소에
서 어쩐지 향긋한 가을 내음이 느껴지는 것만 같았다.

"기다릴게요. 갔다 와요."

"고마워요. 가자, 준아."

윤희는 상기된 얼굴로 뒷좌석에서 내린 준이의 손을 잡고 주차
장을 가로질러 걸었다. 그의 기일, 윤희와 준이가 제사에 참여하
고 이곳까지 올 수 있도록 수호는 묵묵히 그들의 곁을 지켰다.

세상에 완전한 이별은 없다고 말하는 듯, 그들의 아팠던 삶의

모든 부분을 자신은 받아들일 수 있다는 듯 그는 그렇게 푸근했다.

항상 가까이에 있는 그였지만, 때로는 멀찍이 떨어져 윤희의 삶을 오롯이 바라봐 주는 그의 시선이 참으로 고마웠다.

봉안함이 자리하고 있는 유리문 앞에 선 윤희는 작은 열쇠로 유리문을 열고, 얼마 전 수호가 찍어 준 준이와 자신의 사진이 담긴 작은 액자를 그 안에 넣어 두었다.

이따금 나만 너무 행복한 건 아닌가 하는 죄책감에 사로잡히기도 했고, 이따금 그와 행복했던 순간들이 그립기도 했지만 윤희는 그런 감정과 그리움에 익숙해지고, 익숙해졌다.

완전히 잊을 수는 없었다. 공상과학영화에나 나오는 기억을 지우는 장치가 있는 것이 아니라면, 아니 그런 장치가 개발된다고 하더라도 윤희는 평생 그를 마음속으로 추억하고 기릴 것이다.

윤희가 유리문을 닫으려고 하자, 준이가 잠시만 기다려 달라며 주머니에서 조악한 나무 조각 하나를 꺼내었다.

"준아, 이게……?"

윤희는 나무 조각을 살피며 고개를 갸웃했다. 얼마 전 학교에서 가구 공방으로 견학을 갔을 때, 아빠를 위해 만들었다며 수호에게 건넸던 하트 모양 나무 조각과 같은 나무로 만들어진 것 같은 모양새의 별 모양 나무 조각이었다.

"두 개 만들었어. 아빠도 드리려고."

윤희는 빙긋이 웃으며 유리문 안에 별 모양 나무 조각이 잘 보이도록 세워 두었다. 봉안함에 온기를 아로새기듯 윤희는 가만히 손을 대고 웃었다.

한참이나 앞에 서 있던 모자는 서로의 말간 얼굴을 보고 성긋이 웃었다.

"이제 갈까?"

"응."

"인사해야지, 아빠한테."

"또 올게요, 아빠. 금방 올게요."

그리 말하는 아이의 목소리에는 외로움 대신 따스함이 가득했다.

봉안당을 걸어 나오는 길, 윤희는 준이의 손을 꼭 잡은 채 말했다.

"준아."

"응."

"왜 하늘에 있는 아빠는 별이고, 아빠는 하트야?"

윤희의 물음에 준이는 멋쩍은 듯 머리를 긁적이며 대답했다.

"별은 항상 우리 머리 위에 떠 있잖아. 낮에 안 보여도 거기 있는 거잖아. 하늘 아빠가 내 옆에 안 계시지만, 날 항상 지켜보고 있다는 거 아니까, 그래서 별이야. 그리고 아빠 하트는……."

얼마 안 있으면 열한 살이 되는 준이는 제법 의젓한 모양으로 목을 가다듬으며 말했고, 아이의 대답을 들은 윤희의 얼굴엔 빙그레 미소가 떠올랐다.

어리다고 그리움을 모를까, 어리다고 슬픔을 모를까. 어리다고 해서 모를 리가 없는데, 아이 인생의 반을 앓아 온 그 모진 세월 속에서도 아이는 꽃잎의 부드러움을 살필 줄 알고, 바람의 고마움을 느낄 줄 알고, 빗방울의 인사를 반길 줄 아는 고운 사람이 되어 가고 있었다.

윤희는 그저 대견하기만 한 준이의 머리를 슥 쓰다듬으며 말했다.

"준아."

"응, 엄마."

"엄만 우리 준이가 엄마 아들이어서 정말 좋다."

"나도 엄마가 우리 엄마여서 좋아."

윤희를 올려다보며 배시시 웃는 준이의 곁으로 어느새 수호가 다가와 있었다.

"모자가 무슨 이야기를 그렇게 재미있게 해요? 나만 쏙 빼놓고?"

"비밀이에요."

차에 올라탄 세 사람의 얼굴엔 가을 길 코스모스처럼 발간 미소가 떠올라 있었다.

집으로 향하는 길. 준이가 잠이 든 틈을 타, 윤희는 조심스레 입을 열었다.

"아까 그 비밀 이야기해 줄까요?"

미간을 좁히며 조용조용한 목소리로 말을 거는 그녀의 모습에 수호는 피시식 웃음을 터뜨렸다.

"뭔데요?"

수호도 장단을 맞춰 주듯 목소리를 낮추며 심각한 표정으로 말했다.

"준이가 그 사람한테 주려고 만든 나무 조각은 별 모양이었어요. 언제나 머리 위에 떠서 자신을 바라보고 있는 아빠가 계시다는 걸 알아서 별이래요. 당신한테 준 건 하트였잖아요. 왜 그런지 알아요?"

따스한 미소를 지으며 묻는 윤희를 향해 수호는 어깨를 으쓱해 보이며 도리질했다.

'날 가슴으로 낳은 아빠니까. 그래서 하트야.'

윤희의 말을 들은 수호의 얼굴에 아련한 미소가 지어졌다.

"……녀석."

"고마워요."

때마침 신호대기에 차가 멈춰 서자, 수호는 윤희의 얼굴을 물끄러미 바라봤다.

"평생 고마울 텐데, 어쩌나."

능청스러운 그의 대답이 윤희의 미안함을 덜어 주고, 따스함을 남겼다. 빙그레 웃음 지은 수호는 손을 뻗어 라디오를 틀었다.

청명한 하늘로 시선을 돌린 윤희는 잠시 서글픈 상념에 사로잡혔다. 준이 말처럼 항상 어디선가 자신의 행복한 모습을 바라보며, 그도 미소 짓고 있었으면 좋겠다는 생각과 미안함이 동시에 몰려와 가슴이 먹먹해지려는 찰나, 수호가 입을 열었다.

"눈이 부시게 푸르른 날에는 그리운 사람을 그리워해도 된다고 서정주 시인이 그랬죠. 그래도 너무 깊이 생각하지 마요. 다시 돌아올 수 없는 시간은 오직 슬픔만이 돌아온다고, 가수 김광석이 그랬으니까."

도로를 응시한 채 그렇게 말하는 수호를 바라보며 윤희는 피시식 웃음이 터지고 말았다.

"뭐야? 이거 되게 멋지게 말한 건데? 웃을 포인트가 아닌데?"

"멋져요. 아주 과하게, 멋져요."

윤희가 수호를 놀리듯 일부러 과장된 목소리로 이야기하자, 그도 피시식 웃음을 터뜨렸다. 진한 웃음이 무거운 상념을 가볍게 날려 버렸다.

아파하지 말라는 말도 아니다. 그리워하지 말라는 말도 아니다. 그렇다고 완전히 잊으란 말도 아니다. 추억은 그렇게 기억된다는 것을 잘 알고 있다는 그의 세심한 문장이 윤희의 가슴속에 따스한 일렁임을 더했다.

그가 자신에게 이렇듯 훈풍을 불어넣고 있는 것처럼, 자신도 그의 가슴에 향긋한 꽃 내음이 나게 하고 싶다고 윤희는 바랐다.

❈❈❈

"자, 오늘은 여기까지."

"감사합니다."

강의를 마친 수호는 학생들의 인사를 받으며, 빠르게 강의실을 나섰다. 수호는 지난 가을학기부터 모교에서 천일영 교수의 뒤를 이어 작가론과 사진학개론 강의를 맡고 있었다.

복도 창으로 내다보이는 캠퍼스의 풍경은 봄날의 싱그러움을 물씬 풍기고 있었다. 겨우내 움츠렸던 나무가 기지개를 켜며 연둣빛 잎사귀를 돋아 내고, 키스로드라 불리는 벚꽃 길에는 팝콘 같은 꽃망울이 터져 나오고 있었다.

두 계절의 짧은 인연으로 혈관 속 깊숙이 밴 외로움을 견뎌 내

없던 겨울이 두 번 지나고, 다시 이어진 그녀와의 인연으로 수호의 지난겨울은 일생에서 가장 따스했다.

아침에 일어나면 자신을 위해 아침 식사 준비를 하고 있는 아내가 좋았고, 아빠라고 부르며 살갑게 몸을 부비는 아이가 좋았다. 일과를 마치고 집에 가면 자신을 기다리고 있을 따스한 불이 켜진 집이 있는 게 좋았고, 잠들기 전 지친 몸마저 뜨끈하게 데워줄 연인의 존재가 고마웠다.

따스했던 겨울 탓에 다가온 봄이 심드렁하게 느껴질 법도 한데, 열린 창문으로 들어오는 따스한 봄바람은 수호의 가슴을 두근거리게 하기에 충분했다. 수호는 빠르게 걸음을 옮겨 교수 연구실로 향했다.

업무를 정리하고 빨리 집으로 향하고 싶은 마음에 수호는 근로장학생에게 오늘은 이만 들어가 보라며 채근했다. 고개를 꾸벅 숙인 학생이 나가는 것을 본 수호는 방을 나서기 전 마지막으로 열린 창문을 닫기 위해 창가로 다가섰다.

창문을 닫으며 무심결에 바라본 캠퍼스에 낯익은 모습이 눈에 들어왔다. 자신의 연구실 창문을 바라보며 봄빛을 머금은 싱그러운 미소를 짓고 있는 그녀는 윤희였다.

수호와 눈이 마주치자 가슴께로 손을 올려 슬쩍 흔들어 보인 그녀는 엄지와 새끼손가락을 들어 전화하는 시늉을 하는 가방에서 휴대전화를 찾는 것 같았다. 그리고 곧 책상 위에서 그의 휴대전화가 울렸다.

"여보세요?"

― 교수님, 강의는 다 끝나셨나요?

"웬일이에요? 학교엘 다 오고."

연한 핑크빛 트렌치코트를 입고, 단발머리를 찰랑거리며 배시시 웃고 있는 그녀의 모습은 멀리서 보기에도 무척이나 아름다웠다.

"깜짝 놀래 주려고 했는데, 들켰네요."

윤희는 수호가 서 있는 창가를 바라보며 장난스러운 표정을 지어 보였다.

— 얼른 내려갈게요. 기다려요.

"그럼, 나 저기 잔디밭에 있는 벤치에 앉아 있을게요."

윤희가 저쪽에 있는 벤치로 오라고 손짓했다. 그는 알았다며 고개를 끄덕였다.

연둣빛 싹이 돋아난 잔디 위를 힐을 신고 거닐던 윤희는 작게 읊조렸다.

"이제 이런 신발도 당분간 못 신겠네."

벤치에 앉아서 작은 수첩을 빤히 들여다보던 윤희는 수호의 인기척이 느껴지자 얼른 가방 안으로 수첩을 감췄다.

자신만이 아는, 봄빛을 닮은 그의 환한 미소에 윤희의 심장이 콩닥콩닥 뛰었다. 벤치에 앉은 그는 윤희의 어깨를 감싸 안으며 물었다.

"얼른 집에 가려고 했는데, 그새를 못 참고 온 거예요?"

수호의 물음에 윤희는 예쁜 미소를 지었다.

둘이 나란히 앉아 있는 벤치 앞으로 여학생 무리가 지나가며 수호에게 인사를 해 왔다. 수호는 고개를 까딱해 보이고는 윤희의 어깨를 더 꼭 감싸 안았다. 그 모습을 본 학생들이 '어머, 웬일이야.' 하는 소리를 내며 빠르게 지나갔다.

꽤 많은 여학생들이 멀찍이서 둘의 모습을 몰래 지켜보고 있는 듯했고, 저들끼리 속닥이는 소리가 아주 희미하게 들려왔다.

"우리 서방님, 학교에서 총각 행세하고 다니나 봐요?"

"총각은 무슨."

수호는 보란 듯이 윤희의 어깨를 끌어안고 있던 팔에 힘을 주며 그녀의 관자놀이에 슬쩍 입을 맞췄다. 순간 꺅— 하는 새된 음성이 뒤에서 들려왔고, 윤희는 푸시시 웃음을 터뜨렸다.

"우리 오늘 맛있는 거 먹고 들어가요."

"준이는요?"

"준이는 뭐 친구네 집에서 봄 소풍 장기자랑 준비한다나. 늦을 거래요."

"늦어요? 얼마나? 어디에 있겠다는데요? 아무리 그래도 준이도 데리고 가야죠."

"우리 라인, 바로 아래층 집이에요. 9시까지 집으로 오겠다고 했어요. 그 집 엄마가 저녁도 준다고 걱정 말라고 했어요, 오늘은. 내일은 애들 저녁 내가 챙기기로 했고요."

"뭔가 꿍꿍이가 있는 것 같은데?"

수호는 고개를 갸웃하며 윤희를 바라봤다. 윤희는 피시식 웃으며 분홍빛 진달래처럼 얼굴을 붉혔다.

"그냥 먹고 싶은 게 있어서 그래요."

"맨날 뭐 먹고 싶으냐고 물으면 '아무거나요.' 하던 사람이 뭐가 그렇게 먹고 싶어요?"

수호의 물음에 윤희는 입술을 뾰족하게 모으고는 눈을 흘겼다.

"앞으로 내가 먹고 싶은 건 다 사 줘야 할 텐데?"

"하이고. 내 월급 얼마 안 되는데. 나 작품 팔려면 주말에 쉬지 않고 사진 찍으러 다녀야겠네요?"

윤희는 뾰로통한 표정을 지으며 이 남자 참 눈치 없다고 생각했다.

"내가 먹고 싶은 게 아니란 말이에요."

"응? 그럼 누가 먹고 싶은데요? 준이가? 녀석 한창 클 때라 그런가?"

고개를 갸웃하며 순진한 표정을 짓고 있는 그에게 윤희는 작은 수첩을 내밀었다. 수첩 위에 쓰인 글자를 보고 수호가 눈을 휘둥그렇게 떴다.

"산모수첩?"

수호는 가만히 수첩을 펼쳐서 그 안에 곱게 끼워진 초음파 사진을 물끄러미 바라봤다.

"다음 주에 심장 소리 들으러 오래요. 같이 가 줄 거죠?"

수호는 가만히 고개를 끄덕이며, 윤희의 어깨를 끌어당겨 품에 안았다.

"초음파 화면 속에 심장이 뛰는 모습을 보면 꼭 반짝이는 별 같아요. 그 별 다시 보러 갈 수 있는 거네요?"

윤희는 수호의 어깨에 턱을 기댄 채로 고개를 끄덕였다.

"수호 씨 가슴속에 있는 별과 같은 별은 아니지만, 수호 씨 닮은 예쁜 별일 거예요."

수호는 품에 안긴 윤희를 더 꼭 끌어안았다.

"고마워요, 정말."

"헤헤. 나도 고마워요. 근데, 이번엔 수호 씨가 더 고마워해도 돼요."

윤희의 장난기 어린 목소리에 수호는 푸시시 웃음이 터졌다. 수호는 눈가에 흐른 눈물을 닦아 내며, 커다란 손으로 윤희의 어깨를 감쌌다.

"뭐 먹고 싶어요?"

"아무거나요."

그녀가 웃자, 그녀의 속눈썹에 올망졸망 매달린 행복이 예쁜 모양을 만들어 냈고, 그녀의 뺨에 흐르는 기쁨이 반짝 빛났다.

"이것 봐. 맨날 이러면서 맛있는 거 사 달라고 조르기는."

수호는 윤희의 코끝을 살짝 잡았다가 놓으며 피식 웃었다.

"데이트해요, 우리."

"어디 가고 싶어요?"

"아무 데나요."

벤치에서 일어나 걷는 두 사람의 그림자가 봄빛 햇살을 받아 길게 늘어졌다. 수호는 윤희의 어깨를 꼭 감쌌다.

"남산으로 드라이브 갈까요? 벚꽃이 예쁜데."

윤희는 그저 좋다며 고개를 끄덕였다.

"맨날 다 좋대. 자꾸 이러면 나 버릇 나빠져요. 내가 이상한 데를 말해도 다 좋다고 할 거예요?"

윤희는 두 뺨이 예쁘게 솟아오르도록 미소 지으며 말했다.

"당신이랑 있는 곳은 다 좋고, 당신이랑 먹는 음식은 다 맛있고, 당신이 해 주는 건 다 좋아요."

수호는 두근거리는 심장 가까이에 그녀를 꼭 품으며 대답했다.

"난 그냥 당신이 좋아요."

그의 말을 들은 윤희의 미소가 점점 짙어졌다.

마침내 그녀의 미소가 짙어졌다. 진분홍빛 연꽃처럼.

푸른 가을 하늘이 유난히도 얄궂게 느껴지던 어느 날, 저는 천사를 만났습니다. 저에게 눈높이를 맞추기 위해 무릎을 굽히고는 환한 미소로 인사해 오는 그는 분명 천사였습니다.

시무룩했던 하루 중에도 천사를 만나면 이상하게 기분이 좋아졌습니다. 제 마음속 구석구석을 다 알고 있다는 듯 그는 저와 함께 많은 시간을 보내 주었습니다.

때로는 온종일 놀이터에서 캐치볼을 하기도 했고, 때로는 온종일 천사의 집 소파에 앉아 그가 만들었다는 사진집을 보며, 그의 이야기에 귀를 기울이기도 했습니다. 혹부리 영감처럼 혹이 달린 것도 아닌데, 그가 들려주는 이야기는 참 재미있었습니다.

가끔 천사는 우리 집에 와서 밥을 먹기도 했습니다. 그럴 때면 언제나 밥그릇에 코를 박고 허겁지겁 식사를 하는 천사가 안쓰러웠습니다. 그냥 천사도 우리 집에 살면 안 되나? 하는 생각도 아주 잠깐 했던 것 같습니다.

세상에서 가장 빛나는 천사와 둘도 없는 친구가 된 것 같던 어느 날, 밤늦게 집에 들어온 엄마가 아주 많이 아팠습니다. 저 혼자였다면, 오그라드는 마음을 펼 길이 없어서 애가 탔을 텐데…….
천사는 제 옆에서 그랬던 것처럼, 엄마의 옆에서 조용히 엄마를 지켜 주었습니다.

그런데 저는 참 나쁜 아이였나 봅니다. 천사의 고마움을 뒤로 한 채, 저는 엄마에게 그곳을 떠나자고 졸랐습니다. 천사도 지킬 수 없다 생각했나 봅니다. 그러니 저는 더더욱 엄마를 지킬 수 없을까 봐 겁이 났습니다.

할머니 댁으로 향하기 전, 전 천사를 위해 스케치북에 편지를 쓰며 절대 울지 않겠다고 다짐했습니다. 남자도 슬프면 우는 거라 했지만, 그럼 천사가 더 마음 아파할 것 같았습니다.

천사에게 스케치북을 전하고 돌아섰는데, 저도 모르게 울음이 터지고 말았습니다. 아직은 웃음과 울음이 터지는 것을 다스릴 수 없는 어린 나이였기 때문이라고, 저는 생각했습니다. 아파트 계단에 저의 울음소리가 커다랗게 울렸습니다.

천사는 애써 미소를 지었습니다. 그 미소가 너무 마음 아파서 더 크게 울었습니다. 천사와 같이 갈 수는 없는 것인지, 내가 이곳을 떠나자고 한 게 맞는 일인지 몰랐습니다.

할머니 댁에 도착하고 나서 엄마는 겉으로 웃었습니다. 항상 웃었습니다. 그런데 엄마는 보이지 않는 비눗방울 안에 갇혀 있는 것 같았습니다. 나를 저 비눗방울 안에 함께 넣어 줄 수는 없는지 생각했습니다.

그런데 돌이켜 보면, 저도 비눗방울 안에 있었나 봅니다. 우리는 서로의 비눗방울이 터질까 두려워 더 가까이 다가가지도 못했고, 혹여 불어온 바람에 서로의 비눗방울이 저 멀리 날아갈까 걱정했나 봅니다.

어렵게 비자 문제를 해결하고 학교에 다니게 된 어느 날, 옆집 아이가 아빠와 함께 캐치볼 하는 모습을 보았습니다. 놀이터에서 처음 캐치볼을 가르쳐 주며, 어깨는 아프지 않느냐 묻고 글러브가 너무 딱딱하면 내가 두드려서 부드럽게 만들어 주겠다고 약속했던 천사의 얼굴이 그리웠습니다.

천사는요. 저랑 한 약속을 참 잘 지켰습니다. 그래서 갑자기 궁금해졌습니다. 정말 라면은 안 먹는지, 밥은 잘 챙겨 먹는지, 아플 때 병원은 잘 가는지 말이죠.

궁금한 건 못 참았던 저는 무작정 전화를 걸었습니다. 몇 마디 나누지도 못했는데 엄마가 퇴근해서 집으로 들어섰고, 저는 놀라서 그냥 전화를 끊어 버렸습니다.

엄마의 표정을 보고 알았습니다. 더는 제가 전화를 하면 안 된다는 것을요.

계속 미국에서 살 줄 알았는데, 저는 다시 한국으로 돌아왔습니다. 엄마는 미국에서보다 훨씬 더 바빴지만, 저는 이해했습니다. 나의 인생이 있듯, 엄마의 인생도 있다는 걸 난 알고 있었으니까요.

콧속이 꽁꽁 얼어붙을 것 같은 겨울날이었습니다. 하필 저보다 훨씬, 아니 아주 조금 달리기가 빠른 동주가 술래가 되었습니다.

열심히 뛰어야겠단 생각을 하며 허벅지에 힘을 주고 땅을 박차며 달리는 순간, 천사의 목소리가 들려왔습니다.

잘못 들은 줄 알았습니다. 저의 착각이라 생각했습니다. 한 번도 그를 천사라 불렀던 적은 없습니다. 이건 저만의 비밀이니까요. 저는 그의 이름을 부르며 뒤돌아섰습니다.

'아저씨? 수호 아저씨?'

거짓말처럼 천사가 그곳에, 그토록 보고 싶었던 환한 미소를 지으며 서 있었습니다. 너른 품에 달려가 안겼는데, 겁이 났습니다. 저를 미워했을까 봐, 원망했을까 봐 걱정이 되었습니다.

하지만 그는 밉지 않다, 보고 싶었다, 해 주었습니다. 역시 그는 천사였습니다.

그가 나의 아빠가 되어 주겠다고 한 날, 밤늦도록 잠이 안 와서 화장실을 열 번도 더 갔습니다. 화장실에 갈 때마다, 엄마와도 여러 번 마주쳤습니다. 엄마 역시 천사가 저의 아빠가 된다는 사실에 잠이 오지 않았나 봅니다.

아빠가 된 나의 천사는 가끔 엄마를 감동시키기 위한 이벤트에 저를 이용해 먹기도 합니다. 결혼식 날에도 그랬고, 엄마 생일에 커다란 상자에 나와 천사가 함께 들어가서 짜잔 하고 나타났다가 엄마한테 쓰레기가 많이 나왔다고 옴팡지게 혼나기도 했고, 동생이 태어나던 날 카메라로 동영상을 찍다가, 아픈데 그런 거 찍고 싶으냐며 또 혼나기도 했지만…….

그렇지만 그깟 이용쯤이야 평생 당해도 좋습니다. 제가 이용당한 날이면 엄마가 투정은 부리면서도 언제나 웃고 계셨거든요. 또 엄마를 위할 때 발휘되는 천사와 저의 크로스력(力)은 지구의 자전 방향도 돌릴 수 있을 것 같은 정도여서, 이벤트가 실패했던 적은 없거든요. 네, 자랑입니다.

제 조건은 전부 충족이 되었느냐고요? 아니요. 천사가 제 의견에 딱 한 번 반기를 들었습니다. 엄마가 동생 낳고 너무 힘들었다며, 한 명 더 낳는 건 힘들 것 같다고 한 것입니다. 미안한 기색을 보이면서도 더는 안 된다고 하기에 저도 그냥 순순히 타협했습니다.

그도 그럴 것이 제 동생은 참으로 유별납니다. 전 그 여동생이 지금 유치원에서 돌아오길 기다리고 있습니다. 엄마는 뭐 하냐고요? 집에서 간식 만들고 계십니다. 아빠는 뭐 하냐고요? 엄마 옆에 딱 붙어 서서 보조 노릇을 하고 계십니다.

두 분은 무얼 하든 절대 혼자 하시는 법이 없습니다. 가족여행을 가면요. 엄마는 이젤을 세워 놓고 그림을 그립니다. 아빠는 엄마가 바라보는 풍경을 그대로 사진에 담습니다. 서로 그린 그림과 찍은 사진을 보며 도란도란 이야기를 나누시는 모습을 볼 때면 가슴 한구석이 뜨겁게 차오릅니다.

그렇게 만들어진 작품들로 전시회도 여러 번 열었습니다. 그럴 때마다 저에게 쏟아지는 사람들의 질문은 참으로 난감하기 이를 데 없습니다.

'엄마 작품이 좋아요? 아빠 작품이 좋아요?'

이건 엄마가 좋아요, 아빠가 좋아요? 와 동급입니다. 저는 그럴 때마다 이렇게 대답합니다.

'그림은 어머니 그림이 좋고, 사진은 아버지 사진이 좋습니다.'

제발, 엄마는 그림만 그리고, 아빠는 사진만 찍길 바랍니다. 아들의 염원을 아시는지 모르시는지, 가끔 엄마가 아빠의 카메라를 만지시면 저는 식겁합니다. 다른 대답을 생각해 내기엔 너무 어려우니까요.

암튼 저기 제 동생이 다니는 유치원 차가 다가오는 게 보입니다. 노란색 미니버스가 멈춰 서고 문이 열리자 아리따운 선생님이 내리십니다. 제가 단순히 엄마, 아빠를 돕기 위해, 아니면 겨울방학이라 시간이 많아서 여기 서 있는 게 아닙니다.

제 동생 유치원 선생님들은 하나같이 다 예쁘거든요. 전 혈기왕성한 열일곱이니까요.

"어머, 또 오빠가 나왔네. 연이는 좋겠다. 멋진 오빠가 있어서."

"감사합니다, 선생님."

전 또 이런 칭찬은 마다치 않습니다. 그. 런. 데. 버스에서 내리는 연이의 표정이 심상치 않습니다. 네, 제 동생, 그러니까 제 깜찍한 여동생의 이름은 '이연' 입니다. 인연 연(緣), 아마도 연이로 인해 우리가 온전한 가족이 되었다는 의미인 듯도 합니다.

연이는 제 손을 잡고 땅만 보고 걷고 있습니다. 무슨 일인지 물어도 대답이 없습니다. 대체 여섯 살 여자아이가 이토록 심란할 일이 무얼까요?

엘리베이터에 오른 연이는 급기야 울음을 터뜨렸습니다.

"연아! 왜 그래? 응? 무슨 일이야? 누가 우리 연이 울렸어? 오빠한테 말해 봐. 오빠가 혼내 줄게."

"으앙! 혼내지 마."

혼내 준다는 말에 혼내지 말라며 더 서럽게 웁니다. 저는 빨리 천사와 그의 아리따운 부인의 도움을 받고자 급하게 현관문을 열었습니다.

그들을 마주하자, 연이는 보란 듯이 더 크게 웁니다.

"준아, 연이 왜 울어?"

엄마의 물음에 저는 그저 어깨를 으쓱이며, 고개를 절레절레 저을 뿐 아무런 말도 하지 못했습니다.

천사의 품에 안겨 식탁 의자에 앉은 연이는 자기가 좋아하는 마카롱을 보고는 겨우 울음을 그쳤습니다.

초콜릿 마카롱 하나, 라즈베리 마카롱 하나, 엄마표 특제 레몬 겨자 맛 마카롱 하나를 차례로 집어 먹은 연이가 드디어 입을 열었습니다.

"열매반에……."

"응, 열매반에."

엄마는 7세 반이라며 손가락 일곱 개를 천사에게 펴 보입니다.

"재영이 오빠가."

"응?"

재영이라면 저도 잘 압니다. 옆 단지 아파트에 사는 놈인데, 일곱 살짜리 녀석이 어찌나 시크한지, 그 아우라가 제 일곱 살 무렵과 견줄 만합니다.

"오늘……."

무언가 서러운 게 생각났는지, 연이가 또 울먹입니다. 세 사람은 연이의 표정을 살피며 똑같이 눈을 치켜뜨고 있습니다.

"버스에서 내 옆에 안 앉았어! 으앙!"

난 또 뭐라고! 천사와 제가 동시에 허탈한 웃음을 흘리자, 엄마가 눈을 흘기십니다.

"그랬구나. 그래서 우리 연이가 속상했구나. 그럼 내일은 연이 옆에 앉으라고, 연이가 직접 재영 오빠한테 말해 보렴. 알았지?"

엄마의 공감능력은 아주 뛰어납니다. 전 죽었다 깨어나도 저렇게는 못하겠습니다. 연이가 엄마를 따라 욕실에 들어간 뒤, 마카롱 부스러기를 입안에 털어 넣는 제게 천사가 묘한 미소를 지으시며 묻습니다.

"아들, 아들은 첫사랑이랑 잘돼 가?"

가끔 천사가 악마로 보일 때가 있는데, 바로 지금 이 순간입니다. 아버지의 물음에 저는 더는 묻지 말라는 듯 한숨을 내쉬며 고개를 내저었습니다. 그런데도 아버지는 뭐가 그리 재미있는지 키들키들 웃으십니다.

아버지! 어머니의 공감능력을 배우시란 말입니다. 제가 연이처럼 꺼이꺼이 울지 않는다 하여, 소자의 마음이 아리지 않다 생각하십니까?

"학원 가야 할 시간이네? 얼른 다녀와."

그렇지만, 악마가 다시 천사가 되는 것은 순식간입니다. 아버지는 제 손에 오만 원짜리 한 장을 쥐여 주시며, 용돈 부족하면 말하라고 눈을 찡긋하십니다. 어우, 아버지. 뭐 이런 걸. 입은 그렇게 떠들지만, 지폐를 쥔 손은 코트 주머니로 쏙 들어갑니다.

학원으로 향하는 길, 오늘은 예림이한테 피자를 먹으러 가자고 할지, 아니면 얼마 전 새로 생긴 분식집에 마늘 떡볶이를 먹으러 가자고 할지 이리저리 저울질을 해 봤습니다.

강의실 안에 들어섰는데, 벌써 앞자리는 일찍 온 아이들이 차지하고 있습니다. 저는 중간쯤 자리를 잡고, 옆자리에 제 가방을 올려 두었습니다. 예림이가 오면 여기 앉게 해야지 하는 심산으로.

그런데 예림이가 강의실로 들어서자, 맨 앞에 앉은 안경 쓴 곰보빵같이 생긴 놈이 예림이를 부릅니다.

"예림아, 내가 제일 먼저 와서 앞자리 맡아 놨어."

"고마워, 상범아!"

예림이는 사나이 심장을 벌컥거리게 만드는 고운 미소를 지으며 상범이 개자식이 맡아 놓은 자리에 앉습니다. 예림이는 공부를 아주 잘하거든요. 부모님이 비싼 학원 보내 주시는 것도 감사한 거라고 하는 강사의 여담 한마디도 그냥 흘려듣지 않는답니다.

심드렁한 기분으로 수업을 들었습니다. 쉬는 시간이 돼서 책상 위에 엎어졌는데, 누군가 어깨를 톡톡 칩니다.

고개를 슬쩍 들었더니, 예림이가 앞자리에 앉아 있습니다.

"너, 지난 언어영역 시간에 필기한 것 좀 보여 줄 수 있어?"

"상범이한테 보여 달라고 하면 되잖아?"

마음과 다른 말이 튀어나오는 건 사춘기의 특권입니다.

"쟤 글씨는 못 알아보겠어. 넌 글씨 잘 쓰잖아."

수줍게 웃으며 글씨 잘 쓰지 않느냐는 물음에 전 멍하니 예림이의 얼굴을 바라봤습니다. 정말 기똥차게 예쁩니다.

"자."

저는 잘 정리된 노트를 예림이에게 내밀었습니다. 예림이는 항상 이렇게 말합니다.

"넌 머리가 좋아서 그냥 대강 공부해도 성적 잘 나오지만, 난 열심히 한 만큼만 나오잖아. 혹시 내가 지난 시간에 놓친 건 없나 해서. 고마워, 보고 내일 줘도 돼?"

노트를 들고 앞자리로 가는 계집애의 뒷모습이 귀엽기도 하고, 얄밉기도 하고. 그래도 사나이 자존심에 내가 저보다 좋은 성적 내려고 집에서 얼마나 노력하는지 예림이는 죽었다 깨도 모를 겁니다.

강의가 끝나고, 가방을 싸고 있는 예림이의 곁으로 다가갔습니다.

"저녁 먹을래?"

제 질문에 예림이는 곤란한 표정을 지으며 대답합니다.

"미안, 오늘 집에 일찍 가 봐야 하는데……."

미안한 표정을 짓는 예림이 얼굴에 괜히 제가 더 미안해집니다.

"그래."

데려다줄까? 하고 물으려는 순간, 옆 반에서 언어영역 강의를 들었다는 예림이의 절친 수아가 다가옵니다. 수아가 얼른 가자며 예림이의 팔에 팔짱을 끼고 보챕니다.

"그럼, 내일 보자."

내일 보자며 생긋 웃은 예림이는 고개를 한번 갸웃하더니 제 앞을 스치고 지나갑니다. 수아는 제 눈치 한 번, 예림이 눈치를 한 번 보더니 예림이의 귀에 뭐어라 귓속말을 속닥거립니다.

그 모습을 물끄러미 바라보던 저는 배낭을 둘러메고 한숨을 한 번 내쉬었습니다. 내일 노트 받으면서는 뭐라고 해야 할까요?

다음 날, 예림이가 전해 준 노트에는 귀여운 쪽지가 하나 끼워져 있었습니다.

「필기 보여 줘서 고마워. 오늘 학원 끝나고, 새로 생긴 떡볶이집 갈래? 내가 쏠게. 근데, 상범이가 계속 자리 맡아 줘서 같이 가야 할 것 같은데, 괜찮지? 아! 그리고 우리 집 근처에 스터디 카페 생겼어. 나중에 같이 가 볼래? 너 필기하는 법 배우고 싶어서⋯⋯.」

쪽지 한 장에 제 심장을 쥐락펴락하는 밀당의 기술이 총집합되어 있는 것 같습니다.

예림이는 저를 좋아하는 걸까요, 아닐까요?

예림이한테 고백을 해도 될까요, 안 될까요?

대학 갈 때까지 기다려야 할까요?

나중에 '네가 먼저 나 좋아한다고, 나한테 시집온다고 했다.' 하면서 그때 그 시절 분홍색 종이에 적어 주었던 편지를 보여 주면 제가 너무 치사해 보일까요?

오늘 밤에는 천사에게 SOS를 쳐야 할 것 같습니다. 이벤트 전문 천사니까요.

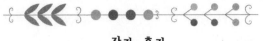

작가 후기

글을 마치고 나서, '작가 후기'라는 거창한 숙제를 하는 것이 저에게는 가장 어려운 일입니다. 글 속에 모든 이야기를 담아냈다고 생각하고, 마침표를 찍고 나면 두 남녀의 사랑에 대한 모든 감정을 다 쏟아 낸 듯 머릿속이 텅 비어 버리기 때문입니다.

첫 번째 종이책이 출간되었을 무렵, (그 책이 나오기 전까지) 연재 사이트에서 수 편의 이야기를 소위 말아먹었던(?) 저는 첫 번째 종이책 출간에 얼마나 설레었는지 모릅니다.

그런데 그토록 바라던, 제가 쓴 책을 마주한 순간, 무언지 모를 허탈함과 공허함에 가슴속이 텅 비어 버리는 것 같았습니다.

세상에 나온 책은 좋았지만, 무언가 숨고 싶고, 숨기고 싶은 아이러니한 감정에 지쳐 갈 무렵, 저는 연재 사이트에서 필명을 바꾼 채 글을 쓰기 시작했습니다.

그런 허허로운 감정 속에서 만들어진 주인공이 남편의 죽음으로 인해 아스라이 살아가고 있는 윤희와 공허한 삶을 꾸려 가고 있는 수호였습니다.

두 사람의 안타까운 에피소드를 이어 가면서 숨이 턱 막히고, 가슴이 먹먹해져서 연신 차가운 커피를 마셔 대기도 하고, 벅찬 한숨을 짓기도 하고, 끝내는 이불 속으로 숨어 들어가기도 했었습니다.

어려움 없이 알콩달콩 연애하고, 예쁜 사랑을 했던 전작 속 주인공들과는 달리, 만날 때마다 먹먹하고, 안쓰러운 이들의 사랑을 왜 쓰기 시작했을까 하는 후회도 잠시 했던 것 같습니다.

그런데 마침내 윤희의 웃는 모습이 짙어졌다는 문장의 마침표를 찍는 순간, 마치 가슴속 공허함이 채워진 듯 마음이 편안해졌습니다.

작가 후기를 빌려 이 글을 끝낼 수 있도록, 연재 시 댓글로 큰 힘을 주신 모든 분께 감사드립니다. 또 부족한 작가와 벌써 세 번째 출간 작업을 하고 계시는 정시연 팀장님께도 감사드립니다.

어느덧 세 번째 종이책입니다. '꽃 피기는 쉬워도 아름답긴 어려워라.' 라는 정호승 시인의 시처럼, 글을 쓰고는 있지만, 좋은 글, 아름다운 글을 쓰는 것은 어렵다는 것을 뼈저리게 느꼈던 작업이었습니다.

소설 속 이야기보다도 더 가슴 아프고, 힘든 일이 많았던 2014년이 저물고 있습니다. 첫 종이책 후기에서 저는 이런 아픔들을 잊을 수 있는 행복한 이야기를 짓는 작가가 되고 싶다고 다짐했었습니다.

앞으로 나올 글은 조금 더 아름다워질 수 있겠다, 조금 더 향기로워질 수 있겠다는 기대감을 만들어 낼 수 있는 작가가 되었으면 좋겠다는 생각을 조심스레 해 봅니다.

책 출간일에는 이미 해가 바뀌어 있을 것 같습니다. 차갑게 얼어붙었던 대지가 녹아 싹이 움트듯 따스해진 두 사람처럼 2015년은 따스하고 행복한 일만 가득했으면 합니다.

2014년 겨울
유아나 드림

무슨
사이

1판 1쇄 찍음 2014년 12월 30일
1판 1쇄 펴냄 2015년 1월 6일

지은이 | 유아나
펴낸이 | 정 필
펴낸곳 | 도서출판 **뿔미디어**

편집장 | 이재권
기획 · 편집 | 정시연, 이은정

출판등록 | 2002년 9월 11일 (제1081-1-132호)
주소 | 경기도 부천시 원미구 소향로 17, 303(두성프라자)
전화 | 032)651-6513 / 팩스 032)651-6094
E-mail | scarlets2012@hanmail.net
블로그 | http://blog.naver.com/dahyangs
홈페이지 | http://bbulmedia.com

값 9,000원

ISBN 979-11-315-6178-2 03810